文庫　4

内村鑑三

岡倉天心

新学社

装幀　友成　修

カバー画

パウル・クレー『Biの寺院』一九二六年

パウル・クレー財団蔵

協力　日本パウル・クレー協会

河井寛次郎　作画

目次

内村鑑三

西郷隆盛——新日本の創設者

（鈴木　範久訳）

1　一八六八年の日本の維新

日本が、「天」の命をうけ、はじめて青海原より姿を現したとき、「日の本よ、なんじの門のうちにとどまれ、召し出すまでは世界と交わるな」との「天」の指図がありました。日本は二千余年にわたり、これを守ってまいりました。それにより日本の海には諸国の艦隊が乗り入れることなく、その海岸を侵されることもありませんでした。長くつづいた日本の鎖国を非難することは、まことに浅薄な考えであります。日本に鎖国を命じたのは最高の智者であり、日本は、さいわいにも、その命にしたがいました。それは、世界にとっても良いことでした。今も変わらず良いことであります。世界から隔絶していることは、必ずしもその国にとって不幸ではありません。

やさしい父親ならだれでも、自分の子がまだ幼いのに、「文明開化」に浴させようとして、世の中にほうり出すような目にはあわせないはずです。世界との交通が比較的開けていたインドは、やすやすとヨーロッパの欲望の餌食《えじき》にされました。インカ帝国とモンテスマの平和な国が、世界からどんな目にあわされたか、おわかりでしょう。私どもの鎖国が非難されていますが、もし門を開けたなら、大勢のクライヴとコルテスが、勝手に押し寄せてくるでしょう。凶器を持った強盗どもは、戸締まり厳重な家に押し入ろうとしたときには同じ非難をするに違いありません。

これをみても、私どもの国が、四方を海や大陸で囲まれて、世界から隔離され閉じ込められていたことは、摂理の賜物《たまもの》であったとわかります。定められた時に先立ち、貪欲《どんよく》な連中が、たびたびわが国に侵入をたくらみましたが、日本は頑固に開国を拒みつづけました。それはまったく自己防衛の本能からでた行為でありました。世界との交流が生じたとき、世界に呑みこまれて、私どもが、真に自分のものといえるような特徴を持たない、無形の存在にされないため、わが国民性が十分に形成される必要があったのであります。世界の方も、私どもを仲間として迎え入れる前に、まだ改善される必要がありました。

一八六八年の日本の維新革命は、二つの明らかに異なる文明を代表する二つの民族が、たがいに立派な交際に入る、世界史上の一大転機を意味するものであります。「進歩的な西洋」は無秩序な進歩を抑制され、「保守的な東洋」は安逸な眠りから覚まされたときであったと思います。そのときから、もはや西洋人も東洋人もなく、同じ人道と正義のもとに存在する人間になりました。

日本が目覚める前には、世界の一部には、たがいに背を向けあっている地域がありました。それが、日本により、日本をとおして、両者が顔を向かい合わせるようになりました。ヨーロッパとアジアとの好ましい関係をつくりだすことは、日本の使命であります。今日の日本は、その課せられた仕事に努めているところです。

このようにして、私どもの長い鎖国は終わりを告げようとしていました。鎖国に終止符を打つためには、人間と機会とが要《い》りました。太平洋の両岸に位置する中国とカリフォルニアとを、ほぼ同時に開いて世界の両端を結合するために、日本に開国の求められる時節が到来しました。これは外的な契機でありました。内的には、日本では最後にして最大の封建政権が崩壊しようとしていました。諸国がたがいに分かれて反目する状態に飽《あ》き飽きしていた日本人は、歴史上はじめて、国家の統一が、重要で好ましいことであると感じるようになっていました。

しかし、機会をつくるのも、それを用いるのも、人であります。私は、アメリカ合衆国のマシュー・カルブレイス・ペリー提督こそ、世界の生んだ偉大な人類の友であると考えます。ペリーの日記を読むと、彼が日本の沿岸を攻撃するのに、実弾にかえて賛美歌の頌栄《しょうえい》をもってしたことがわかります（ペリー提督『日本遠征記』参照）。ペリーに課せられた使命は、隠者の国の名誉を傷つけることなく、また、生来のプライドを棚上げしたままで、日本を目覚めさせるという、実に微妙な仕事でありました。彼の任務はほんとうの宣教師の仕事でありました。「天」からの大きな助けによって、世界を治める方に捧げる多くの人々の祈りとともに、はじめて達成される仕事であります。世界に国を開くにあたり、キリスト信徒の提督を派遣された国は「まことに幸いなるかな」であります。

キリスト信徒の提督が外から戸を叩いたのに応じて、内からは「敬天愛人」を奉じる勇敢で正直な将軍が答えました。二人は、生涯に一度もたがいに顔を合わせることはありませんでした。たがいに相手を讃えることも聞いたことがありません。だが、二人の生涯を描こうとする私どもは、外見はまったく相違しているにもかかわらず、両者のうちに宿る魂が同じであることを認めます。知らぬ間に二人は共同の仕事に参加し、一人が始めた仕事を、残る一人が受け継いで成就したのであります。このように、ただのくもった人間の目には見えなくても、思慮深い歴史家の目には驚くほど見事に「世界精神」が「運命の女神」の衣装を織りなすのがわかります。

このことからわかるように、一八六八年の日本の維新革命は、永遠に価値ある革命すべてと同じように、正義と神の必然のはからいに出発しています。貪欲に対しては、かたくなに門を閉ざしていた国が、正義と公正とに対しては、自由にみずからを開いたのであります。深い魂の奥底からうながす声にもとづき、傑出した献身者が、その門を世界に開いたのであります。したがって、この国において自己の勢力の強大化を図ろうとする者は、天の至高なる存在に対して罪を犯すものであります。この国のもつ崇高な使命に気づかず、この世の財神の踏み荒らすままにその国をまかせる者と同じであります。

2　誕生、教育、啓示

偉大な人間であるためと弟の西郷〔従道《つぐみち》〕から区別するため、通常「大西郷」と呼ばれている人物は、文政一〇（一八二七）年、鹿児島の町に生まれました。「大西郷」が、はじめてこの世の光を見た地には、現在、石の記念碑が建てられています。そこから遠くない所で二年後に、「大西郷」の名高い同志大久保〔利通〕が生まれます。その地にも同じように記念碑があります。

西郷の家は、語るに値するほどの名門ではなく、薩摩の大藩にあっては、わずかに「中等以下」に位置するにすぎませんでした。男四人、女二人の六人兄弟の長男でありました。少年時代には、これといって目立つ点はありませんでした。動作ののろい、おとなしい少年で、仲間の間では、まぬけで通っていました。少年の魂にはじめて義務の意識が喚起されたのは、遠縁の一人が、西郷の面前でハラキリをする光景を目撃したことによる、といわれています。その男は、まさに刀を腹に突き刺さんとして、命というものは君と国とに捧げなければならない、と若者に向かって語りました。若者は泣きました。その日受けた強烈な印象を、一生、けっして忘れることはありませんでした。

若者は成長すると、大きな目と、広い肩を特徴とする太った大男になりました。目玉が大きなために「ウド」のニックネームを与えられました。筋肉隆々とし、相撲はお気に入りのスポーツでありました。また、ひまが出来れば、たいてい好んで山中を歩き回りました。その習慣は一生つづいたのであります。

若いころから王陽明の書物には興味をひかれました。陽明学は、中国思想のなかでは、同じアジアに起源を有するもっとも聖なる宗教と、きわめて似たところがあります。それは、崇高な良心を教え、恵み深くありながら、きびしい「天」の法を説く点です。わが主人公の、のちに書かれた文章には、その影響がいちじるしく反映しています。西郷の文章にみられるキリスト教的な感情は、すべて、その偉大な中国人の抱いていた、単純な思想の証明であります。あわせて、それをことごとく摂取して、あの実践的な性格を作りあげた西郷の偉大さをも、物語っているのであります。

西郷は、ほかにも、仏教のなかではストイックな禅の思想に、いくらか興味を示しました。のちに友人に語った言葉からわかるように、「自分の情もろさを抑《おさ》えるため」

であリました。いわゆるヨーロッパ文化なるものには、まったく無関心でした。日本人のなかにあっては、たいへん度量が広くて進歩的なこの人物の教育は、すべて東洋に拠っていたのであります。

ところで、西郷の一生をつらぬき、二つの顕著な思想がみられます。すなわち、(一)統一国家と、(二)東アジアの征服は、いったいどこから得られたものでしょうか。もし陽明学の思想を論理的にたどるならば、そのような結論に至るのも不可能ではありません。旧政府により、体制維持のために特別に保護された朱子学とは異なり、陽明学は進歩的で前向きで可能性に富んだ教えでありました。

陽明学とキリスト教との類似性については、これまでにも何度か指摘されました。そんなことを理由に陽明学が日本で禁止同然の目にあっていました。「これは陽明学にそっくりだ。帝国の崩壊を引き起こすものだ」。こう叫んだのは維新革命で名をはせた長州の戦略家、高杉晋作であります。長崎ではじめて聖書を目にしたときのことでした。そのキリスト教に似た思想が、日本の再建にとっては重要な要素として求められたのでした。これは当時の日本の歴史を特徴づける一事実であったのです。

西郷の置かれた状況や環境も、その偉大な計画の形成に役立ったに違いありません。国の西南に位置する薩摩は、同じ方向だけから訪れるヨーロッパの影響を受けるのに、いちばん近い所にあたりました。長崎に近いことも有利であります。中央政府より公式の許可の下りるかなり前から、薩摩に属する島では外国貿易が実際に行われていたといわれます。

しかし、外からの影響のなかでもっとも大きな影響を、西郷は二人の同時代の人物から受けました。その一人は、藩主である薩摩の斉彬《なりあきら》であります。他の一人は、水戸藩の藤田東湖《とうこ》であります。

島津斉彬は、だれ疑うことのない非凡な人物でありました。沈着冷静で洞察力に富み、早くから自国に変革の必至であることを読み取り、迫りくる危機にそなえて領内に諸改革を施しました。イギリス艦隊は一八六三年、鹿児島の町の撃破をはかり、はげしい抵抗にあいましたが、その自分の町の防御を固めたのが、斉彬でありました。また、みずから強い攘夷思想を抱いていたにもかかわらず、うるさく反対する家臣の進言を抑えて、フランス人の上陸を丁重に迎えたのも、同じ人物でありました。「必要ならばあえて戦争をも厭《いと》わない平和の士」である藩主は、西郷と心の通じあう人物でした。家臣である西郷の方でも、その偉大で先見の明ある藩主に対し、以後長年にわたり、常に変わらぬ敬意を払いました。二人の関係は友人のように親しく、国の将来を見つめる思いは、たがいに共通していたのであります。

しかし、重要で、もっとも大きな精神的感化は、時代のリーダーであった人物から受けました。それは、「大和魂のかたまり」である水戸の藤田東湖です。東湖はまるで日本を霊化したような存在でした。外形きびしく、鋭くとがった容貌は、火山の富士の姿であり、そのなかに誠実そのものの精神を宿していました。正義の熱愛者であり、「西洋の蛮人」の嫌悪者である東湖の近くには、次代をになう若者たちが集いました。西郷は、遠方にありながら東湖の名声を耳にして、藩主とともに江戸に滞在していたとき、接見の機会をのがさず会いに行きました。これまでになく意気投合した二人の出会いが実現したのです。

師は語りました。

「私が目下胸中に抱いている志を後世に継いでくれる人間は、この若者のほかにない」

弟子も言いました。

「天下に畏《おそ》るべき存在は一人しかいない。その方こそ東湖先生である」

こうして国家の統一と、その国を「ヨーロッパにならぶ国家にするため」の大陸への領土の拡張、この計画を実行する方策が、西郷に新しい感化の与えられたことにより、最終的な形となって現れたと思われます。西郷には、今や、奉じて生きる明らかな理想が出来ました。あとは前途にある目標を目指して、まっしぐらな前進あるのみでした。維新革命の思想の種は、東湖の烈《はげ》しい精神に蒔《ま》かれました。しかし、それが現実の革命となるためには、西郷のように、東湖ほど烈しすぎることはなく、もっと穏《おだ》やかな精神の持ち主に移植される必要がありました。東湖は一八五四年〔五〕、地震にあい五〇歳で世を去り、東湖の心に宿った最初の理想は、すぐれた弟子の手に託されたのでした。

ところでわが主人公が、日夜、好んで山中を歩き回っているとき、輝く天から声が直接下ることがあったのではないでしょうか。静寂な杉林のなかで「静かなる細い声」が、自国と世界のために豊かな結果をもたらす使命を帯びて西郷の地上に遣わせられたことを、しきりと囁《ささや》くことがあったのであります。そのような「天」の声の訪れがなかったなら、どうして西郷の文章や会話のなかで、あれほど頻《しき》りに「天」のことが語られたのでありましょうか。のろまで無口で無邪気な西郷は、自分の内なる心の世界に籠りがちでありましたが、そこに自己と全宇宙にまさる「存在」を見いだし、それとのひそかな会話を交わしていたのだと信じます。たとえ今日のパリサイ人が、西郷を異教徒とののしり、未来の霊魂の行方を疑うことがあったとしてもかまわなかったのです！

「天の道をおこなう者は、天下こぞってそしっても屈しない。その名を天下こぞって褒めても奢《おご》らない」

「天を相手にせよ。人を相手にするな。すべてを天のためになせ。人をとがめず、ただ自分の誠の不足をかえりみよ」

「法は宇宙のものであり自然である。ゆえに天を畏れ、これに仕えることをもって目的とする者のみが法を実行することができる。……天はあらゆる人を同一に愛する。ゆえに我々も自分を愛するように人を愛さなければならない（我を愛する心をもって人を愛すべし）」

西郷はここに引いた言葉や、それに近い言葉をたくさん語っています。私は、西郷がこのすべてを、「天」から直接に聞いたものであると信じます。

3　維新革命における役割

維新革命における西郷の役割を十分に記そうとすれば、革命の全史を記すことになります。ある意味で一八六八年の日本の維新革命は、西郷の革命であったと称してよいと思われます。もちろん、だれも一人で一国を改造することは出来ません。「新日本」を西郷の日本であるなどと言うつもりはありません。それは、その事業にたずさわった大勢の立派な人達を、間違いなく無視することになります。たしかに西郷の同志には、多くの点で西郷にまさる人物がいました。経済改革に関していうと、西郷はおそらく無能であったでしょう。内政については、木戸〔孝允《たかよし》〕や大久保の方が精通しており、革命後の国家の平和的な安定をはかる仕事では、三条〔実美《さねとみ》〕や岩倉〔具《とも》視《み》〕の方が有能でした。今日の私どもの新国家は、この人々全員がいなくては、実現できなかったでありましょう。

それにもかかわらず、西郷なくして革命が可能であったかとなると疑問であります。木戸や三条を欠いたとしても、革命は、それほど上首尾ではないにせよ、たぶん実現をみたでありましょう。必要だったのは、すべてを始動させる原動力であり、運動を作り出し、「天」の全能の法にもとづき運動の方向を定める精神でありました。

一度動き始め、進路さえきまれば、あとは比較的簡単な仕事であります。その多くは、西郷よりも器量の小さな人間でもできる機械的な仕事でありました。私どもは西郷の名を、「新日本帝国」と密接に結び付けていますが、それは、西郷の心のうちに描かれ、のちに同時代の世に起こるさまざまな出来事に作用した力の、西郷がスターターであり指導者であったと信じるからであります。

東湖との意義ある出会いをしたあと、将軍のいる江戸から帰った西郷は、ただちに、当時、西日本に台頭していた倒幕勢力に参加しました。学僧であり熱狂的な勤王主義者でもある月照《げっしょう》との事件は、西郷の志を、はじめて世間に知らせる機会となりました。徳川方のきびしい追及をうけて逃走中の僧から保護を頼まれましたが、守りきれないとわかった西郷は、客僧に死ぬことを提案、同意を得ました。二人の愛国者は、月の明るい夜、舟で海に漕ぎいで「秋の景色におおいに心を慰められ」、手に手をとって海中に身を投じたのであります。水音に眠りから起こされた家来は、すぐに不明者の捜索を開始しました。二人の体は引き上げられ、西郷は息を吹き返しました。しかし月照の息は戻りませんでした。双肩に新国家をになっていた男は、友人に対する人情と親切の証《あかし》として、みずからの生命をも惜しまなかったのであります！　この弱さ――禅により抑えようとした「情のもろさ」――こそ後述するように、西郷を最後の破滅に導くことになるのです。

このほかにも倒幕運動に連座したことを加え、西郷は二度、南の島に流されました。一八六三年のイギリス艦隊による砲撃後、鹿児島に戻り、ふたたび以前の倒幕運動に復帰しましたが、今度は前より慎重でした。西郷の斡旋《あっせん》により、徳川幕府と長州との間に和解が成立しました。だが、一年後、徳川幕府が長州に無理難題を突き付けたところ、長州側の峻拒にあいました。このために「長州征討」が起こると、薩摩藩は西郷の指示にもとづき、幕府側から割り当てられた、遠征軍に参加する兵隊の派遣を断りました。このときの薩摩の政策が、のちに維新革命史において決定的な意義をもつ、あの有名な「薩長連合」の発端でした。征討軍の全面的な敗北と、外交交渉にみられたひどい不手際とにより、旧政府の没落は意外に早く訪れました。

連合軍が、倒壊に瀕《ひん》している政権打倒のための詔書を手にしたまさに同日、将軍はみずから進んで、三世紀にもわたった政権を放棄し、外見上なんの抵抗をもみずに正当な主権者の復権をみたのであります（一八六七年一一月一四日）。連合軍と同盟軍とによる京都の占拠、「一二月九日の大詔渙発」、将軍の二条城からの撤退が、たてつづけに急速に行われました。

一八六八年一月三日には、伏見の戦いで戦争が始まりました。官軍が全面的に勝利をおさめ、以後、賊軍と呼ばれた徳川方は、東方に逃げました。二つの大軍がその後を追い、西郷は東海道軍を指揮しました。抵抗なく四月四日、江戸城は官軍に明け渡されました。その後の驚くほどの大影響を考えると、その革命は、史上もっとも安価な革命でありました。

はなはだ安価に、しかもきわめて効果的に、これを実現した人物が西郷でありました。安価であるとともに効果の大きいという両面性が、私どもの革命に顕著に見られることこそ、西郷の偉大さの表れであります。「一二月九日の大詔渙発」が旧制度に及ぼした甚大な影響からみると、これに匹敵するものは、一七九〇年七月一四日にフランスの首府でみられた同じような宣言しかないでしょう。

西郷の沈着冷静は、伏見で最初の戦いの火ぶたが切られたときの官軍の頼みの綱でした。前線から使者がきて報告しました。

「援軍を送られたい。一小隊のみで敵のはげしい戦火にさらされています」

西郷は告げました。

「諸君全員が戦死したなら送ろう」

使者は帰りました。敵は撃退されました。

このような司令官をもつ方が勝たないわけはありません。東海道軍が品川に進駐したとき、勝〔海舟〕という名の旧友に会いました。徳川方にあっては勝だけが、幕府の最期の避けがたいことを見通し、国家が生存するために主家の大権を犠牲にする覚悟ができていました。官軍の司令官は旧政府の使者に向かって言いました。

「このたびは、さぞお困りであろう」

勝からの返事は、

「私の立場に立たれなくては、どんな心境かおわかりになるまい」

西郷は大笑しました。苦境に立たされた友人を見て朗らかなのです！　西郷の心は、いまや和平に傾きました。京都に戻ると、あらゆる反対を押しきり、徳川将軍とその家臣に対する大赦を主張し、賊軍に有利な条件をたずさえて江戸に戻りました。

西郷が和平を決断する数日前のことですが、勝は西郷を愛宕山へ散歩にともなったといわれます。眼下に広がる「壮大な都市」を見て、西郷の心は深く動かされました。友人の方を向くと、

「我々が一戦を交えると、この罪もない人々が、我々のせいで苦しむことになる」

こう言って、しばらくおし黙っていました。西郷の「情」が動きました。罪もない

人々のためには和平をもたらさなければならないのです。「強い人は、弱い人が相手でないときもっとも強い」のです。西郷の強さの奥には、ずいぶん女性的な優しさがありました。町は救われて残り、和平が結ばれました。徳川将軍は武器を手放し、城を天皇に明け渡すことになりました。

天皇は正当な地位に復し、正当な主権のもとに国家の統一は実現され、西郷のもくろんだ方向に新政府は動き始めました。西郷はためらうことなく故郷薩摩に下《さ》がり、数年の間は小部隊の兵士の訓練に専念しました。西郷にとっては、他の人と異なり、戦争が終わってはいませんでした。まだ国家に導入されなくてはならない大きな社会変革のために、軍事力が必要でした。西郷の目には、統一国家は一段階にあるに過ぎず、もう一つ別の目的のためにも軍事力が必要とされました。

首府に呼ばれて上京した西郷は、維新革命で名をあげた人達とならび、参議という要職に列せられました。しかし西郷の同僚たちが、西郷とはもはや行動を共にできないと思うときが訪れました。今までは共通の目的のために協力しあってきたのですが、同僚たちが止まろうとしたところを、西郷は出発点とみなしていたので、ついに決裂にいたりました。

4　朝鮮問題

ただ征服だけを目的として戦争を起こすことは、西郷の良心に反しました。東アジアの征服という西郷の目的は、当時の世界情勢をみて必然的に生じたものでした。日本がヨーロッパの「列強」に対抗するためには、所有する領土を相当に拡張し、国民の精神をたかめるに足る侵略策が必要とみたのでした。それに加えて、西郷には自国が東アジアの指導者であるという一大使命感が、ともかくあったと思われます。弱き者をたたく心づもりはさらさらなく、彼らを強き者に抗させ、おごれる者をたたきのめすことに、西郷は精魂を傾け尽くしました。その理想とする英雄はジョージ・ワシントンであるといわれ、ナポレオン一派を強く忌み嫌っていた態度よりみて、西郷が決して低い野望のとりこでなかったことがよくわかります。

西郷は、このように自国の使命に対し高い理想を抱いていましたが、それでもなお、十分な理由のないまま戦端を開くつもりはありませんでした。そのようなことをすれば、自分の尊ぶ「天」の法に反することになるでしょう。しかし、はからずも、ある機会が訪れました。西郷は当然、それを日本が世の始めから託された道に進むため、「天」の与えた機会と受け取りました。

日本にもっとも近い、大陸の隣国である朝鮮が、新政府から派遣された数人の使者に対して無礼な態度をとったのでした。それだけでなく、朝鮮は、同地に居留する日本人に対して露骨な敵意を示し、友好的な隣国の威厳をいちじるしく傷つける布告を、彼らに向かって発したのでした。放任しておいてよいものか？　西郷とその同志は主張しました。無礼だけではまだ戦争に突入できません。高官からなる少数の使節を半島の宮廷に派遣し、無礼に対する責任を追及するがよい、それでもまだ横柄《おうへい》な態度をつづけて、新しい使節に対して侮辱を加えたり、身体を傷つけたりしたと仮定せよ、そのときこそ朝鮮に軍隊を派遣する合図とみなし、「天」の許すかぎり征服せよ。その任にあたる使者には、大きな責任と極度の危険がともなうので、西郷自身が使者の役に任命されることを希望したのでありました。征服者が、自分の国民に征服を可能にするため、まず自分自身の命を投げ出そうとしているのであります！　このような征服のやり方はこれまでの歴史にはみられません。

のろまで無口の西郷が、朝鮮使節の問題が閣議で論じられるときになると、火のように熱し生き生きしていました。自分を首席大使に任命するよう同僚に訴え、その願いがかなったときの西郷の喜びようといったら、まるで念願の品物を手にして、嬉々として跳びはねる子供と変わりありませんでした。ここに西郷が友人の板垣〔退助〕（今は伯爵）に与えた一通の手紙があります。板垣の特別な尽力によって、西郷の任命が閣議でひそかに決定されたのでした。

板垣様

昨日お訪ね申し上げましたが、お留守でしたのでお礼をなにも述べずに引き返して参りました。私の願いがすべてかなえられましたのは、ひとえにご尽力の賜物でございます。病気も今では全く快癒いたしました。喜びのあまり空を舞うような心地で三条大臣家から貴邸に伺いました。軽い足どりでございました。もはや「横槍」のはいる心配はないでしょう。目的のかなえられたからには青山の私宅にこもり、よい発令を待つ所存でございます。とりあえず感謝の気持ちのお伝えまで。

西郷

ちょうどこのとき、岩倉が大久保や木戸とともに世界巡察の旅から帰国しました。彼らは、文明をその中心地で眺め、文明が快適な暮らしと幸福とをもたらす実状を見てきたのです。彼らは外国との戦争など考えてもいませんでした。西郷がパリやウィーンの生活を想像もできないのと同じであります。こうして岩倉たちは一致して、ありとあらゆる権謀術策を用い、留守中の閣議の決定を覆すために全力を傾けました。ついに三条大臣の病気を利用して、その方針をおし通すことに成功しました。

朝鮮使節の決議は一八七三年一一月二八日に撤回されました。これまで人前で怒りをみせることのなかった西郷でしたが、「長袖者流《ちょうしゅうしゃりゅう》」と呼んだ卑劣な公卿どものやり方には、さすがに激昂しました。西郷をもっとも怒らせたのは、決議の撤回されたことではなく、撤回させたやり方でした。そこまでにいたる動機が、西郷の我慢の限界をこえて怒らせたのです。西郷は、もはや腐った政府とは縁を切ろうと決意し、閣議の席で辞表を叩きつけ、東京の住居を明け渡して、ただちに故郷の薩摩に引退しました。こうして、西郷は自分の大きな功労によって樹立された政府に、ふたたび加わることはありませんでした。

征韓論を抑えたことにより政府の侵略策はすべて消え、その後の政策はいずれも支持者より「内治改良」と呼ばれた線で進められました。そうして岩倉とその一派「内治派」の思惑どおり、国はいわゆる文明開化一色となりました。それとともに、真のサムライの嘆く状況、すなわち、手のつけられない柔弱、優柔不断、明らかな正義をも犠牲にして恥じない平和への執着、などがもたらされました。

「文明とは正義のひろく行われることである、豪壮な邸宅、衣服の華美、外観の壮麗ではない」

これが西郷の文明の定義であります。そのとき以来、西郷のいう意味での文明は、ほとんど進歩を見せなかったのではないでしょうか。

5　謀反人としての西郷

西郷の生涯でもっとも遺憾なのは最後の時期であります。この時期については、おおく語る必要はないでしょう。西郷が謀反人となって政府に刃向かったことは事実であります。西郷をそこにまで追いやった事情については、さまざまに論じられています。彼の生来有した「情のもろさ」が、西郷を反乱者との結盟に向かわせた主要な理由であるとする考えは、たぶん、有力な見方であります。

崇拝できる人物は世界で西郷ただ一人と仰ぐ、およそ五千人もの若者たちが、おそらく西郷に知らされることもなければ、その意志にもかなり反して、公然と政府に反乱を起こしたのであります。反乱者たちの企ての成否は、西郷がその運動に自分の名を貸し与え影響を与えるか否《いな》かにかかっていました。強さにかけては人後に落ちない西郷も、困った人々の哀願の前には無力にひとしい存在でありました。二〇年前、客人を歓迎するしるしとして自分の命の提供までも約束したことがありました。今ふたたび西郷は自分を敬愛する生徒たちのために、友好のしるしとして、自己の生命、自己の名誉、自己の一切を犠牲にするに至ったのかも知れません。西郷をもっともよく知る人たちは、今日そのように考えます。

西郷は、いうまでもなく時の政府に対し強い不満を抱いていました。しかし、彼ほどの分別ある人間が、ただ怨恨だけの理由で戦争を始めるなどは想像しがたいことです。少なくとも西郷においては、反乱は、自分の生涯の大目的が挫折した失望の結果である、と言いたいのですが違っているでしょうか。一八六八年の維新革命が、西郷の理想に反する結果を生じたために、それは直接西郷が招いた事態ではないにせよ、西郷は、言いしれぬ魂の苦悩を覚えていました。もしかして反乱が成功するなら、その一生の大きな夢が実現することもあるのではないか。疑念を抱きながらもわずかの希望を託して、西郷は反乱者と行動を共にしました。そして本能的に予感していたと思われる運命を共にすることになりました。だが、西郷の生涯のこの時期を歴史が解明できるのは、まだ百年先のことでしょう。

西郷は、作戦については一切、桐野〔利秋〕や他の者に任せて、戦争の全期間を通じて受け身の姿勢に終始しました。一八七七年の二月から九月にかけて戦闘はつづきました。彼らの野望が完全に砕《くだ》かれたとわかると、「父祖の墓」に埋葬されるために鹿児島に辛うじて戻って来ました。全官軍が山麓に集結して城山が包囲されるなか、私どもの主人公は悠々と碁を打っていました。家来の一人の方を振り向いて西郷は話しかけました。

「おまえではないか、私が荷馬をひいて田圃《たんぼ》から帰って来たとき、下駄の鼻緒をすげさせたのは」

家来は、そのときのことを思い出し、自分の無礼を詫び、恐縮して許しを乞いました。

「気にするな、あまり退屈だから、ちょっとからかっただけだ」

実はこういう出来事があったのです。薩摩の慣習として、サムライならみな、道で出会う農夫にはだれでも、下駄を直させる権利がありました。これを利用した二人の若者に失礼な要求を突き付けられ、ある農夫がこれに応じたことがあったのです。この時の農夫がたまたま大西郷でありました。西郷は、一言の文句もいわずに、いやしい仕事をし終わると謙遜な態度で立ち去りました。西郷の最期の場に仕えた当人から、西郷について、このような回想談に接することができるのは有り難い話であります。聖アクィナスの謙遜をもってしても、このわが西郷の謙遜には及ばなかったでありましょう。

一八七七年九月二四日の朝、官軍の総攻撃が城山に向かって開始されました。西郷が同志とともに迎撃のため立ち上がったとき、一発の銃弾に腰を撃たれました。まもなく少数の味方は全滅、西郷の遺体は敵方の手におちました。

「無礼のないように」

敵将の一人が叫びました。

「なんと安らかなお顔のことか！」

別の一人が言いました。西郷を殺した者がこぞって悲しみにくれ、涙ながらに葬りました。今日も西郷の墓には、涙を浮かべて訪れる人の群れが絶えません。

もっとも偉大な人物が世を去りましたが、最後のサムライであったのではないかと思われます。

6　生活と人生観

西郷の国家に対する貢献について、歴史が正しい評価を下すまでに、まだ至っていません。しかし、西郷が実際にはどのような人物であったかを、正しく見ることのできる資料としては、自由に使えるものは十分あります。もしも西郷の人生の後者の面が、前者の解明におおいに役立つとするならば、読者は、今から私が西郷の生活と意見について、しばらく述べることをお許し下さい。

まず、西郷ほど生活上の欲望のなかった人は、他にいないように思われます。日本の陸軍大将、近衛都督、閣僚のなかでの最有力者でありながら、西郷の外見は、ごく普通の兵士と変わりませんでした。西郷の月収が数百円であったころ、必要とする分は一五円で足り、残りは困っている友人ならだれにでも与えられました。東京の番町の住居はみすぼらしい建物で、一ヵ月の家賃は三円であったのです。

その普段着は薩摩がすりで、幅広の木綿帯、足には大きな下駄を履くだけでした。この身なりのままで西郷は、宮中の晩餐会であれ、どこへでも常に現れました。食べ物は、自分の前に出されたものなら何でも食べました。あるとき、一人の客が西郷の家を訪ねると、西郷が数人の兵士や従者たちと、大きな手桶をかこんで、容器のなかに冷やしてあるそばを食べているところでありました。自分も純真な大きな子供である西郷は、若者たちと食べることが、お気に入りの宴会であったのです。

西郷は、身の回りのことに無関心なら、財産にも無関心でありました。東京一の繁華街に、りっぱな土地を所有していたことがあります。それを設立されたばかりの国立銀行に売却しました。価格を聞かれても語ろうとはしませんでした。今日も同法人の所有のままになっているその土地は、数十万ドルの値打ちがあるとされます。西郷の年金収入の大部分は、ことごとく鹿児島で始めた学校の維持のために用いられました。西郷の作った次の漢詩があります。

我が家の法、人知るや否や
児孫のために、美田を買わず

このように西郷は、妻子のためになにも遺しませんでしたが、謀反者として死んだにもかかわらず、国家が遺族の面倒をみてくれました。近代経済学の立場からは、この西郷の「無関心」につき、いろいろ異論があるかもしれません。

西郷にはひとつの趣味がありました。それは犬の趣味でした。届け物はすべて受け取らず断っていましたが、ただ犬に関するものだけは、厚く感謝して受け取りました。犬のさまざまな色刷り、石版画、鉛筆によるスケッチ画は、いつも西郷を楽しませました。東京にあった家をひとに譲り渡したときにも、大きな箱一杯もの犬の絵があったといわれます。西郷が大山〔巌〕元帥に送った手紙の一通には、犬の首輪について実にこと細かく書かれています。

犬の首輪の見本をわざわざお送り下さいましたことを深く感謝申し上げます。舶来品よりも優れていると拝見します。ただし三寸ほど長くして下されば、まさに私の望みどおりでございます。四、五個、作製して下さいますようお願い申し上げます。さらに一つ、少し幅を広くし五寸長いものをお願い申し上げます。云々

西郷の犬は、その生涯の友でありました。西郷は犬を伴って昼も夜も山中で過ごすことが度々ありました。たいへん淋しがりやの西郷は、口の利けない動物たちと淋しさを分かち合っていたのでした。

西郷は口論を嫌ったので、できるだけ、それを避けていました。あるとき宮中の宴会に招かれ、いつもの平服で現れました。退出しようとしましたが、入り口で脱いだ下駄が見つかりませんでした。そのことで、だれにも迷惑をかけたくなかったので、

はだしのまま、しかも小雨のなかを歩きだしました。城門にさしかかると、門衛に呼び止められ、身分を尋ねられました。普段着のまま現れたので怪しい人物とされたのでした。「西郷大将」と答えました。しかし門衛は、その言葉を信用せず門の通過を許しません。そのため西郷は、雨の中をその場に立ち尽くしたまま、だれか自分のことを門衛に証明してくれる者が出現するのを待っていました。やがて岩倉大臣をのせた馬車が近づいて来ました。ようやくはだしの男が大将であると判明、その馬車に乗って去ることができました。

西郷には「熊吉」という名の下男がいました。長年の間、つつましい家庭につかえ、親しまれた人物でした。ところが一度、解雇も当然の重大な過ちを犯しました。だが寛大な主人は、解雇した場合の下男の将来を気遣い、そのまま家に留めおきました。ただ多年の間、用事を言い付けることだけはしませんでした。「熊吉」は主人の死後、なお長年生きながらえ、不運な英雄をもっとも慕い悲しむ一人でありました。

ある人は、西郷の私生活につき、このように証言しています。

「私は一三年間いっしょに暮らしましたが、一度も下男を叱る姿を見かけたことがありません。ふとんの上げ下ろし、戸の開け閉《た》て、その他身の回りのことはたいてい、自分でしました。でも他人が西郷のためにしようとするのを、遮ることはありませんでした。また手伝おうとする申し出を断ることもありませんでした。

まるで子供みたいに無頓着で無邪気でした」

西郷は人の平穏な暮らしを、決してかき乱そうとはしませんでした。ひとの家を訪問することはよくありましたが、中の方へ声をかけようとはせず、その入り口に立ったままで、だれかが偶然出て来て、自分を見つけてくれるまで待っているのでした！

西郷の生活は、このように地味で簡素でありましたが、その思想は、これまで紹介してきましたように、聖者か哲学者の思想でありました。

「敬天愛人」の言葉が西郷の人生観をよく要約しています。それはまさに知の最高極致であり、反対の無知は自己愛であります。西郷が「天」をどのようなものとして把握していたか、それを「力」とみたか「人格」とみたか、日ごろの実践は別として「天」をどういうふうに崇拝したか、いずれも確認するすべはありません。しかし西郷が、「天」は全能であり、不変であり、きわめて慈悲深い存在であり、「天」の法は、だれもの守るべき、堅固にしてきわめて恵みゆたかなものとして理解していたことは、その言動により十分知ることができます。「天」とその法に関する西郷の言明は、すでにいくつか触れてきました。西郷の文章はそれに充ちているので、改めておく付け足す必要はないでしょう。

「天はあらゆる人を同一に愛する。ゆえに我々も自分を愛するように人を愛さなければならない」

西郷のこの言葉は「律法」と預言者の思想の集約であります。いったい西郷がそのような壮大な教えをどこから得たのか、知りたい人がいるかもしれません。「天」には真心をこめて接しなければならず、さもなければ、その道について知ることはできません。西郷は人間の知恵を嫌い、すべての知恵は、人の心と志の誠によって得られるとみました。心が清く志が高ければ、たとえ議場でも戦場でも、必要に応じて道は手近に得られるのです。常に策動をはかるものは、危機が迫るとき無策です。

「誠の世界は密室である。そのなかで強い人は、どこにあっても強い」

不誠実とその肥大児である利己心は、人生の失敗の大きな理由であります。西郷は語ります。

「人の成功は自分に克つにあり、失敗は自分を愛するにある。八分どおり成功していながら、残り二分のところで失敗する人が多いのはなぜか。それは成功がみえるとともに自己愛が生じ、つつしみが消え、楽を望み、仕事を厭うから、失敗するのである」

それゆえ私どもは、命懸けで人生のあらゆる危機に臨まなくてはなりません。西郷は、責任のある地位につき、なにかの行動を申し出るときには「わが命を捧げる」ということを何度も語りました。完全な自己否定が西郷の勇気の秘密であったことは、次の注目すべき言葉から明らかです。

「命も要らず、名も要らず、位も要らず、金も要らず、という人こそもっとも扱いにくい人である。だが、このような人こそ、人生の困難を共にすることのできる人物である。またこのような人こそ、国家に偉大な貢献をすることのできる人物である」

「天」と、その法と、その機会とを信じた西郷は、また自己自身をも信じる人でありました。「天」を信じることは、常に自己自身を信じることをも意味するからです。

「断じて行えば鬼神もこれを避ける」

と言いました。また、

「機会には二種ある。求めずに訪れる機会と我々の作る機会とである。世間でふつうにいう機会は前者である。しかし真の機会は、時勢に応じ理にかなって我々の行動するときに訪れるものである。大事なときには、機会は我々が作り出さなければならない」

したがって、まず「人物」であります。有能な人物を西郷はなによりも高く買いました。

「どんなに方法や制度のことを論じようとも、それを動かす人がいなければ駄目である。まず人物、次が手段のはたらきである。人物こそ第一の宝であり、我々はみな人物になるよう心がけなくてはならない」

こう西郷は言っています。

「敬天」の人は、「正義」を敬し、それを実行する人にならざるをえません。「正義のひろく行われること」が西郷の文明の定義でありました。西郷にとり「正義」ほど天下に大事なものはありません。自分の命はもちろん、国家さえも、「正義」より大事ではありませんでした。西郷は言います。

「正道を歩み、正義のためなら国家と共に倒れる精神がなければ、外国と満足できる交際は期待できない。その強大を恐れ、和平を乞い、みじめにもその意に従うならば、ただちに外国の侮蔑を招く。その結果、友好的な関係は終わりを告げ、最後には外国につかえることになる」

同じく述べます。

「とにかく国家の名誉が損なわれるならば、たとえ国家の存在が危うくなろうとも、政府は正義と大義の道にしたがうのが明らかな本務である。……戦争という言葉におびえ、安易な平和を買うことのみに汲々するのは、商法支配所と呼ばれるべきであり、もはや政府と呼ぶべきでない」

このような言葉を語った人を、当時、首府に駐在していた外国使節はそろって尊敬しました。なかでも、東洋的外交術に精通し、長年にわたりわが国にあってイギリスの国益を守り通したイギリス大使ハリー・パークスは、だれにも劣らず西郷を尊敬していました。「正しかれ、恐れるな」というのが、西郷の政府の動かし方でありました。

このように一貫した見方をもっていたので、当然、西郷は、そのころ自分の周辺に進行していた運動の成り行きにつき、はっきりした見通しを抱いていました。維新革命の起こるかなり前、新政府がいまだ、その提唱者にとっても白日夢であった時分に、それが西郷には、すでに達成された現実でありました。長年の追放が終わり、西郷を元の責任ある地位に呼び戻す使者が、流された島に送られたときのことです。西郷は海辺の砂に、新国家の建設のために頭に描いていた諸策のすべてを、図示して語ったと言われます。そのとき西郷の示した予見が、あまりにも事実に当たっていたのに驚き、話を聞いた使者はのちに、思うに西郷は人間ではなく神である、と友人に告げたほどです。

私どもは、維新革命のさなかの、西郷の落ち着きぶりをみてきましたが、これは明瞭なヴィジョンをもっていたことの当然の結果であります。維新革命の開始当初、天皇の地位が約一〇世紀の間不安定であったために、どういう地位になるのか、一部には少なからず不安定がありました。有名な宮廷歌人の福羽〔美静〕は、次のように西郷に尋ねました。

「維新革命は望ましいです。しかし新政府が樹立されたとき、神聖なる天皇の地位はどのようになりますか」

それに対する西郷の答えは、次のように明確でした。

「新政府においては、天皇にはあるべき地位についていただく。それは親しく国政にあたり、そうすることで天皇の天職をまっとうすることである」

この人物には、少しもまわりくどい面がありませんでした。「正義」の道の常ではありますが、簡潔で、まっすぐで、太陽の光のように明るく澄み切っていました。

西郷は一冊の著書も遺《のこ》していません。しかし、数多くの詩と、若干の文章とを遺しました。この西郷が折りにふれて詠んだ詩文をとおして、その内心をうかがうことができ、それがあらゆる行動と一致していることがわかります。西郷の詩文には、知ったかぶりの面はまったくありません。西郷とならぶ多くの日本の学者と異なり、その用いる言葉と比喩は、できるだけ簡潔なものです。たとえば、次にあげる詩のように簡潔な詩はほかにありません。

私に千糸の髪がある
墨よりも黒い
私に一片の心がある
雪よりも白い

髪は断ち切ることができても
心は断ち切ることができない

あるいは、次のように西郷らしい詩もあります。

道は一つのみ「是か非か」
　心は常に鋼鉄
貧困は偉人をつくり
　功業は難中に生まれる
雪をへて梅は白く
霜をへて楓は紅い
もし天意を知るならば
だれが安逸を望もうか

次の山で詠んだ小篇は、西郷そのものです。

地は高く、山は深く

夜は静かに
人声は聞こえず
ただ空をみつめるのみ

「生財」と題された西郷の文章の一部を引いておきます。

『左伝』にこう書かれている。徳は結果として財をもたらす本である。徳が多ければ、財はそれにしたがって生じる。徳が少なければ、同じように財もへる。財は国土をうるおし、国民に安らぎを与えることにより生じるものだからである。小人は自分を利するを目的とする。君子は民を利するを目的とする。前者は利己をはかってほろびる。後者は公の精神に立って栄える。生き方しだいで、盛衰、貧富、興亡、生死がある。用心すべきでないか。

世人は言う。「取れば富み、与えれば失う」と。なんという間違いか！　農業にたとえよう。けちな農夫は種を惜しんで蒔き、座して秋の収穫を待つ。もたらされるものは餓死のみである。良い農夫は良い種を蒔き、全力をつくして育てる。穀物は百倍の実りをもたらし、農夫の収穫はあり余る。ただ集めることを図るものは、収穫することを知るだけで、植え育てることを知らない。賢者は植え育てることに精をだすので、収穫は求めなくても訪れる。

＊

徳に励む者には、財は求めなくても生じる。したがって、世の人が損と呼ぶものは損ではなく、得と呼ぶものは得ではない。いにしえの聖人は、民を恵み、与えることを得とみて、民から取ることを損とみた。今は、まるで反対だ。

＊

ああ、聖人の道に反して民に財と豊かさとを求めることが、「賢」といえるだろうか。損得の法（真の）に反して国土の繁栄をはかることが、「不賢」といえるだろうか。賢者はほどこすために節約する。自分の困苦を気にせず、ひとの困苦を気にする。こうして財は、泉から水が湧き出るように、自分のもとに流れ込む。恵みが降り注ぎ、人々はその恩沢に浴する。これはみな、賢者が、徳と財との正しい関係を知り、結果でなく原因を求めるからである。

今日の近代的なベンサム主義者なら、「古くさい経済学だ」というかもしれません。しかし、それはソロモンの経済学であり、ソロモンより偉大な「存在」の経済学でありました。宇宙がこれまで一九世紀にもわたって存在してきたように、けっして古くはないものです。

「ほどこし散らして、かえりて増す者あり、与うべきものを惜しみて、かえりて貧しきにいたる者あり」

「まず神の国と神の義とを求めよ。さらばすべての物は、汝らに加えらるべし」

西郷の文章は、この神の言葉に適した注解ではありませんか。

もしわが国の歴史から、もっとも偉大な人物を二人あげるとするならば、私は、ためらわずに太閤と西郷との名をあげます。二人とも大陸方面に野望をもち、世界を活動の舞台とみていました。ともに同国人とはくらべものにならないほど偉大でしたが、二人の偉大さはまったく相反していました。太閤の偉大さは、思うにナポレオンに似ていました。太閤には、ヨーロッパの太閤に顕著なほら吹きの面が、その小型ながら、かなりあったのです。太閤の偉大さは、天才的な生まれつきの精神によるもので、偉大をのぞまなくても偉大でありました。しかし、西郷は、そうではありません。西郷の偉大さはクロムウェルに似ていて、ただピューリタニズムがないためにピューリタンといえないにすぎないと思われます。西郷には、純粋の意志力との関係が深く、道徳的な偉大さがあります。それは最高の偉大さであります。西郷は、自国を健全な道徳的基盤のうえに築こうとし、その試みは一部成功をみたのであります。

（岩波文庫「代表的日本人」より）

ダンテとゲーテ

ダンテとゲーテは文学界の代表者たり。其の著す所の作は実に欧洲文学の神髄となす。余輩は今此の二大文豪を相対照して、聊か観察する所を陳べ、以て其の論評を試みんと欲す。蓋し相対照して論評するは、之に拠りて最も善く彼等の互に相異なりたる性状を発揮し、又其の同じからざる思想の傾向を指摘するに便宜を感ずるが故のみ。されど其の論評を試むるに当り、余輩は先づ己が無学にして、未だ博く渉り深く極めたる者に非ざる事を表白し置かざる可らず。此は乃ち余輩の説く所に何程の信用を与へ得べきかを示すと同時に、又兼ねて彼等の文学を研究せんと欲する者の参考に資するを得ん。

ダンテは伊太利の人なり、故に彼の文学の妙趣を玩味せんと欲すれば、其の国語を以てするの外ある可らず。ルーテルの独逸文学に於ける、シエキスピーヤの英吉利文学に於けるが如く、伊太利の文学はダンテを待つて初めて世に知られたるものにして、独逸語に飜訳してシエキスピーヤを読み、又英語に飜訳してゲーテを読むも何となく隔靴掻痒の感ありて、余韻縹渺たる妙趣を殺ぎ、写真に対して朧げに其の活物の面影を忍ぶが如く、如何に精巧なる飜訳なりとも、飜訳を以てダンテを読むの不完全なる事は論を俟たず。伊太利語を研究するは、我邦に取りて商業上の関係より言ふも甚だ大なる利益ありと思はる。伊太利は多く生糸を産出し、我国とは産業上の競争国たるのみならず、凡そ地中海沿岸の諸邦の貿易を試みんとせば、是非とも伊太利語に通ずるの必要を生ず。されど今日まで伊太利語を研究する人の少なきは残念なる事なり。泰西人は伊太利語に甚だ重きをおき、之を知らざるを以て恥辱となすに至る。此は啻に外交若くは貿易の関係より来るものに非ず、多くは其の文学特にダンテの作を其の国語にて読まんとするの一念より来る。トマス、カーライルは乃ち其の一人とす。其の弟なるジヨン、カーライルは又ダンテ学者として有名なる人なり、医を業となせども、文学の趣味深く其の飜訳に係はるダンテの地獄の部分の如きは、飜訳書中に重きを成す所なり。其の他我邦には只乾燥無味なる一片の解剖学者として其の名を知られたるハツクスレーの如きも、曾て世界を周遊せる時に当り、ダンテを彼の国語にて読まんとの志を起し、伊太利語の初歩より研究し、刻苦勉励の結果遊歴二年間にて略ゝ之を読み終れりと言ふ。余輩又其の必要を切に感ずる者なりと雖、未だ事志と違ひて之を果さず。今や堂々たる君子国の都の中央なる此の青年会館に於て、ダンテを論ぜんとするに当り、其の国語に通ぜざる事を表白せざる可らざるは、不面目之に過ぎず。されど恐らくは聴衆諸君も亦之に通ぜざるべし、故に敢て之を論じ、諸君をして却て伊太利語を研究するの必要を感ぜしむるの奨励たるを得ば、更に余輩の幸なり。

斯の如く余輩は不幸にして其の国語を以てダンテを読む能はざれば、余儀なく其の飜訳に拠らざる可らず、然らばはたして如何なる飜訳が最も可なりとすべきか。ダンテの神曲を英語に飜訳せるもの夥多ありと雖、余輩の見る所に拠ればヘンリー、フランシス、ケリー（H. F. Cary）の訳を最も可なりとなす。此は千八百四十六年に出版せるものにて、カーライルも亦筆を加へたりと言ふ。又ライト（Wright）の飜訳ありて、明晰平易の文なりと雖、ケリーの文は寧ろ沈痛鋭利なりと思ふ。其の他にロングフエローの訳あり、余輩未だ之を読まず、されど其の簡易明快の文字たるべきや明かなり。米国にウイルスタツシと言へる人あり、拉典学者にしてヴルジルを深く研究せり。ヴルジルはダンテの詩中に歌はれたる古代の人物なれば、またダンテ学研究の好材料となすべし。ウイルスタツシの訳には簡短なる註釈を加へあれば至極便利なり。又当時の学問の状態を詳かにせざる可らず、特に天主教会の儀式を知り、政治上の趨勢を察する事の必要は言ふまでもなし。而してダンテの自著中にて先づ研究を要すべきの書は『王政論』(De Monarchia) あり、『新生』(Nouva Vita) あり、此はビヤトリス夫人の死を哀悼せる歌なり。其の外『酒宴』(Convito) の如きは、道徳哲学等智識上の問題を論ぜるものにて大切の材料なり。其の『神曲』を読まんとせば先づ順序として、之等の書を繙き己が脳髄を訓練するを要す。

夫れダンテを学ばずんば未だ欧洲文学の精髄を知る可らずと。余輩屢〻此の語を聞きて奮激し、直ちにダンテの作を繙きたれども、容易に解す可らず、其の甚だ入り難きに僻易して之を廃したる事また屢〻なりき。故に其の門に入らんとすれば、先づダンテの批評を読むを便利となす。特にヂーン、チヨルチのダンテ論の如きは、フロレンスの歴史及びかのギベリシ党とゲルフ党との錯雑せる政治上の状態を最も明白に叙して、彼の境遇を知るに甚だ便なり、アヂングトン、シモンドの文学復興史は其の研究少からざる助けを与ふ。其の他コンテンポラリー、レビユー及びナインチン、センチユリー等の誌上に掲載せる論文に、参考とすべきもの少からず。ダンテは旧教徒たりしを以て、新教徒の彼に対するは稍〻偏見あるを免れず、随て旧教徒は彼を激賞して措かざるなり。米国旧教徒の発行に係はる雑誌、American Quarterly Catholic Review 紙上には、屢〻旧教徒の観察点を察知するに足るべき文章を掲載するを見たり。

余輩始めて『神曲《ディヴィナコメディヤ》』を読むや、終夜安眠する能はざりし事屢〻なりき。其は読んで愉快の情に堪へざりしが故に非ず、戦慄して恐怖の念に堪へざるが故なりき。自殺して死せる者、末の日に復活し、既に其の身体は形を成したれども、其の霊魂は未だ空に懸かる己が体に宿らずとて苦痛悲惨の様名状すべからざるを写し、又宛ら群蛙の泥中より頭を持上げたる如く、夥多の霊魂、沸騰せる青瀝の中より頭を延べて「ダンテよ、ダンテよ」と叫喚する一条の如きに至つては、恐懼坐《そぞ》ろに我を襲ひ、覚えず身を慄して四辺を顧み、我も亦其の恐ろしき叫喚の声を聞くものに非ざるかを疑はしむ。

*　*　*

ゲーテを研究するはダンテを研究するよりは、其の範囲遥に広大なり。されど我邦に於ては兵備を始め学術文学等多く独逸に負ふ所なり、随て其の国語に通ずる者多く、其の国状を知れる者少なからざれば、ゲーテを学ぶに於て甚だ便宜なるを覚ゆ。余輩の初めて独逸語を研究せんとの志を起せるは、一はルーテルの訳せし聖書を読み、一はゲーテの著作を繙かんとの動機に基く。而して曩《さき》に米国に遊べるや、アモースト大学教授博士リチヤドソン氏に就き二年間専ら独逸語を学ぶ事を得、又同氏はゲーテ文学に詳しき人なりしかばゲーテを研究するに得る所甚だ多かりき。故に余のゲーテを論ずるはダンテを論ずるよりも、少しく信をおくに足るべしと信ず。

ゲーテの詩中最も善く彼の精神を発揮したるものは、『フアウスト』なり。甚だ単純にして読み難き作に非ず。されど下巻は上巻に比して稍ゝ困難なり。『ウイルヘルム、マイステル』はゲーテがゲーテ以上に逸出して人生問題を論じたる点多し。又自叙伝とも称すべき"Wahrheit und Dichtung"あり、著述家としての彼の生涯を窺ふべし。其の他広く世の愛読する所は『ヘルマン、ウント、ドロテア』なり。其の思想の不健全にして動《やや》もすれば卑猥に渉れるもの之を『ベルテルス、ライデン』となす。而して彼の伝記の最も善美なるは、ルウイスの『ゲーテ伝』とす。英人の著す所なれども、独逸人すら尚斯の如く彼の真相を公平に伝へたるものなしと言へり。カーライルのゲーテ論の如きは揣摩臆測を逞うせる点少なからざれば公平と言ふ可らず。近頃に至りゲーテ論は文学界の一問題となり、或は卑むべしとなし、或は尊むべしとなし、新聞雑誌等種々の議論を闘はすを見る。されば『コンテンポラリー、レビユー』若くは『ナインチン、センチユリー』等又参考に供すべきもの多し。

＊　＊　＊

欧洲文学の粋と歌はれ、詩人中の詩人と称せらるゝ者三人。曰くダンテなり、曰くゲーテなり、曰くシエキスピーヤなり。或はホーマーを加へて四人となす。されど其時代の懸隔せる事、余りに甚しきが故に多くは之を数へず。若し夫れバルンスを読み、ウオルヅウオルスを愛し、バイロンを解したりと言ふと雖、未だ彼の三大詩人を知らざる者は、以て欧詩の妙趣を味ふたりと做す可らず。

余輩は今此等の大詩人を論評せんとするに当り、先づ詩人とは何者なるや、将又詩とは何事なるやの問題を解釈し、詩人の本分を明かにし、詩の真意義を定むるの必要なるを感ず。抑ゝ漢字の所謂『詩』とは如何なる字義を有するものにして、其の由て来る所の故事来歴等の如き、余輩の浅学なる未だ之を詳にせず。若し漢学先生をして縦横自在に其の説を成すを得せしめば、異義紛々正に二三十にして尽きざるものあるべし。或は牽強附会の説なるやも知る可らずと雖、余輩また此の文字を解釈して一説を得たり。曰く「詩」の字は言扁に寺の作りなり、蓋し古昔詩てふものの因て起れるは、多く之を寺院より発したるものなるが故に、寺にて用ふる言語なりとの義を表はす為「詩」の字を作れるに非ざる乎。例へば毘陀経の如きは最も古代の作なれども、印度人の祖先は其の寺院に於て之を相吟頌したるものなりとす。由来詩と寺とは其の関係甚だ密接にして、古代の宗教は半ばは詩を以て組成せられたるものあるを見る。故に詩とは寺の語にて神聖なる歌なりとの意義を含蓄す。されど今日の寺院の言語は大に之と反し、其の神聖を汚し、其の優美を失ひ、金儲けの相談に非ずんば、地面売買の懸引談判なり。古への僧侶の言語は高尚清白なる詩なりしかども、今の僧侶の口は唯夫れ射利敗徳の臭気を発するのみ。漢字の「詩」中には果して斯の如き深長なる意義を有するや否やを保す可らずと雖、兎に角詩てふものに宗教的分子を含蓄せる事は疑を容れざる所なり。

偖《さ》て英語の〝Poem〟若くは〝Poet〟なる語を考ふるに、其の意義甚だ深遠にして大なる哲理を有し、其の名已に天来の奇想を現はして、自ら饒かなる詩的趣味を含む。詩人即ち〝Poet〟とは希臘語の〝ποιητής〟にして、動詞の〝ποιέω〟より転化せる語なり。此は「働く」、「作る」、「創造する」等の意義を有す。されば詩人は「造る人《メーカー》」なり、

「創造する人《クリエーター》」なり。恰も神天地を創造せるが如く、詩人も亦詩を以て天地を創造す。故に大工の家を造り、裁縫師の衣服を造り、新聞記者の文字を造るが如き意味にて、造る人と称するに非ず。神を"Creator"と言ひ、詩人を"Poet"と言ふに至つては其の意義更に深し。苟《いやしく》も韻を蹈み、句を聯ね、字を数ふるが如きは、詩の第二義に属する事にして、其の第一義は天地を創造する事に在りて存す。神の宇宙を創造せるは無より有を出せしなり、復古せるにあらず、新に建設せるなり。詩人の本分また此に存せざる可らず。毘陀経中には固より悉く感服する能はざるものあれども、亦幽遠崇高なる思想ありて数千年前尚此の句あるかと感嘆措く能はざらしむるもの尠少に非ず。而して起承転結の如きは彼等の厳しく問ふ所に非ざるものの如くなれども、尚其の詩たる価値に至つては毫も之を損する事なし。ダビデの詩篇に於ける、約百《ヨブ》記作者の約百記(ドラマに近しと雖)に於ける、また然り。詩は創造する事にして、詩人は乃ち創造する者なりとは、よく幾多の詩人の共に認識せる所、特にウオルヅウオルスが其の自叙伝とも称すべき Prelude に於て此の語を成せる如き以て一例となす可し。

"Creator and Receiver both,
The first Poetic spirit of our human life."

然らば詩人の創造すべきは何物なるや、又如何様にして之を創造せんと欲するや。詩人の創造すべきものは思想なり、観念なり。彼は此の茫漠たる森羅万象、天地間の凡ゆる事物を材料とし、四離滅裂、紛雑極りなきものに対し、その天稟の視観力を以て、之を整頓し、調和し、統一し、以て天地に対する完全なる観念を与ふるに在り。神に相似たる所の者、乃ち詩人は実に神の如く、錯雑せる此の宇宙を以て、統一せる新天地を組成するの力を有す。

夫れ世界は不完全にして、乱調子極りなく、住む者をして一朝此に思ひ至らしめば、呆然として自ら失ひ、且恐れ且惑ひ其の真意の存するところを悟了するに苦しみ、更に堵に安んずるの念なからしむるものあるべし。誰か死なからん、人の生命は風前の灯の如く、夕べ朝たを待つ可らず。誰か病を防がん、富めるも貧しきも忽ちにして北邙一片の露と消え、荼毘一縷の烟と化す。老たりとも望を失ふ可らず、壮なりとて頼む可らず、天変地異時ならずして至る。今年の花明年復た誰か之を見ん。事は志と違ひ、望の遂げ得られざる十中の八九、落花の風に対して悵長からざる者能く幾人ぞ。世に圧制あり、人は冷酷、我が利とする所は、隣人の不利となり、東西其の利を同うせずして、競争となり、衝突となる。不義にして驕れる者あれば正義にして苦しむ者あり、人生胡為《なんすれ》ぞ悲惨の事多き。紛々擾々、漠として風を捕ふるが如く、何の時か能く一に帰せんの嘆なくんば非ず。此に詩人あり、此の乱雑なる天地を観察し、帰趣を明かにし、真相を発揮して、千古の疑問を解釈し、死蔭の谷に住める人民をして赫々たる光明を仰ぎ、雄大なる観念を起し明確なる思想を堅からしむ。

或は人生何ぞ漫に喜び、漫に憂ひ、遑々《くわう》として大に苦しむを須《もち》ひん。飢ゑて食ひ、渇して飲み、昼は興き、夜は寝ぬ、病めば臥し、死すれば休するのみ。深く思ひ煩ひて哀しまんよりは、寧ろ楽しんで愉快に送るに如かずと為す、ヒユーム、ルークリーシヤス一派の人あり。或はシヨーペンハワーの如く人生の悲惨尽る事なく、心を傷まし め腸を断たしむる事の絶間なきを見、望を断ち喜を抛つて、人生は到底涙の谷なりとの断案を下すに至る。西班牙のアルフオンソー皇太子の如く、「神天地を創造するに際し余輩をして其の経営を共にせしめしならば、此の天地よりは更に一層完美なるものを造り出だせしものを」と怨む者、世に少なからず。或は悪は歴史を書き、善は偶ゝ之に点ずるが如きに過ぎざるを見、強者に従へば不利ある事なく、能く安全なるを得んとの了簡を起し、悪は寧ろ善よりも其の勢力強く盛なるを見るに於ては、浅はかにも走つて悪に従ふに至る者あり。此に於てか其の帰趣を示し、其の頼る所を教ふる詩人を要する又切なりと言はざる可らず。詩人の見る所の天地は、世人の見る所に異ならず、不完全にして乱調子極まりたるものなりと雖、詩人は啻《ただ》に表面を観察するのみならず、其の奥底を洞察し、凡ての苦痛凡ての不利、凡ての不義、凡ての不調和、死も疾疫も迫害も悉く其の最後は善に帰着し、皆人生に善からざるものなき事を認め、恰も凡庸人には乱調子にして錯雑弾ずるが如き音楽も、音楽者の耳底には調和あり、統一あり、優美高雅にして余情多きを感ずると一般、詩人の眼中には此の衝突と不平均とを以て成立てるが如く見ゆる世界も、調和統一せる玄妙不可思議の世界と映ずるなり。詩人即ち其の眼中に映ずる世界の秘密を歌うて、人心の惑を解く。此の点に至つては詩人と哲学と決して相反対する者にあらず、反て其の任を同うす。哲学の要は観察《インサイト》に在り。ヘーゲルの哲学の如き、之によりて人生の真相を窺ふ事を得るが故に、貴きに非ずや。ダンテとゲーテまた然り。彼等は当時の最も高尚雄大なる思想と学問とを以て、人生を観察し、而して新しき天と新しき地の開拓に殆ど成功を得たるは、余輩の感謝に堪へざる所なり。独逸語に"Anschauung"なる語あり、「上より見る」の義なり。則ち羽翼を張つて天外に飛揚し、遥に宇宙を見下すときは、宇宙の全体に眼を馳せ、而して其の真相を看破するを得ん。斯の如くダンテとゲーテは上より人生を洞見して、其の真相を歌ひたり。故に彼等を学ばんとせば、彼等の見たる人生は如何なるものなりしかを学ばざる可らず。而して実に此の点を歌はざる詩人は、未だ完全なる詩人と称するに足らず。

ダンテ、ゲーテ、及びシエキスピーヤを以て、三大詩人と称する所以は、此の点を歌ふ事に於て完全に近きものあるに由れり。ウオルヅウオルスは天然を歌ひ、ローヱルは道徳を咏じ、バイロンは感情を吟じたり。各独得の長所ありと雖、未だ詩の一部分に止まりて其の中心を歌ふに至らず。然れどもかの三大詩人に至つては、此等を総括して已に詩の堂奥を歌へり、是れ即ち彼等の最も卓越したる所以なりとす。

然らばダンテは如何なる人生観を有したりしか。此の問題を研究せんと欲すれば、先づ彼が生涯中の閲歴及び教育を知るを要す。彼は伊太利の一都会、フロレンス市の繁栄を極めたりし時に生れ、折柄人権問題の盛に唱道せられたる頃なりければ、随て彼も亦其の愛国心を激発せられ、燃ゆるばかりの熱愛を以てフロレンスの事を憂慮し、一命を献じて其の盛大を祈りたる一人にてありき、たとひ彼の愛国心は伊太利全国の為にあらず、只其の生地なるフロレンス市の為に燃えたるものに外ならず、故に稍ゝ其の範囲狭隘にして、今日の所謂愛国心に非ず寧ろ愛郷心と言はん方適当なるべしと雖、其の市を思ふの愛心に至つては、甚だ剴切熱誠を極めたり。されど斯く生命よりも優りて愛したるフロレンスの人民は、却ていたく彼を悪み、遂に罰金を彼に課し、彼の財産を剝奪し、残忍にも彼を厭ひ棄つるに至れり。加之生来彼は感情の太だ鋭敏なる性質なりしかば、年甫《はじ》めて九歳なるに、早くもビアトリスなる一婦人の容色婉麗にして、風采の気高きに心を動かされ、幼心に此の婦人を恋ひ慕へる情の深く且つ切なりし事は到底余輩の想像し及ばざる程なりき。彼は全身全霊を此の婦人に注ぎ、自著『新生』中の記事に拠れば、終日家の隅に佇んで、婦人の出で来るを待ち、若し夫れ出で来る其の美しき姿を望み見るに及んでは、総身の血一時に戦き、恍惚として己を忘れ、蕩然として酒に酔へるが如く、其の一顧面を忝うし、更に莞爾として微笑を灑へたるものに遭ふ時は、喜言はん方なく、手の舞ひ足の踏む所を知らざるものありしが如し。されど彼は至つて重直の人なりしかば、互に相擁して親しく談れる事もなかりしならんと思はる。かくて彼の情熱は益ゝ熾に燃えたれども、片思之を通ずるに由なく、空しく独り煩悶すれども、意中の人情を解せず、遂に嫁して他人の妻となれり。目指せる鳩は飛んで他枝に去る、ダンテの心中や如何なりけん。多感多情なる彼は正に断腸の思をなし、日夜に悩み悶えたるなるべし。されど彼は後にドナーテと言へる妻を迎ふる事となり、稍ゝ其の心を慰めたるが如しと雖、尚初恋の夢に見しビアトリスの俤は、払はんと欲して払ふ能はず、消さんと欲して消す能はず、一生の間彼の身辺を去らしむる事能はざりき。其の死を聞くに及んでや、彼の精神は又全く一変したるが如く『新生』の作此所に於てか成り、其の愛情は美しく精神化せらるゝに至りき。斯の如く彼は人生の門出に当り、愛せしフロレンスよりは見限られ、到底其の目的を行ふ事能はず、反て其の財産までも剥奪せらるゝに終り、搗てて加へて一方には其の恋ひ焦れたる理想的婦人とは、人生の苦楽を共にする事能はず。此の苦き経験は遂に彼をして絶望の淵に沈ましむるに至れるもの、亦已むを得ざる次第と言ふべし。彼の教育に至つては、叔父なる人彼の才智を愛し、当時の凡ゆる学術を修むるの便宜を与へたれば、希臘羅馬の古典に暁通し、特にヴルジルに負ふ所甚だ多く、哲学に於てはアリストートル及び新プラトー派の学説を研究し、又天文学に詳しかりき。されど彼の最も力を籠めて研究せるものは、神学にして、トマス、アクイナスの著の如きは悉く之を読破し大に感化せられたるものありしなり。彼は此等の教育を受けて漸く深遠該博なる智識を蓄へ、顧みては我身の上を思ひ合はせ、熟《つら》ゝ不思議なる人生問題を解釈せんと勉めしかども、尚其の要領を得ず。後本国を遁れて独逸、仏国、イスパニア等の諸国に急がぬ旅路を取り、或は英国に渉りてオックスフオルド大学に勉学せる事もありしと伝ふ。此の真偽は定め難けれども、彼は家なく金なく、友もなき天下の孤客、足に委せて四方を遍歴し、人情を察し風俗を窺ひ、益ゝ人生の観察を博うして、尚其の心に安んぜざりしは事実なり。彼曾て或る山寺に上り、四顧の風光の幽邃閑雅なるを愛で、或は美術学上の参考となすべきものを探れり。山寂歴として道心生ずる例ひ、さなきだに旦暮其の心を悩め居たる事とて、心霊上の問題に早くも思を沈め、首を垂れて身動きもなさざるを見、一僧あり、出でて其の故を問ひ、「何物をか尋ねたまふ」と言ふ。彼徐ろに答へて曰く「平和なり」と。あゝ彼は身一たび堪へ難き悲惨の苦味を嘗め、修め得たる学問才能も之を慰むるに力なく、出でて諸国を遍歴し到る処に平和を探り求めたりしなり。

かくて彼其の傑作『神曲』を草し終りたる時、人に告げて曰く「瘠せたり」と。彼は全精力を注入して此の事に従ひ、殆ど其の全生涯を此の書の為に献じたるなり。而して其の万事を献げて成就したる書に題して「コメデイア」即ち「喜劇」と云ふ。前に述べたる如く、此の書を著すに至れる彼の境遇は、不平、苦難、断腸、悲惨、凡ゆる人生の暗黒面を辿りて、国人には棄てられ、愛人には伴ふ能はず、人生の紛々擾々として乱調極まりなきを見、日は照り花は咲けども、我が望は達す可らず、我が愛は全うす可らざるを嘆じ、多年外国に流竄して天外の孤客となり、絶えて顧る者もなき時なりければ、彼若し筆を取らば正に悲痛惨澹たる悲劇をや書したるべきに、反て此の書に題するに「喜劇」を以てす。一見不思議の感なきに非ずと雖、此は乃ち彼が如何に雄渾偉大なる思想を有したるかを示す所以に非ずや。而して「デイヴイナ、コメデイア」と言ふは、其の神聖にして敬虔の文字なるを以て、後世之を尊んで「デイヴイナ」の字を加へたるのみ。此の書、章を分つ事百、首の三十四章は地獄の記事にして、次の三十三章は煉獄の記事、終の三十三章は即ち天国の記事なり。地獄は彼が嘗め尽したる凡ゆる苦き経験を、沈痛厳正の筆を揮って叙し、悲愴怛、坐ろに、読む者をして戦慄して恐懼の念に堪へざらしむるものあり。煉獄は即ち仮令忍び難き悲惨の身となり絶望の淵に沈む事ありとも、若し鍛錬の功を積む時は遂に天国に上るに足るべきを画き、最後の天国に於ては完全なる人間の住する所の光景を歌へり。

彼はエマルソン等の如き楽天家に非ず。人生の行路は苦痛と悲哀とを以て迎へらるゝ事を知れり。されど霊性上の経験と信仰上の鍛錬とによりて、遂に地獄の苦より天国の幸に導き行かるゝ事を認めたり。自ら平穏無事なる生涯を送りて楽天を歌うたりとて、余輩の決して感服する所に非ざれども、彼が自ら悲惨の生涯を通り抜け、初めて世は実に地獄なり、されど又彼辺には天国ありとなし、以て其の平和、其の光明、其の快楽を讃美し、凱歌を奏して基督と共に「我已に世に勝てり」と言ひ、保羅と共に「神の智識は大なる哉」と嘆美し、ウオルヅウオルスと共に「我は塵埃より出でし者なれども、苦境悲遇また音楽なり」と歌へるに至つては、余輩其の人物の偉大なるを感ぜざるを得ず。

ダンテの生れたるは千二百六十五年なり。故に我邦に在りては文永三年、北条時宗の鎌倉に執権たりし頃にして、日蓮正に其の事業を終らんとせる時、元の水師が九州に襲来せる五六年の以前なり。而して彼の死は恰も後醍醐帝の御宇の頃なりとす。

＊　＊　＊

余輩は一歩を進めて、是よりゲーテの人生観を論評すべし。ダンテは中古時代の弁護者にして、ゲーテは即ち近世紀の弁護者なり。而してゲーテの人生観を知らんと欲すれば、其の傑作たる『ファウスト』を熟読して、概ね其の観察の立場と帰着とを察知するを得べし。

『ファウスト』の主人公即ちファウストは、博学多才の紳士にして、哲学に詳しく、政治に通じ又神学に明かに、宛然ゲーテ自らを以て擬するものに似たり。されど彼は一朝人生問題に接触して以来、疑は疑を生み、惑は惑を来らし、懊悩煩悶、更に平和を得ず、絶望の極自ら毒杯を取りて、「平和此の中に在り」と称し、已に自殺を覚悟したりしが、時恰も基督の復活節に際せしかば、遥に幼児が愛らしき声立て、「Christus ist erstanden」と余念なく讃美するを聞き、自殺をば思ひ止まりたり。されど又程もなく悪魔来り誘うて曰く「汝徒らに思ひ悩めり、恋の味を知れよ、さらば汝の心一変して万事悉く新なるに至るべし」と。彼此処に於てか悪魔の教ふる所に従ひ、処女マーガレットと情を通じて其の純潔を汚し、更に甚しきは女をして其の母を殺さしめ、自らは二人の恋を妨ぐるの故を以て女の兄を殺せり。後女は捕縛されて市中を引廻され、遂に重罪に問はれて死刑に処せらるゝに至る。ファウストは斯る残忍なる罪悪を犯し、且つ惨絶なる情婦の最後を見たりしも、自らは幸にして其の禍を免れ、続いて国務大臣の栄誉を担ふ身となり、或は美術を評し、哲学を論じ、頗る幸福にして平穏なる生涯を送り、老後往年を回顧して一つの善事をも成したる事なきを見て嘆息し、之が為に死を見る帰する如き感懐を有する能はず、此に於て一大工事を起して、沼沢の水を排して、公益に供し、以て一功績を世に留め、軈《やが》て自らは病を得て隔世の人となれり。死後悪魔群り来りて彼の霊を奪ひ去らんとす、されど天使拒んで之を許さず、終生善行を勉めたる者なれば、必ず其の報を失はずと。遂に携へられて天国即ち所謂『永遠に婦人らしき《エビゲヴァイプリッヘ》』所に入るを得たり。之を有名なる『ファウスト』の筋書なりとす。而して之をダンテの観念と相対照して考ふれば、頗る其の傾向を異にするを見ん。『ファウスト』に於ては男子として失敗の極を演じ、又憎んでも尚余りあるが如き大罪を犯し尽したるものあり。されど未だ心より其の罪悪を認識して之を痛切に懺悔したる事なし。ファウストは斯る罪悪を犯して後其の女を捨てて逃亡し、ある朝アルプス山中に眠醒めて、棚引き渡る美しき虹を見、其の得ならぬ風景に対し忽ちにして曩《さき》の苦痛は悉く消え去りたるを叙す。唯夫れ善事を成せ、過ぎ去りし昔は如何とも為し難し、進んで善を行へば旧悪は之を以て蔽ふべし。罪ありとて必ずしも痛悔すべきものに非ず、此は愚なりしが故に過ちしのみ。慕ふべく求むべきは智識にあり。智識は光なり、光は人生を導きて暗黒に迷はしめざるべしとなす。是れ乃ちゲーテの人生観なり。ダンテは之に反して、言ふ可らざる深刻なる苦痛を感じて、其の罪を悔悛せり。蓋し此は両者の互に其の傾向を異にせる第一なりとす。

基督教に於て、信仰と行為との議論は、頗る困難なる問題なり。其の区別若くは優劣の如きは、今余輩の論ずべき所に非ず。されど人生を観ずる方法に二種あり。即ち信仰と行為となり。信仰によれる者はある人格を信頼して進む。例へば子は親の己を愛する事を知り、善を成し悪を遠ざくるは取りも直さず其の愛に酬ゆる所以なりと思惟し、喜んで之を行ふに至る。之に反して、行為によれる者は只善は之を行ふべく悪は之を避くべき筈のものなりとなす。ダンテは前者の見方を取れる者にて、ゲーテは寧ろ後者に属す。ダンテの理想的哲学者はヴルジルなり。而して彼はヴルジルの教導を蒙り哲学に拠り、智識に拠りて其の世を渡れり。されど之のみを以ては天国に入る可らず。『神曲』中彼はヴルジルに導かれて煉獄まで進み行きたりしかども、此所に至りヴルジル彼に告げて曰く、「余は此の以上に汝を携へ行く可らず」と。已む事を得ず此に彼はヴルジルを去つてビヤトリス（愛）に助けられ、以て漸く天国に入るを得たりき。美術家シエッフエル（Ary Scheffer）が意匠を凝らして彼がビアトリスを仰ぎ見つゝ天国に上り行く状を画きたるものあり、真に美と称すべきものなり。げに彼は愛に導かれて天に上れり。然るにゲーテは未だ此の域に達する事を得ず、其の人生観は宛《さなが》らダンテの煉獄にて終れるものの如し。故にダンテはゲーテよりも一歩を進めて高きに上れりと思はる。

上に陳べたる如くダンテは人生の凡ゆる悲惨を嘗め尽したる人なれども、ゲーテは富貴の家に生れ、其の母は才能至て秀でたる婦人にして、父は曾て市長に選ばれたる事ありて名誉ある人物なれば、随て彼の教育も不足する所なく、或は伊太利に遊学して美術を研究せることあり。壮にしてバイマー侯国の書記官に任ぜられ、終に総理大臣の栄誉を担ひ、位は人臣を極め、時としては一堂に名高き哲学者を会して自ら慰め、人生を最も愉快に渡り、順境に悠々し得意の生涯を送り、ダンテとは殆ど正反対の境遇なりき。即ち一は凡ての物を有ち、一は凡ての物を失ひたり。されど其の人生観に至つては又之と転比例を為し、ゲーテは一生涯の中、真に快楽を覚えたる事僅に二週間に過ぎずと嘆じたる程にて、随て其の著作を閲読し已に巻を蔽ふに至るも、未だ其の意を尽さざる所ありて、完結に至らざるが如く、何となく不満足を感ずるの已むを得ざるものあるを見ん。彼の正に死せんとするや、侍者に告げ曰く「光を要す」と。あゝ彼は終に完き光を仰ぐを得ず、朧げに人生を辿り尽せる者にあらざりし乎。今日我邦に於て、大学の卒業生若くは洋行帰りの先生などが、一朝社会に出でて事業に着手せんと欲するに当り、成るべく事務の繁忙なるを避け、勉学の余暇ある所を選ばんとする傾向あり。此は取りも直さずゲーテ主義を取れるものにして、必しも拝金宗の感化のみに其の原因を帰す可らず、多くは智識を追ひ求むる所より来れり。彼等は学問の為とならば、殆ど総ての物を犠牲にし、事によれば主義道徳と雖なほ之を犠牲にして敢て惜む所なき者往々之あるを見る。蓋し十九世紀の一大通弊と言ふべし。今日の大学を責むるは其の学問の不足なるが故に非ず、主義なく気骨なきが故なり。彼等は寧ろ知識をのみ是れ求めて、主義節操の重んずべきを忘却し、事宜に依りては猫の尾にても之を拝するを恥ぢざるに至る。ゲーテの短所を指摘せんか、其の最も甚しきは実に此の点に在り。ナポレオンの勢力正に天下を席巻せんとする時に当り、兵を進めて独逸に攻め入りしかば、ゲーテは日頃仏国の非行を責め居りしにも拘らず前説を飜して奈翁の足下に跪き、其の勲章を領せる事あり。哲学者フイヒテが大学に於て講演し、今や正に其の佳境に入らんとするに当り、敵襲来すとの急報に接し、「残余の講義は自由国に於て継続せん」と、猛然出でて戦に臨めるものと日を同うして論ず可らず。

ダンテは学問、智識を尊重したりしかども、苟も之を以て主義に代へ、信仰を左右するが如き人物にはあらざりき。彼よりして見る時は、ゲーテは変節者なり、寧ろ道に悖れる者と言うて可なり。ダンテのゲーテよりも一層優れたる点は、彼の品性に在り。主義に立つて動かざりしに在り。

今人動もすれば天才《ジニアス》の字を濫用す。或は少しく目立ちたる事業を起す者あり、或は巧に文章を作り奇抜の言を成す者あらば、直に呼んで天才なりと称す。人誰か天より賦与せられざるところの技量と才智とあらんや。されば特に天才と言はるべき人材は多く見る可らずして稀に見る所ならざる可らず。世人の漫りに此の語を用ふるは、思ふに其の卑しき嫉妬の念より来れるものならん。頼山陽は人の己を呼んで天才となすを憤れりと言ふ。蓋し彼は決して不用意にして唯己が才能に委せ、臨機応変の所置を試みたる事なく、大なる苦心と経営とを積みて初めて事に臨みたるが故に、世人の軽々しく之を看過する事を喜ばざりしに由る。天才と品性とは自ら相異なり、一は期せずして之に達し、他は刻苦勉励して漸く之に達す。固より何れも天才なるに相異なけれども、ゲーテは特に天才を以て称すべく、ダンテは寧ろ品性《キャラクター》を磨きたる人なり。人悉く天才たるは難し、されど己が品性を高めて人生を喜観し、主義を以て世に勝つ事は、勉めて能はざる事に非ず。故に天才ならん事を望んで、品性を磨く事を心懸けず、盛に弁論を縦横自在するに妙を得て、堅く主意に立つて初一念を失はざるに拙き今日の我社会に対しては、特にゲーテの智を紹介せんよりも、ダンテの徳を紹介するの急務なるを感ず。

余が非戦論者となりし由来

私も武士の家に生れた者でありまして、戦争は私に取りましては祖先伝来の職業でありますす、夫れでありますから私が幼少の時より聞いたり、読んだりしたことは大抵は戦争に関することでありました、源平盛衰記、平家物語、太閤記、さては川中島軍記と云ふやうに戦争に関はる書を多く読んだ結果として、私も終ひ此頃まで、戦争の悪いと云ふことが如何《どう》しても分らず、基督教を信じて以来茲に二十三四年に渉りしも、私も可戦論者の一人でありました、現《げん》に日清戦争の時に於ては、今とは違ひ、欧文を取て日本の正義を世界に向つて訴へんとするが如きものは極々少数でありました故に、ヨセば宜しいのに、私は私の廻らぬ鉄筆を揮ひまして、「日清戦争の義」を草して之を世に公にした次第であります、カーライルの『コロムウエル伝』を聖書に次ぐの書と見做しました私は正義は此世に於ては剣を以て決行すべきものであるとのみ思ひました。

然るに近頃に至りまして、戦争に関する私の考へは全く一変しました、私は永の間、米国に在るクエーカル派の私の友人の言に逆ひて可戦説を維持して来ました、然るに此二三年前頃より終に彼等に降参を申込まねばならなくなりました、或人は是れが為めに「変説」を以て私を責めますが、ドーモ致し方がありません、私は戦争問題に関しては実に変説致しました、西洋の諺にも「智者は変ずる」と云ふことがありますから、私の如き愚かなる者も、若し充分なる適当の理由がありますれば、斯かる問題に関しては説を変じても宜しからふと思ひます。

扨、何が私を終に非戦論者となした乎と云ふに、夫れには大分理由があります、私は今茲では其主《おも》なる者丈けを述べやうと思ひます。

一、私を非戦論者にした者の中で最も有力なる者は申すまでもなく聖書であります、殊に新約聖書であります、私は段々と其研究を継けて終に争闘なる者の其総ての種類に於て避くべきもの、嫌ふべきものであることを覚るに至りました、新約聖書の此句《このく》彼語《かのご》を箇々に捉へないで、其全体の精神を汲取りまして、戦争は縦令《たとひ》国際間のものでありとするも、之を正しいものとしては見ることが出来なくなりました、十字架の福音が或る場合に於ては戦争を可《よ》しとするとは私には如何しても思はれなくなりました。

二、私をして殆んど極端なる非戦論者とならしめし第二の源因は私の生涯の実験であります、私は三四年前に或る人達の激烈なる攻撃に遭ひました、其時或友人の勧告に従ひまして、私は我慢して無抵抗主義を取りました結果、私は大に心に平和を得、私の事業は其人達の攻撃に由り、差したる損害を被ることなく、夫れと同時に多くの新らしい友人の起り来りて私を助け呉れるのを実験しました、私は其時に争闘の如何に愚にして如何に醜《みにく》きものであるかを浸々《しみぐ》と実験しました、私は確かに信じて疑ひません、私が若し其時に怨を以て怨に報ひ、暴を以て暴に応じましたならば、多少の愉快を感じましたらふが、私の事業は全く廃《すた》れ、今の私は最も憐れな者であつたらふと思ひます、羅馬書十二章にある保羅の教訓を充分に覚りましたのは実に其時でありました、此事は勿論私事ではありまするが、併し私は其れに由て総ての争闘の愚にして且つ醜なることを覚りました、何人でも己れ自から無抵抗主義の利益を実験したる者は必ず彼の国に向つても同一の主義の実行を勧めるであらふと思ひます。

三、私をして非戦論者とならしめし第三の動力は過去十年間の世界歴史であります、日清戦争の結果は私にツク〴〵と戦争の害あつて利のないことを教へました、其目的たる朝鮮の独立は返て危くせられ、戦勝国たる日本の道徳は非常に腐敗し、敵国を征服し得しも故古河市兵衛氏の如き国内の荒乱者は少しも之を制御することが出来ずなりました、是は私が私の生国なる日本に於て見た戦争（而かも戦勝の）結果であります、若し其れ米国に於ける米西戦争の結果を想ひますれば是よりも更らに甚だしいものがあります、米西戦争に由て米国の国是は全く一変しました、自由国の米国は今や明白なる圧制国とならんとしつゝあります、現役兵僅かに二万を以て足れりとし来りし米国は今や世界第一の武装国とならんと企てつゝあります、爾うして米国人の此思想の変化に連れて来た彼等の社会の腐敗堕落と云ふものは実に言語に堪えない程であります、私は私の第二の故国と思ひ来りし米国の今日の堕落を見て言ひ尽されぬ悲歎を感ずる者であります、爾うして此堕落を来たしました最も直接なる原因は言ふまでもなく米西戦争であります、其他英杜戦争の結果に就ても多く言ひたいことがありまするが夫れは他日に譲ります。

四、私を非戦論者になした第四の機関は米国マッサチユーセット州スプリングフィールド市に於て発行せらるゝThe Springfield Republican と云ふ新聞であります、私は白状します、私は過去二十年間の此新聞の愛読者であります、斯くも永く私が読み継けた新聞は勿論日本にもありません、私の世界智識の大部分は此新聞の紙面から来たものであります、此新聞は私の見た最も清い最も公平なる新聞であります、之を読んで頭脳《あたま》が転倒するやうな患ひは少しもありません、常に平静で常に道理的で、実に世界稀有の思想の清涼剤であると思ひます、爾うして此新聞は平和主義者であります、絶対的非戦論者といふではありませんが、併かし常に疑ひの眼を以て総ての戦争を見る者であります、彼は彼の国人の輿論に反対して痛たく菲律賓群島占領に反対しました、彼は常に英国帝国主義の主道者なるチヤムバーレン氏の反対者であります、爾して此新聞を二十年間読み継けまして、私も終に其平和主義に化せられました、其紙上に於て世界有名の平和主義者の名論卓説を読みまして、私の好戦的論城は終に全く壊《こは》されました、或人が此新聞を評して「其感化力に新約聖書のそれに似たるものあり」と言ひましたが、実に爾うであります、『スプリングフィールド共和新聞』は其二十年間の説教の結果、終に私をも其信者の中に加へました。

此外にもまだ私を非戦論者になした勢力はありませう、然し是の四つのものが其重なる者であります、殊に近頃私をして非戦論に関する私の確信を固めしめましたものは哲学者故スペンサー氏の戦争に関する意見であります、氏の戦争論に就ては他日別に御話しいたしたく思ひます。

私は終に非戦論者となりました、然かし非戦論とはたゞ戦争を非とし、之に反対すると云ふこと計りではありません、非戦論の積極的半面は言ふまでもなく平和の克復並に其耕脩であります、私は神に祈り、神若し許し給はゞ、国民の輿論に逆つて、此時に際して非戦論を唱へた賠償として、微力ながらも、出来得る丈けの力を尽して、平和克復の期を早め、敵国との好意交換の基を作りたく思ひます、ドウゾ本誌読者諸君に於ても此ために御祈り下さらんことを願ひます。

歓喜と希望

はしがき

歓喜は天然においてあり、交友においてあり、伝道においてあり、希望は神の無辺の愛においてあり、而してこの小篇は、この歓喜と希望とに関する余の所感を述べしものなり、人生もとこれ善なり、これ楽しむべきものにして憂うべきものにあらず、而して余もまた少なからずその甘味を味はふを得たれば、ここにこれを録《しる》して、余の同胞に頒《わか》たんと欲す、ねがふ、この小篇、またこの世に歓喜と希望とを供する一助たらんことを。

明治四十二年十一月十六日

東京市外柏木村において

内村鑑三

天然の歓喜

余の好む花

春の部

人は誰も花を好む、花を好まない者は人にして人でない、花は天然の言葉である、花に由つて我らは天然の心を解することができる、さうして我ら人類も天然の一部分であるから、我らの心も花において顕はれる。花は無言の言葉である、天使の国においては多分花を以て思想の交換をなして居るであらう、言語は銀であつて沈黙は金であると言へば、花は沈黙の言語、すなはち金の言語であるであらう。

余も花を愛する、余も花を以て余の心のすべての思ひを語ることができる、希望の花もあれば失望の花もある、歓喜の花もあれば悲哀の花もある、傲慢の花もあれば謙遜の花もある、人の心のさまざまなるやうに花の色香も種々《いろいろ》である、故に人の心はその愛する友を見て知ることができるやうに、その人となりは、ほぼその愛する花に由つて見分くることができる。

余の愛する花とよ、梅？　否な、梅ではない、余は梅を敬する、余は雪の中に始めてその香に接する時に、預言者エゼキエルの前に出たやうな心地がする、余はその前に端座して平れ伏したくなる、その花びらは硬《こは》く、その香は鋭く、葉なく、しめりけなく、花にして花でないやうに思はれる、梅＝厳師＝野に呼べる声、しかも愛し難し、これ余が未だ全く肉の情を脱することができないのに由るのかも知れない。

桜？　否なよ、否なよ、余は誓つて言ふ、余の愛する花は桜ではないと、桜は華奢《きやしや》である、外形を張る、人に媚《こ》びる、その彼岸桜は娼妓《あそびめ》である、その牡丹桜は御殿女中である、彼女はあまりに人に馴れやすくある、且つ彼女の栄華は短かくある、彼女は実《み》を結ばない、余は桜は嫌ひではないが、しかし彼女は余の愛するものではない、彼女は不信者的の才姫である。

すみれ？　彼女は謙徳の表彰である、梅の未だ散らない先きにすでに道端《みちばた》または畝《うね》に咲いて、春の到来を確かめてくれる、余はすみれを好む、余は今年も始めて或る鉄道線路の土手の上に彼女に際会せし時に「しばらく、おきげんよう」と言ひて彼女を迎へた、しかしながら彼女も未だ「余の花」と言ふことはできない、彼女は品格において少しく足りないところがある、彼女のすこしく上品なるものが余の理想であるであらう。

薔薇《ばら》は西洋人的である、彼女は日本婦人ではない、菊は帝王的である、故に神聖にして平民の近づくべからざるところがある、梅の如く厳粛ではないが、人為的の威風であつて、平民の愛心を寄するにはあまりにかけ離れて居る、桃や菖蒲は俗人である、山吹は田舎者である、水仙は名の通りに仙人的である。

余の好む花とよ、余の好む花は二つある、その一つは春おそく来る、その他のものは冬に入りて咲く、春のものは何であるか、余は表白して言ふ、彼女はをだまきである。

をだまき！ 我らが今日この国において愛《め》づるものは内地産のものではないかも知れない、しかし今や到る処の園に培養され、土産のものと見てもよいやうになつた、彼女は春おそく来る、藤や山吹と同時に来る、五月《さつき》の空のしめやかな頃、青葉は茂く、影涼しく、つつじはすでに散り果てて杜鵑花《さつき》に名残を留むる頃、余のをだまきは首《かうべ》をたれ、いともしなやかに咲き初むるのである、すみれの如くに謙遜で、日向《ひなた》よりも日影を愛し、桜の如くに出しやばらず、牡丹の如くに華美《はで》ならず、藤の如くに気高からず、しかも品あり主張あり、弱きが如くに見えて永く保ち、死に似寄りたる濃藍色に淑女の節操を添へたるさま、……余は彼女において花らしき花、女らしき女を認むる、彼女は近づくべし、馴るべからず、彼女は弱し、されども柔和の威力を存す、キリストはシャロンの薔薇と称して毛茛科の植物の一なる翁草《おきなさう》の一種にたとへられたが、わがをだまきも毛茛科の一種であつて、よくキリストを代表するものであると思ふ、余

はイザヤの預言の書《ふみ》に左の言葉を読む時に、常にキリストと余のをだまきとを思ひ出さないことはない、

彼は侮《あなど》られて人に棄てられ、悲哀《かなしみ》の人にして病患《やまひ》を知れり……彼は苦しめらるれども、みづからへりくだりて口をひらかず、屠場《ほふりば》に引かるる小羊の如く、毛を切る者の前に黙《もだ》す羊の如くして、その口をひらかざりき（イザヤ書五三章）

彼女は喬木でもない、灌木でもない、彼女はわづかに多年生の本草である、しかし彼女の如きが花の真正の栄誉ではあるまいか、ベン・ジョンソンの歌ひし「短命」の歌は、実に彼女に当てはまるものではあるまいか。

木の嵩《かさ》を増すが如く
伸びて必ず好き人ならず
樫は三百年を経て
枯れて仆《たふ》れて丸太たるのみ
　その日限りの百合の花は
　五月《さつき》の園にはるかうるはし
たとへその夜、仆れて死すも

光輝《ひかり》の草と花とにてありき
美は精細の器《うつは》に現れ
生は短期の命に全し

秋の部

余は余の愛する春の花としてをだまきを紹介した、余は今ここに余の愛する秋の花を紹介しようとおもふ。

春の花はおしなべて女性的である。その全体に露気《つゆけ》多きこと、その色のうつりやすきこと、その構造のすべて繊弱《たをやか》にして、触《さは》れば消えんとする風情あることは、春の花の特質であつて、彼らが女性界の代表者たるわけである、さうして余のをだまきはかかる婦人である。謙遜で、柔和で、質素で、日向を避けて露けき蔭を好み、下を向いて自己《おのれ》の不足を恥づるのさまがある、詩人バーンズの「ハイランド・メリー」は、多分をだまきのやうな婦人であつたであらう。

春の花に引きくらべて秋の花はおしなべて男性的である、秋のさきがけなる桔梗《ききやう》を始めとして、菊、あざみに至るまで、その色の容易に衰へざること、その花に一種の鉱物的光沢ありてその香の峻厳なること、その葉のおほむね硬くして粗色なること、一つとして男性的ならざるはない、さうして秋の花において尊いところはこの男性の発顕であるから、余の理想の秋の花はよくこの特性を発揮したものでなくてはならない。

勿論その桔梗やかるかやは余の理想ではない、すすきもあざみも野人であつて、その平民的であるところだけは敬すべきであるが、さりとてあまりに平凡的で、他の花がまだ咲いて居る間にわれ見よがしに咲き乱れて居るところは別に貴ぶべきではない、さらば山茶花《さざんくわ》かといふに、彼は秋の桜であつて、あまりに華美《はで》で浮気である、さらば必ず菊ならんと言ふであらうが、しかし余が菊を畏れて彼を親愛せざることは春の時においてすでに述べたとほりである、菊は威厳がある、彼は金にあらざれば銀である、彼は錦を着て強き香気《にほひ》を放つ、彼に手を触るれば罰せらるるの恐怖《おそれ》がある、余は、菊はこれを遠くより見るを好む、彼は禁廷のうちに培養されて雲上の人達に賞でられる花であれば、我ら貧者は我らの友を菊以外の花においてえらばうと思ふ。

その他、近頃は秋の花として舶来のコスモスがある、しかしこれも余の愛する花といふことはできない、余は実に極く近頃までは余の親愛する秋の花を持たなんだ。

しかし近頃に至つて、余は幸ひにもこれに見当つた、さうしてこれを余に示してくれた者は米国の天然詩人ブライアントである、余はある日のこと、彼の詩集を愛誦しつつあつた時に、余の眼はフト「紫龍胆《りんだう》に贈る」"To the Fringed Gentian"なる彼の短篇に触れた、余はこれを一読した、再読した、三唱した、つひにはこれを暗誦に附した、余は実に神がかかる花をこの世に送り給うたことを感謝した、今ここに拙いながらブ氏の「紫龍胆」の余の意訳をかかげよう。

静かなる日が次いで来る時に開く
汝は皮膚《はだへ》にしみわたる寒き夜に
空天《そら》の色を以ていろどられて
汝、秋の露を以て輝く花よ

汝はすみれが小川と泉のほとりに
首《かうべ》を垂れる時に来らず
またをだまきが紫衣《むらさき》を着て
巣鳥の床《とこ》によりかかる時に開かず

汝は待つことおそくして独り来る
林は枯れて鳥は飛び去り
霜と短き秋の日とが
冬の近きを告ぐる時に来る

秋酣《たけなは》なり

コスモス開き、茶梅《さざんくわ》咲き、木犀《もくせい》匂ひ、菊花薫る、灯前、夜静かにして筆勢急なり、知る、天啓豊かにして秋酣なるを。

花の見方

花はこれを上から見なければ、そのほんたうの美はわからない、これを下から見て、ただその裏が見えるだけであつて、そのほんたうの美は見えない、そのことは、つつじ、牡丹等、人間の長《せい》より低い花において見ることができる、人は何人も、緋の衣のやうに照り輝くつつじの美を知つて居る、しかしながら梅の美、桜の美に至つては、これを知らない人が沢山ある。その故は、樹は高くして、その花を上から見るの機会が甚だ少ないからである、彼らは桜といへば、必ずその下に立つて見るのであつて、常に梢を経て花の裏をのみ見て居る、これに勿論美はないではないが、しかしほんたうの桜の美はなかなかそんなものではない。

　何故に、月ケ瀬の梅はことに美しくあるか、何故に、吉野の桜は特に麗はしくあるか、言ふまでもない、これは高き処より、谷の中に咲く花を上から見るからである、花をその正面から見るからである、かく見て、梅も桜も全く別物である、花は上から見るまでは、そのほんたうの美はわからない。

また梅や桜に限らない、いかなる花でも、普通世に美を称せられざる森の雑木でも、これを上から見れば至つて美しいものである、山上より谷を望んで、これに特別の美のあるのはこれがためである、雑木とて決して馬鹿にはならない、これを見るべき点より見れば、いづれも賞すべき嘆ずべきものである。

何故にさうであるか、言ふまでもない、草木はすべてその生命の源なる太陽に向つてその枝を伸し、その花を開くものであるからである、草木は人に見られんとてその花を開くのでない、太陽の光に引かれて、あたかもその恩に報いんがために、太陽に向つてこれを開くのである、故に人が花をそのほんたうの美において見んと欲すれば、己れを太陽の地位において見なければならない、さうせずして、あたかも己れのために開くものであるかのやうに思うて、これを下なる己れの地位より見て、その美の足らないのをつぶやくのは、最も愚かなることである。

花がさうである、人もまたさうである、人の美もまたこれをほんたうに見んと欲すれば、これを上から見なければならない、これを下から見て、欠点のみ多く見えて、そのほんたうの美はわからない、その理由《わけ》は最も明白である、花がその生命の源なる太陽に向つて開くやうに、人もまたその生命の源なる神に向つて開くのである、花は太陽の恩に報いんとて、上に向つて開くやうに、人もまた神の恩に報いんとて、天に向つて開くのである、花も人も、人に見られんとて開くのではない、人にはそのうしろを向け、彼らに悪しざまに評せらるることにはすこしも意を留めず、ただ天に向つてその美をあらはさんとするのである。

しかしながら、人を見るに、下なる人の立場よりせずして、上なる神の立場よりせんか、月ケ瀬に行いて梅を見るが如くに、または吉野の峯より奥の千本を見るが如くに、そのほんたうの美が見えるのである、清士賢人の美がほんたうに見えるに止まらない、世が見て以て極くつまらないと思ふ人でも、上から見れば至つて美しいものである、人は神の立場から見なければ、そのほんたうの価値はわからない、人の立場から見て、ただその裏が見えるだけであつて、欠点のみ多く見えて、そのほんたうの美はわからない。

然るに世には小人が多い、彼らは己れを神の立場に置くことができない故に、人のほんたうの美を認むることができない、彼らは人を下から見る故に、彼らの眼には、何人も彼らの如き小人のやうに見える、彼らの眼に映ずる社会はすべて小人、俗物の社会である、未だ吉野に桜を見たことのない人が、桜といへば、庭の老木の、その老幹を露出して醜くあるをつぶやくやうに、彼らは偉人、聖徒に接するも、ただ悪しきことのみ見えて善事はすこしも眼に止まらない、世に憐れむべき者とて、花をも人をも、そのほんたうの美においてながむること能はざる小人の如きはない。

しかしながら、一旦心を改めて神の子供となり、己れを神の立場に置いて人を見んか、人の美点は多く見えて、その欠点はほとんど眼に止まらざるに至る、神の眼を以て見て、聖人、君子において欠点が見えなくなるばかりではない、つまらない平々凡々の人においてまで多くの美点が見えるやうになる、山の上より見て雑木草莽《さうばう》は無くなるやうに、父なる神の立場より見て、美ならざる人とては一人も見えなくなるに至る。

さらば我らもまた人には何の遠慮することなく神に向つて我らの感謝の花を開かんかな、世を後ろにし、神を前にし、神に見られんために天に向つて我らの花を開かんかな。

春は来りつつある
雪は降りつつある
しかし春は来りつつある
寒さは強くある
しかし春は来りつつある
春は来りつつある

春は来りつつある
雪の降るにもかかはらず
寒さの強きにもかかはらず
春は来りつつある

慰めよ、苦しめる友よ
汝の患難《なやみ》多きにもかかはらず
汝の苦痛《いたみ》強きにもかかはらず
春は汝にもまた来りつつある

交友の歓喜

友人に現在なると過去なるとあり、地上の友人あり、史上の友人あり、されども霊を以て相交るにおいては、現在過去、地上史上の別あるなし。

新年の珍客

新年に入りてより四人の珍客は余輩の小なる書斎に入り来つた、彼らは永く余輩とともに留まるべし、余輩はつつしんで彼らを優遇礼待せんとす。

　彼らは現世の人ではない、過去の人である、彼らは日本人ではない、外国人である、されども彼らはいづれも何国人と称して己れを人に紹介せんと欲するやうな者ではない、彼らは彼らの一人なるアレキサンドル・フンボルトの如く、「世界の市民」を以て自ら任ずる者である、故に彼らは日本の角筈《つのはず》に来りたればとて異邦に来りしの感をいだく者ではない、彼らのすべてはいはゆる国家観念なるものを脱却したる人類の友である。

　珍客の一人はオランダ国人として紀元千六百八年に生れたる画家レンブラントである、彼は画界におけるカルビンと称せられし者であつて、新教的思想を筆と色とにあらはした者である、彼はオレンジ公ウイリヤム、クロムエル、ワシントンにも劣らない平民主義の主導者である、彼は好んで商人、職工等、いはゆる下層の民と称せられたる者を画いた、彼は勿論、彼の霊魂の救ひ主イエス・キリストを画いた、彼は今の平民主義者のやうに、神を無視し、キリストを嘲るやうな者ではなかつた、彼は平民主義をその根本において解した者である、彼の理想の平民は、言ふまでもなくナザレの大工イエスである、彼はこの人を神の子として拝した、故に自身が平民の画家となつたのである。

　余の室に入り来りし彼は彼自身が画いたものである、歳の恰好は凡そ三十前後、上脣に髭が生えたばかり、毛帽を横にかぶり、襟元の装飾《かざり》は乱れて、われ世に関せずと言はんばかり、もし世に独立独創の美術家がありしとすれば彼である、彼は画家であるよりはむしろ「人」である、余輩が彼を愛し、敬し、自身は美術とは関係最も浅き者たるにかかはらず、彼レンブラントを余輩の理想の一人として仰ぐは、彼の「人類性」の非常に深かりしが故である、彼今その肖像に由つて余輩の室に入り来れり、余輩は今より後、彼に励まされて、色を以てせざるも、墨を以て、彼に類するの思想を誌上に画かんと欲す。

珍客の第二は音楽者ベートーベンである、千七百七十年ドイツ国ボンに生る、彼の肖像を仰ぎ見て、彼が音楽の人であるとはドウしても思へない、彼の髪は乱れて居る、彼の脣は緊《しま》つて居る、彼の眼は怒つて居る、彼はドウ見ても調和の人ではない、不平の人である、憤怒の人である、然り、悲哀の人である、さうして音楽に堪能なる余の友人の一人は彼を見て言うた、彼の作りし音楽は彼の肖像の通りであると、余は勿論音楽を解しない、故に美術的に彼を評価することはできない、しかしながら余はすこしく彼の人物を知る、風波多かりし彼の生涯を知る、余は彼に対して深厚なる同情を表する、余は余の小なる生涯が、すこしく彼の大なるそれに似て居つたことを感謝する、故に余は四人の珍客を迎ふるにあたつて、余に最も近き位置を彼に与へた、彼は余の机上、余の椅子に対する所に座を占めた、さうして日に日に余が筆を執りつつある時に余を瞰下する、余は彼の感化に由りて彼の音楽の如き文を綴りたくおもふ。

第三の珍客は余の旧友ルーテルである、彼の弟子クラナッヒの画筆《ブラッシュ》に成りしものの写しなり、彼のサクソン的の容貌、百姓面《づら》と称せんばかりの面、眼は暴風の後の平静を示し、太りたる手は何物かを握るが如し（けだし聖書なるべし）、ああルーテルよ、なつかしきルーテルよ、余の青年時代よりの友よ、余は汝を知りし以来、寤寐の間にも汝を忘れざるなり、余の小なる生涯は多くは汝の大なる生涯にならつて成りしものなり、汝の信仰は今もなほ余の信仰なり、余は汝の事業を以て余の事業となさんと欲す、人の子の中に汝よりも余に近しきはなし、使徒パウロと聖アウガスチンと汝、余は今やまた汝の接近を要すること切なり、汝、この時にあたりて汝の生国より遠く来りて余の角筈の家を見舞ふ、善く来りしよ、わが友ルーテルよ、永くこの小なる書斎に止まれよ、而して余がもし汝と余との救ひ主なる神イエス・キリストの命にそむくが如きあらんには、汝、その鋭き眼を以て余を責めよ、余は汝の行為に鑑み、己れに恥ぢて人の前に怯懦を演ずるが如きことをなさざるべし。

第四の珍客はカント先生である、豪気《ノーブル》なるカント先生、近世のソクラテス、しかもソクラテスよりも大なる哲学者、今の世に先生の哲学をかれこれ非難する者がある、しかしながら余は知る、先生の哲学の大なるは先生の哲学のためではないことを、先生をして哲学者として起たしめしその精神、これが先生の偉大なる故であつてまた先生の哲学の偉大なる故である、先生は自由と真理と信仰とのために起ち給うた、さうして思想界に、神と永生と自由とのために堅固なる地位を設け給うた、先生は哲学者としてよりは人類の友として貴くある、余が這般《しやはん》ドイツなる余の友人に乞うて先生を余の小屋に迎へ奉つたのはこれがためである、願はくは先生、今より後余の家に留まり、余が真理を探るにあたつて虚思幻想に走らざるやう余を督し給はんことを。

＊

かかる珍客の入来を得て余の新年は幸福なるものである、余は今より後、彼らに励まされ教へられ導かれて、余の職分をつくしたくおもふ。

交友の快楽

思ふ同士《どし》まどゐせる夜はからにしき
たたまく惜しきものにぞありける　（古今集）

勿来関《なこそのせき》を訪ふの記

過ぐる日、友人と打ち連れて、常陸、磐城の境なる勿来の関を訪うた、有名なる源義家の古蹟であつて、彼が

吹く風を勿来《なこそ》の関と思へども
路も狭《せ》に散る山ざくらかな

なる名歌を詠じた所として知らる。

＊

日鉄海岸線勿来駅に下車し、丘に添うて歩むこと二十町余、旧道にして八幡太郎が通りし道として伝へらる、関は小山の頂上にある、東の方、海に向つて座すれば、右なるは常陸の国であつて関東平原の始まる所、左なるは磐城であつて、昔時《むかし》の陸奥《みちのく》である、渺茫たる太平洋は眼下に横たはり、左方はるかに小名浜湾を望み、得も言はれぬ風景である、今は野生の山桜はことごとく絶えて、ただ逞しき松の梢の二十本ほどむらがりて関の古蹟を飾るを見る、奥州征伐の帰路、ここにいこひし古への英雄の心がしのばれて、暫時天然の美形を忘れて、歴史的感想にふけつた。

＊

源義家といへば、今より八百年前の人であつて、今日の我らとは全く関係のない人であるやうであるが、しかし決してさうではない、日本武士の中で彼はゼントルマンの模範である、勇敢で寛大で、謙遜で、弓を能くし、歌を能くし、獅子の如くに猛く、婦人の如くに優しく、実に好個の日本男子であつた、もしこの人が日本に生れなかつたならば、日本歴史は全くちがつたものであつたであらう。

＊

義家の奥州征伐は勿論弓馬を以てする征伐であつた、彼は前《ぜん》九年に、彼の父と共に安倍頼時、貞任を滅《ほろぼ》し、後《ご》三年に、単独《ひとり》で武衡《たけひら》、家衡《いへひら》を平げた、彼の軍功に由つて奥州は再び王土と化した、彼は実に武を以て天下に鳴つた者である。

＊

しかし彼を武人としてのみ見るは大なる間違である、彼は弓箭を以て奥羽を平らげると同時に品性を以て関東を征服した、さうして前なる平定は一時的であつて、後なる征服は永久的であつた、源家は義家の時すでに天下を取つたのである、源頼朝が鎌倉に府を開きし百年前、その四代の祖義家は、すでにすでに高き潔き品性を以て関東人の心を奪つたのである、彼れ後三年の役《えき》を終つて都に還るや、朝廷は彼の軍功を認めず、彼を遇すること甚だ薄かつた、しかし彼は朝廷の恩賞を俟《ま》つを要さなかつた、彼はすでに徳を以て関東人の心を得た、関東は爾来九百年、彼の子孫の根拠地となつた。

＊

頼朝も、義貞も、尊氏も、家康も、義家の功に由つて天下を取つたのである、もし義家なかりせば源家はなかつたのである、したがつて幕府と封建制度とはなかつたのである、したがつて日本国過去八百年間の誇るべき歴史はなかつたのである、さうしてこの誇るべき歴史の淵源は、八幡太郎義家であつた、彼の弓箭であるよりはむしろ彼の品性であつた、彼が徳を以て関東を風靡しておかなかつたならば、彼の子孫は決して続いて大事をなし得なかつたに相違ない。

＊

聖書に言うてある。

神言ひたまはく……我は　我を愛しわが誡命《いましめ》を守る者には　恩恵《めぐみ》をほどこして千代に至るなり（出エジプト記二〇章六節）と、

さうしてこの言葉の真理は源家の歴史においてあらはれて居る、義家はヱホバの名を知らなかつたがその誡命を守つた、彼は民を愛した、慈悲をほどこした、彼は彼の軍功を賞められないとて不平を起さなかつた、彼は進んで己れのために国土を得んとしなかつた、彼は与えられし物を以て満足し、従五位下の卑しき位を以て、彼の一生を終つた。

＊

「柔和なる者は幸ひなり、その人は地を嗣《つ》ぐことを得べければなり」、源義家は、朝廷が彼に与へし冷遇を憤り、三たび関東に下り、平将門の如くに朝廷に叛き、日本の半《なかば》を領して自ら征夷大将軍となることができた、しかし謙遜なる彼はかかる社会主義者的の事をなさなかつた、彼はどこまでも柔和であつた、彼は己れのために得らるるものをも得なかつた、故に天は彼の謙遜に報いて、八百年の間、日本全国を彼の子孫に賜うた。

＊

かくの如くに見て、神の言《ことば》は、ユダヤ歴史においてのみならず、日本歴史においてもある、神を信ずるとは、ただアーメンと叫び、水の洗礼を受けて教会に入り、異教を攻撃することではない、神を信ずるとは神の誡命を守ることである、神は預言者ミカをして言はしめ給うた、

ヱホバの汝にもとめ給ふことは、ただ正義を行ひ、憐憫を愛し、謙遜《へりくだ》りて汝の神とともに歩むことなり（ミカ書六章八節）

源義家は正義を行ひ、憐憫を愛し、謙遜つた故に、子孫千代に至るまで万民の父なる神の恩恵を受けた、余輩はかかる信者ならざる信者のわが国にありしことを余輩の神に感謝する。

剣は大なる勢力である、しかし徳はさらに大なる勢力である、義家の徳は、彼の剣よりもさらに大なる勢力であつた、安倍の貞任の「糸のみだれの苦しさに」の半句に、番《つが》ひし矢を収めて敵の生命を助けし彼は、天の救ひにあづかるを得た、まことに「憐《あは》憫《れみ》ある者は幸ひなり、その人は憐憫を得べければなり」である、逃ぐる敵を追はざりし義家は、つひに敵を友と化し、その心と共にその土地までを得た。

*

さらば我らも神の誡命を守り、源義家にならふべきである、我らはこの世に大ならんと欲する者ではない、しかし、謙遜りて、この世においてもまた大ならざるを得ない、山桜の如き芳香は、これを血なまぐさき戦場において放つべきではない、これを日常の行為の上に放つて、友を後世に求むべきである、今の時は暗黒の時である、我らはかかる時にこの地の主人公とならんとはしない、しかし、謙遜りて神の誡命を守りて、光明《ひかり》の臨む時にまたこの地をも賜はらんと欲する、源義家はかかる教訓を我らに与ふる者である。

*

颯々たる風は松の梢に鳴り、妍々たる石竹花は岩の狭間に咲く、勿来の関の古蹟は永久の山に拠り永久の海に対し、余輩に永久の真理を語る、余輩は其処《そこ》に面と面とを合せて源義家と共に語りしやうに感じ、感に打たれて山を下り、心に彼のおもかげを宿して、関東平原なる余輩の家に帰り来つた。

キリスト信徒の交際

一　われらの心をキリストの愛に
　　つなぐその索《つな》は祝すべきかな
　　かくつながれし者の交際《まじはり》は
　　　天のそれにさも似たり

二　われらの天父《ちち》の宝座《みくらゐ》の前に
　　　われらは熱き祈禱《いのり》を注ぐ
　　われらの憂慮《うれへ》も慰藉《なぐさめ》も
　　　恐怖《おそれ》も希望《のぞみ》もみな一つなり

三　われらは相互《たがひ》の悲愁《かなしみ》をわかち
　　　われらは相互の重荷を担ふ

而して時々相互のために
　熱き同情の涙を流す

四　われら互に相別れんとする時
　うちに耐へ難き苦痛《くるしみ》あり
　されど心の中に結ばれて
　われらは再び相会はんと欲す

五　悲哀《かなしみ》、苦痛《くるしみ》、労苦《いたはり》を離れ
　罪の縲紲《なはめ》を去り
　永久限りなき国に
　全き平和を楽しまんと欲す

唯一の友

多くの友を得てなほ寂寥を歎ずる人あり、一人の友を得ずして常に嬉々快々たる人あり、友に無常なると久遠なるとあり、而して久遠の友のみ、よく寂寥の憂を絶つを得るなり、キリストのみ、ひとり久遠の友なり、彼を友として、人は一人の友を得ずとも、独り常に嬉々快々たるを得るなり。

伝道の歓喜

天使の降臨

——田舎伝道の快楽——

余は近頃東京近在の或る無牧教会において、病後始めての説教をなした、教会は二間に四間の小屋、畳十二畳を布《し》くのみ、其処《そこ》に集まりし者は老若男女を合せて三十余名、その内に、高壇の前に座せし少女四人があつた、その中の小なる者は四歳に五歳ばかり、余の説教の始まるにあたつて、その彼らに解し難ければとて、教会の役員某はしきりに彼らに退去をうながした、余もまた彼らに退去を乞はんとした、されども彼らは頑として動かず、しきりに面を余の方に向けて余より何物かを求めんとしつつあつたやうである、やがて開会の時間が来て、讃美歌が始まつた、主会者は讃美歌第二百八番を与へた、その時、会衆を率ゐて声さはやかに歌ひし者は彼ら四人の少女であつた。

一　いかできよめん　　つみのこの身を
　なみだは雨と　　ふりそそぐとも
　　いかできよめん
　わがつみのため　　十字架につきし
　御子《みこ》よりほかに　　すくひはなし

二　いかですくはん　　つみのこの身を
　こころくだきて　　なすよきわざも
　　いかですくはん

三　いかでたすけん　　つみのこの身を
　きくのみならば　　神のをしへも
　　いかでたすけん

彼らに由つて歌はれしこの讃美歌は、一言一句余の心に浸《し》みわたつた、余はこれを聞いて、彼らに退去を乞はざりしを喜んだ、彼らは当日の集会にとりては活きたる音楽であつた。

やがて説教が始まつた、余はマタイ伝二十八章十九節について講じた、余は父と子と聖霊の名に入れて弟子となすべしといふことについて述べた、ちよつとむづかしい説教であつた、然るに見よ、余の説教の始まるや否や、小なる少女の二人は、余の前にてスヤスヤとねむりについた、如何にも心地良ささうに眠つた、その中の一人は、その姉とおぼしき者の膝に枕して、余の熱心に聖書を説くにもかかはらず、スヤスヤと眠つた、実に可愛らしかつた、余は余の説教を了へた、また讃美歌が始まつた、すると二人の少女は目をさました、また声高らかに歌ひ出した、我らは彼らの後について歌つた。

余はその時に思うた、その日に、神が余の病後の始めての伝道をたすけんために、四人の天使を送つて下さつたのであらうと、その日は余にとり、近来稀れにもつたる愉快なる安息日であつた、余は説教を終へて後に汽車に乗つて帰途についた、車中に余は独り思うた、大会堂とは何ぞ、大集会とは何ぞ、大音楽とは何ぞ、大説教とは何ぞ、この日の小集会は大集会であつて、この日の音楽は大音楽ではなかつたか、かの二間に四間の教会の中に、確かにキリストはいましたではないか、さうしてこれにつれて、余のその日の説教は大説教ではなかつたかと、かくて余は歓びに溢れて家に帰つた、さうしてその日にあつたことを家族の者共に話した、ああなすべきことは福音の宣伝である、田舎伝道である、かの愛らしき少女の寝顔、そのさはやかなる清き声、余は忘れんと欲して忘るることができない、ああ、また彼らに行いて、余の福音を彼ら無辜《むこ》の農民に伝へんかな。

確信

人は一人もこれを信ぜざるも我が福音は真理なり、人はことごとくこれを棄却するも我が福音は真理なり、人は挙《こぞ》つてそのために我を排斥するも我が福音は真理なり、我が福音は人の福音にあらず、神の福音なり、故に我は彼に拠り、独り終りまでこれを維持せんと欲す。

余の耐へられぬ事

余に一つ、耐へられない事がある、その事は、人が他の人を己れの宗教に引き入れんとする事である、余は大抵の事には耐へられると思ふが（神の恩恵に由つて）、しかしながらこの事には耐へられない、余はその人を奉ずる宗教が何であらうが、その事を問はない、しかしながらいづれの宗教にしても、人を己れの宗教に引き入れんとする事は余の耐へられないところである。余はこの事をなす人に向つて、余の救ひ主イエス・キリストの言葉そのままを発せざるを得ない、すなはちああ汝ら禍《わざはひ》なるかな、偽善なる学者とパリサイの人よ、そは汝らあまねく水陸を歴巡《へめぐ》り、一人をも己が宗旨に引き入れんとす、すでに引き入るれば、これを汝らよりも倍したる地獄の子となせり（マタイ伝二三章一五節）

信仰自由は人の有する最も貴重なる権利である、この権利にくらべて見て、財産所有の権利の如きは実に軽いものである、余はもし人ありて余の所有の物を奪ふことありとするも、余は彼をゆるすことができる、或ひは余の名誉を傷つくる者ありとするも、余はさほどにその事を心に留めない、しかしながら余の信仰自由をすこしなりと侵す者があれば、余はその者に向つて余の大なる聖憤を発せざるを得ない、彼なる者は、朽ちるこの世の物を奪はんとするにすぎない、然るにこれなる者は朽ちざる霊魂を奪はんとする、宗教勧誘は、詐欺、窃盗にまさるの罪である。

而してかかる罪人は世に少ないかといふに、決してさうではない、余輩の見るところを以てすれば、宗教家といふ宗教家は大抵はこの種の罪人である、彼らは、人を己れの宗教に引き入れる事は悪い事であるといふことを知らないのみならず、かへつてこの事を善き事であると思うて居る、善き事であると思ふに止まらない、彼らの信ずる神や仏の最も喜び給ふ事であると思うて居る、彼らは神を見ること昔の武士がその殿様を見しが如く、他の殿様の領分を侵しその家来を誘ひ来て己が殿様の家来とする事がこの上もなき忠信であると思うて居る、伝道は彼らにとり信者の取り合ひである、多く信者を作る事、その事が伝道の成功である、教会に最も忠実なる者は、最も多く他の教会の信者を奪ひ来りて、これをその会員となしたるものである、彼らの信仰なるものはこの世の愛国心とすこしも異ならない、彼らは帝国主義を彼らの伝道に応用し、全世界の人を駆つて己が教会の会員となさんとする。

しかしながらこれ真理を愛する者の決してなすべからざる事である、悪しき事は、決して仏教を信ずる事ではない、天理教または黒住教、天主教またはギリシヤ教に帰依する事ではない、悪しき事は嫉む事である、盗む事である、殺す事である、争ふ事である、そしる事である、他人の悪事を思ふ事である、然るに、人をしてその悪を棄てしめんとせずしてその宗旨を変へしめんとする、これ大なる誤謬であつてまた大なる悪事である、人の宗旨はこれを変へるに及ばない、彼を善人となせばそれで良いのである、なにも彼を誘ひてわが宗旨に引き入れるの必要はない、人はこれを今日彼があるその地位において恵むべきである、彼まづ我が党の人となるにあらざれば、我れ彼を恵む能はずといふが如きは、決して神の嘉みし給ふところでない。

されば我は我が宗教を人に対して語るべからずであるといふかといふに、さうではない、我が宗教を語るべき時と場合とがある、その時には、我は何の憚るところなく大胆にこれを語るべきである。
一　人が我に我が信仰の理由を糾《ただ》す時に、我は臆憚なくこれを語るべきである、我は人を恐れてひそかに信ずる者ではない、我にもまた我が信仰の理由がある、我はこれを人に語るを憚らない、我についてこれを知らんと欲する者の前に、我はこれを蔽ひ隠さんとはしない。
二　我と信仰を同じうする人の前に、これを語るべきである、かくなして、我はすこしも彼の自由をさまたげない、彼は喜んで我に聞かんとし、我もまた彼に告ぐるを喜ぶ、我は兄弟に語るの心を以て語り、親友に書き贈るの心を以て書く、我と信仰を異にし、主義を異にし、教会を異にする者は、我に聴くべからずである。
三　我はまた時には我が信仰を公けにする、これ我の有する言論の自由に由るのである、他人を我が信仰に引き入れんがためではない、我の信仰の何たるかを世に知らしめ、その是非を公論に訴へ、いささかなりとも真理の発展に貢献せんがためである、而して真理は自証するものであるといへば、我は強ひてその採用を人にせまるべきではない、我は静かに我が所信を唱へ、これを神と時とに委ねおけば、それで事は足りるのである。
而して以上の場合において、我が信仰を人に語るの結果、或る者が自ら進んで我と信仰を共にするに至らば、我は敢へてこれを拒まず、喜んで彼を我に迎ふるであらう、されども我はその時までは、すこしたりとも彼に圧迫を加へてはならない、権力を以てせざるは勿論、利益を以てしても、議論を以てしても、はたまた無益の能弁と思弁を以てしても、彼を我に誘うてはならない、我のつとむべきことは、彼の我が如く成らんことにあらずして、むしろ我の如くならざらんことである、世に嫌ふべきものにして、画一《ユニフオーミチイ》の如きはない、樹がもしことごとく桜となりたらば如何、鳥がことごとく孔雀となりたらば如何、もし人がことごとく我が如く成り、我が宗教を信じ我が主義を奉じたらば如何、その時は、我はこの世に厭《あ》きはて、一日も早くこれを去らんことを願ふであらう。

仏教徒は仏教徒として発達せしめよ、旧教徒は旧教徒として発達せしめよ、新教徒は新教徒として発達せしめよ、而して余輩は余輩として発達せしめよ、我ら神の子は相互の発達を助くべきである、いはゆる法幢を掲げて他宗を説伏すると称するが如きは愚の極、不法の極、悪事の極と称せざるを得ない。

伝道の美

歓喜《よろこび》の音信《おとづれ》を伝へ、平和を告げ、善き音信を伝へ、救済《すくひ》を告げ、シオンに向ひて汝の神は統《す》べ治め給ふと言ふ者の足は、山の上にありていかに美はしきかな（イザヤ書五二章七節）

陸中花巻の十二月廿日

外には雪は二尺あまり
寒気は膚《はだへ》をつんざくばかり
北上《きたかみ》の水は浩々《かう〳〵》と流れ
岩手の峰は遥々《えう〳〵》と聳《そび》ゆ

内には同志は四十あまり
歓喜は胸にあふるるばかり
讃美の歌は洋々と挙《あが》り
感謝の声は咽《えつ》々と聞こゆ

ああ美はしきかな、この会合《あつまり》
聖霊《みたま》は奥羽の野に下れり
われらは深雪《みゆき》の中にありて
栄光《さかえ》の天国《みくに》に居るかと想へり

救済の希望

戦場ヶ原に友人と語る

——神の無窮の愛について——

明治四十一年九月十七日、友人某と共に日光山中に遊ぶ、湯元に湯の湖の幽勝を賞し、湯の瀧の偉観を見、男体山を前にして中禅寺湖に向つて再び歩を進むるや、途は戦場ヶ原の高原を過ぎ、歩調最もゆるやかなり、時に話頭は人生のこの最大問題に移り、彼問ひ、我答へて、龍頭《りゆうつ》の瀧のほとりに至りて止みぬ。

余にはまだキリスト教はよくはわからない、余はまだ余の信ずるところをことごとく聖書の言を以て証明することはできない、しかしながら、余が今日信ずるところはこれである、すなはち神はすでにキリストを以て人類全体を救ひ給うたといふことである、すなはち世には救はれない人とては一人もないといふことである、これはいはゆる「普遍的救済説」といふ説であつて、多くの反対のある説であるが、しかし余は今始めてではない、夙《はや》くより、ひそかにこの説をいだいて居つた者である。

余がこの説をいだくおもなる理由は個人的である、余は思ふ、もし世に救はれない人が一人でもあるとするならば、その人は余自身である、余は罪人の首《かしら》である、故に余が救ひに漏《も》れざらんがためには、すべての人が救はれなければならない、万人救済は余一人の救済のために必要である、余は普遍的救済を信ずるに由つてのみ、余自身の救済を確かめることができる。

神学者は余のこの説に対して言ふ、もし普遍的救済が真理であるとするならば、福音宣伝の動機は失せてしまふ、もし人は何人も救はれる者であるとするならば、何を苦しんで彼を救はんとするのであるか、彼をそのままになしておけばよいではないかと。

しかし余はさう思はないのである、余は、福音は人の恐怖心に訴へて伝ふべきものではないと思ふのである、福音の福音たるは、これに恐怖がともなはないからである、これ、人の愛心に訴へて伝ふべきものである、これを信ぜざれば地獄に堕《お》つればとてこれを説くのではない、これを信ぜざれば父なる神が歎き給ふと言ひて伝ふるのである、福音を信ぜざるは、吾人自身にとりては大なる損失である、愛なる神にとりては大なる悲歎である、父はすでに吾人の罪を赦《ゆる》し給うた、吾人はただ彼の許に到ればよいのである、到らざれば、神は怒りて吾人を地獄に投げ入れ給ふといふのではない、父なる神は、かかる事はなさんと欲するもなし得給はない、キリストの十字架に由つて、吾人にかかはるすべての呪詛は取り除かれたのである、罪に対するの刑罰は必ずあるが、その刑罰は、キリストが吾人に代りてすでにその身に受け給うたのである、これキリストの十字架が吾人にとり非常に貴い理由《わけ》である、しかしながら、「キリストすでに我らのために詛《のろ》はるる者となりて我らを贖《あがな》ひ、律法《おきて》の詛よりのがれしめ給」ひし以上は（ガラテヤ書三章一三節）、我らの罪はすでに神の前より取り除かれたのであつて、神は今や我らについて怒らんと欲するも能はないのである、キリストの十字架の死に由つて、神の怒りは人類の呪詛と同時に永久に取り除かれたのである、今や神と人類との間に何の阻害もないのである、神は今やその赦免の大聖手《おほみて》をひろげて我らを待ち受け給ふのであつて、我らは今はただ、父よ、我れ悔ゆと言ひて彼の許に到りさへすれば、それでその時ただちに救はれるのである。

　悔改は勿論救済の条件である、たとへ余といへども悔改めずして救はれることはできない、しかしながら、人はその悔改にのみ由つて救はるるのではない、人の救済に神の方面がある、神がその赦免の霊を以て人に接近し給ふにあらざれば、人はいくら悔改めても救はるることはできない、否な、かかる場合においては、人は充分に悔改めることさへできないのである、故に余が普遍的救済を信ずるといふは、人は悔改めずして救はるるといふのではない、神の方面においては万人救済の途はすでに完成して居るから、人は何時なりとも悔改に由つてその救済を己が有《もの》とする事ができるといふのである、さうしてもし人が悔改めないならば、神は永久に彼の悔改を待ち給ふのである、悔改は神の歓喜であつて人の利益である、神は今や人が悔改めないとて、彼を呪ひ給はない、しかしながら、人は悔改めないで、救済の恩恵にあづかることはできない、もし今なほ呪詛《のろひ》があるとすれば、それは人が己れに招く呪詛である、神の方面においてはすでに呪詛なるものはない、彼には今や永久の赦免と、永久の仁慈と、永久の忍耐とがあるばかりである。

ここにおいてか神にありては、キリストの十字架に由つて、人類の呪詛《のろひ》と滅亡《ほろび》とは不可能事となつたのであると思ふ、神は人類全体を恩恵の圏内に閉ぢこめ給ひて、彼をしてその外に逸出すること能はざらしめ給うたのであると思ふ、今や詩人の言は事実となつたのである、すなはち

われ何処《いづく》に往きて汝の御霊《みたま》を離れんや
われ何処に往きて汝の前を逃れんや
われ天に昇るとも、汝、彼処《かしこ》にいまし
われわが床《とこ》を陰府《よみ》に設くとも
見よ、汝、彼処にいます
われ曙《あけぼの》の翼を借りて海の端《はし》に住むとも
彼処にてなほ汝の手、我を導き

我を保ち給はん

（詩篇一三九篇七―一〇節）

神のいまさざる所はない、しかしながら、その神は今は赦免の神である、神は何処《どこ》までもその赦免の霊を以てその子の跡を追ひ給ふ、彼の忍耐はまた無窮である、彼は人がこの世で悔改めないとて、これを棄て給はない、彼は未来永劫までその跡を追ひ給ひてその悔改をうながし給ふ、天に昇るも、陰府《よみ》に降《くだ》るも、海の端に住むも、人は神の愛を離れその慈恵《めぐみ》より遠ざかることはできない。

かく言ふならば悪人は言ふであらうか、「さらば我は安全なり、我は安心して悪をつづけん」と、ああ、悪人よ、しからざるなり、汝が悪をつづくればとて、汝の父は、汝について怒り、汝を滅ぼさんとはなし給はざるなり、されども彼は汝について心を痛め給ふなり、汝のその頑強《かたくな》なる心を和《やは》らげんために、彼はその愛子を十字架に釘《つ》け給ひたり、汝は彼の子なり、故に彼の完全《まつた》きが如く完全かるべき者なり、汝は王の子なり、国を嗣ぐべき者なり、然るに汝はさらに汝の悪をつづけんと欲す、汝の父は汝のために悲しむや切なり、汝、この上さらに父の心を痛めんとするか、ふたたび三たびキリストを十字架に釘《つ》けんとするか、我、キリストに代りて汝に求む、汝、神を和らげよ（コリント後書五章二〇節）、汝が自ら好んで罪に居る間は、汝は自身己れを呪ふなり、汝、天にいます汝の父のために、また汝自身のために、汝の悪を去つて彼に還《かへ》れよ。

宣教師と牧師と伝道師とは言ふであらうか、「さらば我が伝道は無用なり。もし滅亡《ほろび》の危険なしとならば、我らは伝道を廃《や》むべきである」と。

ああ、しからざるなり、我が兄弟よ、父の愛は一日もこれを同胞に示さずして可ならんや、父はすでにその恩恵を以て人類に臨み給ふに、人類はこれを知らずして、日日自己《おのれ》の智慧に頼み、失望を重ね、自殺を企て、神を恨み、自己を呪ひつつあり、我ら如何でか手を束《つか》ねてこれを日撃するに忍びんや、父の忍耐は無窮にして、彼はよく人の不仁、不孝に堪へ給ふといへども、我ら彼の子たる者、如何でか永久に彼の心を痛め奉るべき、もし永久に悔いざれば永久に救はれざらんのみ、あたかも美食積んで前に山をなすといへども、これを食はざれば饑ゆるが如し、人は救はれてありながらその救済《すくひ》を己が有《もの》とせざるなり、悲歎何物かこれに過ぎん、資産の分配を受けながらこれを知らずして貧になやむ、これ神を知らざる者の状態なり、我ら彼らに彼らの幸《さち》と富とを告げずして止《や》まんや。

神の無窮の愛を耳にして悔改を拒む悪人に対して、また伝道を廃《や》めんとする伝道師に対して、余の言はんと欲するところは以上の如くである、恐怖を以て悪人を嚇《おど》さない、嚇すも彼は悔改めないからである、また嚇すの理由がないからである、キリストの福音はモーセの律法ではない、故に、人の恐怖に訴へて伝ふべきものではない、キリスト信者が受くべき霊は「臆する霊にあらず、能《ちから》と愛と謹慮《つつしみ》の霊」である（テモテ後書一章七節）。

人類はすでに救はれてあるから安心である、しかし安心であればとて伝道を廃《や》めない、然り、安心しながら伝道に従事する、人は今や火山の上に座して滅亡を待つ者ではない、彼は救済の磐《いは》の上に座して、恩恵の聖手《みて》もて支へらるる者である、歎ずべきは彼の救はれないことではない、救はれて居りながら、自ら救はれないと思ふことである、我らは彼をうながして、父に乞うてその遺産を獲《え》しめんとはしない、すでに与へられし産業を、己が有《もの》と認めしめんとするのである、ここにおいてか我らの伝道なるものの至つてたやすい業であることがわかる、伝道は道徳の教授ではない、さう思ふから甚だむづかしいのである、伝道は罪の赦免の宣言である、「善事を宣ぶる事である」（ロマ書一〇章一五節）、「放釈《ゆるし》の年」の宣布である（申命記一五章九節）、これよりも喜ばしい事はないはずである、神がキリストにありて人類の罪を除き給へりと伝ふることである、これに何のむづかしい事があるか、余に伝道の熱心の足らないのは、余の正義の念が薄いからではない、余の道徳が低いからではない、また必ずしも民の心が頑剛《かたくな》であるからではない、余が神の恩恵を知るその度が浅いからである、人類にもし神の恚怒《いかり》を伝ふるのであるならば、それこそさぞ辛《つら》い事であらう、しかしながら、神の愛を伝ふるのである、善事を宣ぶるのである、かかる楽しい事はないはずである。

神は宇宙万物の造り主であるといふ、かの瀑布を岩に懸《か》けし者、かの湖水を窪《くぼ》に湛《たた》へし者、かの山を地に築きし者である、さうしてその者が愛であるといふのである、その愛は人類全体を包む愛でなくてはならない、その愛は人類の犯せしすべての罪を以てしても侵すことのできない愛でなくてはならない、人類の罪は莫大であるが、しかし神の愛を消すには足らない、さうしてキリストの贖罪なるものは、少数の善人義人の罪を贖《あがな》ふだけのものでないに相違ない、これは人類全体の罪を贖うてなほ余りあるものであるに相違ない、余は神の無限を、その能力《ちから》と知識と正義とにおいてのみ見ない、またこれをその愛において認める、その慈悲と憐憫とにおいて認める、余は神は愛なりと聞いて、彼は万人の救済を企て、これを実行し給ふ者であることを知る、余の救済の希望はここにある、もしかくまで神が慈恵《めぐみ》ある者でないならば、余の未来は甚だ危険である、すべての人が救はれて後に、余一人が地獄に堕《お》つるのであるかも知れない。

そは或ひは死、或ひは生、或ひは天使、或ひは執政《つかさ》、或ひは有能者《ちからあるもの》、或ひは今在る者、或ひは後《のち》在らん者、或ひは高き、或ひは深き、また他の受造者《つくられたるもの》は、我らを、わが主イエスキリストに頼《よ》る神の愛《いつくしみ》より絶《はな》することは能はざる者と我は信ず（ロマ書八章三八、三九節）

余の信仰の真髄

——人類の普遍的救済——

余の信仰の真髄は、神は愛なりといふことである、而してこの前提よりして、神はキリストにありて世を救ひ給へりといふことである、而して神が世を救ひ給へりといふことは、余一人を救ひ給へりといふことではない、また彼を信ずる少数の信者を救ひ給へりといふことでもない、また勿論、いはゆるキリスト教会を救ひ給へりといふことでもない、神が世を救ひ給へりといふことは、世全体を救ひ給へりといふことである、すなはち人類全体を救ひ給へりといふことである、神を信ずる者をも、信ぜざる者をも、キリストの名を聞きし者をも、聞かざりし者をも、善人をも、悪人をも、すべて人といふ人を、ことごとくキリストにありて救ひ給へりといふことである、余にとりてはこれより以下のことは福音ではない、余はまた宇宙万物の造り主なる父の神に、これより以下の愛を帰《き》し奉ることはできない、余は神は愛なりと信じて、すくなくとも彼についてこれだけのことを信ぜざるを得ない、余にとりては、人類全体を救ひ給はざりし神は神にして神でない、神である、人ではない、父の父である、彼が、人が彼を愛するまで、彼の愛を匿《かく》しおき給ふはずはない、彼は人が彼を知らざる前に、然り、彼を憎みつつある間に、すでにすでに人を救ひ給うたに相違ない、神の愛とはかかるものであるに相違ない、これ以下の愛は人の愛であつて、神の愛ではない。
　而して余は聖書はかかる普遍的救済を教ふる書であると信ずる。

　　世の罪を任《お》ふ神の小羊を見よ

と(ヨハネ伝一章二九節)、単に我が罪ではない、また汝の罪ではない、またイスラエルの罪ではない、世の罪を任ふ神の小羊である、神は彼の上に人類全体の罪を置き給うたのである、キリストは人類の首《かしら》である、その代表者である、而して神は彼を十字架に釘《つ》け給ひて人類の罪を罰し給うたのである、而してまた彼を死より甦《よみがへ》らしめ、彼を受け給ひて、人類を受け給うたのである、キリストの一生は人類の代表的生涯である、人類は彼にありて罰せられ、彼にありて赦され、彼にありて復活し、彼にありて栄を得たのである、キリストは善き祭司の長《をさ》として、人類全体を担《にな》うて神の聖所に入つたのである、彼の肩の上には中国人もあつた、朝鮮人もあつた、印度人もあつた、キリスト信者もあつた、仏教信者もあつた、回々教信者もあつた、無神論者もあつた、アダムの子はすべてあつた、過去の人、現在の人、未来の人はすべてこの善き牧羊者《ひつじかひ》の肩の上に置かれた、而して彼はすべて彼らを担うて神の前に出で、そこに彼らの清潔《きよめ》と赦免《ゆるし》と光栄《さかえ》とを得た。
　さらば伝道は何のためであるかと人は余に問ふであらうか、然り、余は人を救ふために伝道に従事しない、これ余の絶対的になす能はざる事である、余は未だかつて一人の人をも救つたことはない、よしまた救ひ得るとするも、世界の人口は十五億余であつて、その中、千人や万人を救うたところでその余はどうなるのであるか、余は彼らの滅び行くのを見るに堪へられるであらうか、もし人類の救済《すくひ》が我ら少数の伝道者の尽力に由るものであるならば、人類の救済は絶望的事業である、余は余の祖先のすべてと十数億の同胞とを残して、独り少数の信徒と共に天国に行くに忍びない、余はかかる場合においては、世の最大多数と永遠の運命を共にしたくおもふ、余はわづかに百人や千人の人を救ひ得て、他はことごとくこれを永遠の死にゆだねずばならぬやうな、そんな絶望的事業に従事したくない。

さらば何のための伝道であるか。

然り、伝道ではない、福音の宣伝である、主のヨベルの歳《とし》の到来を告げ知らすることである（レビ記二五章）、平和の言を宣べ、また善事《よきこと》を宣ぶることである（ロマ書一〇章一五節）、余は罪人に向つて「神怒り給へば、汝の罪を悔いて彼に還《かへ》り来れ」とは言はない、余はパウロにならひ

神、キリストにありて、世を己と和《やは》らがしめ給へり、故に我れキリストに代りて
汝らに願ふ、汝ら神に和らげよ

と言ふ（コリント後書五章一九節以下）、神の側《がは》にありては和らぎはすでにすんだのである、故に余は罪人にすすめ、彼らをしてこの和らぎに応ぜしめんとするのである、すでに救はれたる者をして、その救ひを承認せしめんとするのである、まことに容易なる、まことに楽しい、まことに喜ばしい業である。

しかし、もし人はすべて救はれたる者であるとするならば、その事を彼らに知らするの必要はない、また知らするならば、彼らは罪を悔改めないといふであらうか。

余はさうは信じない、神の普遍の愛！　余はどうしてこの事を人に知らせずに居られようか。

キリストの愛、我を余儀なくす

とパウロは言うて居るが、実にその通りである（コリント後書五章一四節）、福音宣伝は義務ではない、情熱《パッシヨン》である、作詞または美術に類することであつて、神の愛を知りたる者には、なさざれば居られない事である、人のすべての思念《おもひ》に過ぐる神の愛、これを人に知らせずして居られようか、余にしてもこれを知らざれば止《や》む、しかしながらこれを知りし以上は、これを人に知らしむることが余の生命である、余に天の美想が降《くだ》り来る時に、余はこれを詩に表さずしては居られない、それをひとしく、余は神の愛を知つて、これを叫びまた書き綴らざるを得ない、福音宣伝を義務なりといひ、または教会の事業なりと称する者の如きは、共にこの事を語るに足りない。

　また人はすべてすでにその罪をゆるされたりと聞き、罪人はその罪を悔改めないといふその事は果して事実であらうか、罪人は果して神の忿怒《いかり》を聞いて恐怖のあまりその罪を悔改めるのであらうか、余はさうは思はない、すくなくとも余の実験はその正反対である、余自身は、神の忿怒を聞いて震へながら悔改めたのではない、忿怒は人を絶望せしめざれば彼を頑剛《かたくな》にする、罪は忿怒を以てしては去らない、愛のみよく罪を征服することができる、すくなくとも余自身の場合はさうであつた、而して余はすべての人の場合がさうであると思ふ。

　悔改は羞恥に始まるものである、我れ愛せざるに人、我を愛すと聞いて、我は己れに恥ぢ、わが罪を悔いて彼の赦免を乞ふに至るのである、人に対してさうである、神に対してもまた同じである、我はキリストを十字架に釘《つ》けつつありしに、神はそのキリストのその十字架を以て我を愛し給ひたりと聞いて、我は己れに恥ぢて耐へられなくなるのである、罪は鉄槌を以てこれを砕くことはできない、しかし愛を以てこれを鎔《と》くことができる、神はよく人の心の何たるかを知り給ふ、故に彼は恐怖を以て人に臨み給はない、無限の愛を以て彼らを見舞ひ、彼らがなほ彼の敵たりし時に彼らの罪を贖《あがな》ひ、彼らをして、彼の愛に感じて己れを改めて彼に還《かへ》らしめ給ふ、宇宙万物の造り主なる父なる神は然かせざらんやである。

神は愛である、彼はキリストにありてすでに人類全体を救ひ給うた、救済はすでに既成の事業である、故にハレルヤである、蛇の頭は、女の生みし者に由つてすでに砕かれたのである（創世記三章一五節）、あとに残りしはただ僅少のこの世の苦痛である、これを除けばそれで万事は成るのである、最も難《かた》き事は、神、キリストにありてすでに成しとげ給うたのである、人類の罪はすでに除かれたのである、神との平和はすでに成つたのである、あとはただ人が人との戦争を止《や》め、平和をこの地に来たすれば、それで万事は完成するのである、而して残余のこの小事業が我らにゆだねられたのである、我らは今より進んで苦戦悪闘して敵を斃《たふ》さんとするのではない、敵の大将はすでに我らの手を借りずして斃されたれば、我らは楽戦以て逃ぐる残余の敵を追ひつくさんとするのである。

天国を望む

アイザック・ワット

われ天の第宅《すまひ》に入るの
　わが特権を確かめらるる時に
我はすべての恐怖にいとまを告げ

わが流るる涙をぬぐはん

たとへ全地は我に逆《さか》ひて立ち
石火《せきくわ》の槍を我に投ぐるも
我はサタンの激怒を笑ひ
我は恐れる世に向はん

憂愁は洪水の如くに来れ
苦悶は暴風の如くに荒れよ
我はただわが家に着かんことを
わが神、わが国、わが諸凡《すべて》に至らんことを

其処に、天の静かなる海に
我はわが疲れし霊を浴せん
而して配慮の漣波すらも
わが静かなる胸を越えじ

所感十年（抄）

DEDICATION.

TO MY DEAR RUTH,

A COMPANION OF EIGHTEEN YEARS

THROUGH THICK AND THIN OF STRIFES.

THESE WORDS, PENNED LARGELY

UNDER HER UNRECOGNIZED INFLUENCES,

ARE MOST AFFECTIONATELY

DEDICATED BY

HER FRIEND AND FATHER,

THE AUTHOR.

（直　訳）

奮闘の最中を経て十八年間の
侶伴たりし余の愛するルツ子
に
多分は彼女の認められざりし
感化の下に筆せられし是等の
文字は
彼女の友にして父なる著者に
因て切々の愛心を以って題寄
せらる

自序

所感なり、真理の直覚なり、天国の瞥見なり、信者の朝の夢なり、故に簡短なり、随筆的なり、非研究的なり、然れども浅薄ならざらんと欲す、研究の順路を示さずと雖も其熟したる果実ならんことを期す、所感なればとて必しも感情の発作に非ず、真正の所感は神の霊が人の霊に触るゝ時に生ず、惟憾《たゞうら》む楽器の不完全なる以て天の美曲を完全に伝ふる能はざることを。

一九一三年一月十九日　　　東京市外柏木に於て　内村鑑三

附言

一、本書は明治三十三年（一九〇〇年）より同四十三年（一九一〇年）に渉り『聖書之研究』に掲載せられし短文の主《おも》なる者を蒐集して一書と成せし者なり。

一、本書の編纂は畔上賢造君専ら余に代て其任に当られたり、玆に君の多大の労を深謝す。

一、各所感の最後に記せる数字は其掲載の年月を示すものなり、例へば「我が希望」の最後に（三三、一一）と記せるは此所感が明治三十三年十一月のものなることを示す。

著者誌

我の祈願　我に財を賜はざるも可なり、我は名と位とを求めず、我にインスピレーシヨンを降せよ、我に真理を見るの眼を賜へよ、我をして我が神を宇宙と万物とに認めて、今世に在て既に来らんとする永久不滅の栄光を感ぜしめよ。（三三、一一）

真理　真理は神の属《もの》なり、是れ必しも国の為に宣ぶべきものにあらず、吾人若し国を救ひ得ずんば、努めて真理を救はんのみ、真理を保存して国家は亡るも復起り、真理を放棄して国家は栄えて終に死す、世の国を念ふものは国家に対するよりもより多く真理に対して忠実なるを要す。（三三、一一）

罪人の神　神は生れながらの義人よりも悔ひ改めたる罪人を愛す、神は聖浄潔白の心よりも罪を悲むの心を愛す、義人亦神を識るの能力を有す、然れども彼の眼に映ずる神は罪人がその心に感ずるが如き完全なる神に非ず、罪を癒し得るの神は義を悦び給ふの神よりも大なり。（三三、一二）

神のことば　単に是れ言《ことば》なり、故に之に力あるなしと云ふ勿れ、若し夫れ神の言《ことば》ならん乎、是れ活《いき》て且つ力あり、両刃《もろは》の剣《つるぎ》よりも利く気《いのち》と魂《たましひ》、また筋節骨髄《ふし〴〵こつずゐ》まで刺し剖《わか》ち心の念《おもひ》と志意《こゝろざし》を鑑察《みわく》るものなり（希伯来書第四章十二節）、是れ万民と万国とを或は抜き或は毀ち或は滅し或は覆《たふ》し或は建て或は植ゆるものなり、（耶利米亜書第一章

十節)、人の言なるが故に沈黙の金に比して僅に銀たるなり、神の言ならんか、金剛石の貴きも之に及ばざる遠し。(三四、三)

神を識るの途　神を識らんと欲せば新たに其存在の証拠を求むるを要せず、神を識らんと欲せば行を改めよ、義のために勇なれ、慾を減ぜよ、心を清ふせよ、殊に自己の真価を知て謙遜なれ、然らば神は事実となりて吾人の心に現はれ、吾人は其存在の証明を求むるを歇《や》めて、吾人の身を以て彼を世に示さんと欲するに至らん、神は道徳的に之を発見するを得べし、智識的に之を看出す能はず。(三四、一〇)

赦免の神　余は未だ能く神の何者たる乎を知らず、然れども其余の悪を憎み給ふに優《まさ》りて余の善を愛し給ふ者なるや敢て疑ふべきにあらず、余が終末の裁判の日に於て神の前に立つや、余の悲歎は余の悪の多き事にあらずして、余の善の尠き事ならん、而して余は其時余の予想に反して愛なる神が余の犯せし凡ての悪を忘れ給ひて、唯だ余の行《な》せし些少の善をのみ記憶し給ふを発見して驚愕の念に堪えざらん、「神の恩恵の広きは海の広きが如く広し、」吾等神の忿怒に就てのみ念ずるは誤れり、神は忿怒の神に非ず、恩恵の神なり、即ち赦免の神なり。(三五、六)

無きもの　我に我あるなし、神、我に在て働き給ふ、我に我が言辞《ことば》あるなし、我が言辞は神の言辞なる聖書なり、我は既に無きものにして、我の今生けるは我の生けるに非ずしてキリスト我に在して生けるなり(加拉太書二章廿節)。(三五、一〇)

最大の賜物　神が人類に下し給ふ最大の賜物は神御自身である、爾うして神は其聖霊を以て之を我儕《われら》に下し給ふ、我儕此恩恵に与からんがために如何なる困難に遇ふても可い、飢餓《うゑ》も裸裎《はだか》も危険《あやふき》も刀剣《つるぎ》も之を得るためには決して辞すべきではない、**人若し全世界を得るとも其生命を失はゞ何の益あらん乎**、人若し万物《すべてのもの》を失ふとも若し神を得んには何の悔ゆる所かある、我儕は神が我儕より何物を取り去り給ふとも必ず聖霊を以て神御自身を我儕に下し給はんことを単《ひたす》らに祈るべきである。（三六、七）

恐るべき者　恐るべき者は政治家にあらず、彼等は権力の阿従者なり、正義の主張者に非ず、彼等は権力の命令に抗して何事をも為し得る者に非ず。

恐るべき者は宗教家にあらず、彼等は時代の子なり、神の僕に非ず、彼等は時代の思潮に逆ひて何事をも為し得る者に非ず。

恐るべき者は新聞記者にあらず、彼等は時勢の従属なり、其指導者にあらず、彼等は時勢の要求に反して何事をも語り得る者に非ず。

恐るべき者は神と神を畏るゝ者とのみ、其他は皆な恐怖を装ふ案山子の類なり、頼むに足らず、恐るゝに足らず。（三八、一二）

神は愛なり　七歳の少女を失ひ、彼女の未来に就て憂慮を懐ける彼女の父に書き送りし書翰の一節

人の来世問題に就ては種々の難問題有之候、之を満足に説明し得る者は世界中一人

も無之こと、存候、然れども我等は此事を知る、即ち神は愛なることを、而して愛なる神は決して我等の愛する者を来世に於ても悪しきに扱ひ玉はざることを、キリストは万民のために死に給へりと聖書に記《しる》しあれば、キリストの贖罪の功徳に与かり得ざる者とては宇宙間一人もなきことを、小生は此信仰が御互のすべての苦痛を慰めて余りありと存候、聖書の教ゆる所は詮《せん》ずる所は是れのみと存候、即ち**神は愛なり**と。（三九、一）

我のすべて　産を失ふも可なり、願くは神の聖顔《みかほ》を見失はざらんことを、病《やまひ》に悩《なや》むも可なり、願くは神の聖旨《みこゝろ》を疑はざらんことを、人に棄らるゝも可なり、願くは神に棄られざらんことを、死するも可なり、願くは神より離れざらんことを、神は我がすべてなり、神を失ふて我は我がすべてを失ふなり、**我等に父を示し給へ、然らば足れり**（ヨハネ伝十四章八節）、我が全生涯の目的は神を視、彼を我が有《もの》とするにあり、其他にあらず。（三九、四）

キリストの神　異邦人は言へり、神は勢力なりと、希臘《ギリシヤ》人は言へり、神は智識なりと、猶太《ユダヤ》人は言へり、神は聖なり、而してキリストは言ひ給へり、神は愛なりと、神は勢力ならざるに非ず、然れども勢力以上なり、智識ならざるに非ず、然れども智識以上なり、神は聖なり、然れども聖にして罪を悪むに止まらず、愛にして恩恵を施し給ふ、愛は神の精気なり、神御自身なり、我等神の愛に接して始めて神の何たる乎を

知る也。（四一、九）

智識の終極　神を知るは小事なり、我等は神に知られざるべからず、而して我等彼を愛して彼に知らる〻を得るなり、

人、若し能くものを知ると思はゞ彼は未だ知るべき丈けをも知らざるなり、然れども人、若し神を愛せば、其人は彼に知らる〻也、

愛は智識の終極なり、而して愛は知らんと欲せずして知られんと欲す、而して我等は神に知られてのみ能く完全に彼を知るを得るなり。哥林多前書八章二、三節。（四三、七）

基　督

日々の生涯　基督と共に起き、基督と共に働き、基督と共に眠に就く、今我れ肉体に在て生けるは我を愛して我が為めに己を捨てし者、即ち神の子を信ずるに由りて生けるなり（加拉太書第二章第二十節）。

＊　＊　＊

此腐敗せる社会に棲息して、其腐気に触れざらんと欲せば、常に科《とが》なき愆《あやまり》なき、完全無欠の人なるイエス　キリストと共に在らざるべからず、彼の光輝を受け、彼の温容を拝し、彼の心を以て我が心となして、我は彼が如く謙遜に、彼が如く柔和たるを

得るなり、我が罪に陥る時は、我が道徳念の熾ならざる時に非ずして、我が我が主を離れ、独り自から君子たり、義人たらんと欲する時なり。

＊　＊　＊

我が生涯の目的は我れが完全に基督を解せんとするにあり、我に歓喜あり、悲哀あり、成功あり、失敗あり、希望あり、失望あり、心身を裂かるゝに等しき苦痛あるは、是れ皆我れが完全に我が主イエス　キリストを解せんが為めなり、故に我れ我が国人に誤解せられ、其石打つ所となり、ステパナの如き苦楚を嘗むる事あるも、我にして若し此辛らき経験に依て一層深くキリストを解するに至らば、我は益を受けし者にして害を蒙りし者にあらざるなり、我れ若し友の捨る所となり、彼等に罵られ、嘲けられ、面前に於て堪へ難きの恥辱を蒙らせらるゝ事あるも、我れ若し之に依て一歩たりとも我が主に近《ちか》くを得ば、我は悲しむべき者にあらずして、喜び且つ感謝すべき者なり、永遠無窮の生命とはキリストに於ける生涯に外ならざれば、我をしてキリストを識らしむるものは、其如何に苦き盃たるに関はらず、我は感謝して之を受くべきなり。

＊　＊　＊

我れが自由に我が敵人を赦し得るは我に度量大海を飲むに足るものあるが故にあらずして、キリスト我を愛して自由に我が科《とが》を赦し給ひしが故なり、我の宥恕、寛容、雅量、大度、之れ皆なキリストが我に賜ひしものにして、我れ時に之を有したればとて、我は之を以て我が本来の性なりと思はず、亦其欠乏の故を以て我は我が敵人を責めざるべし。

＊　＊　＊

人は我に頼り、我はキリストに頼る、故に我は我が責任の重きを感ぜず、我は我が憂慮を悉く我が主に委ねて、時に或は独り天下を担ふて立つも尚ほ我に余裕あるを感ず（彼得前書五章七節）。

＊　＊　＊

イエス曰ひ給ひけるは我が父は今に至るまで働き給ふ我も亦働くなりと、我の働くは我れ独り働くにあらずして我が父が我を通して働き給ふなり。

＊　＊　＊

我が名は汚さるゝも可なり、我が神の名にして崇めらるれば足れり、我は辱《はづかしめ》を受くるも可なり、我が神にして栄《さかえ》を受くれば足れり、願くは我が神の栄光の揚らんが為めには我をして無き者たらしめよ。

＊　＊　＊

我は知る我が衷に何の善きものゝあらざるを、凡ての善賜《よきたまもの》と全き賜は皆な上より降るなり、基督信者はその有する富と智識との為めに誇らざるのみならず、亦其抱懐する主義の為め其履行する徳の為めに誇らず、我は罪なしと云ふ者は未だ神を知りし者にあらず、我に罪のほか何物もなきを了て吾人は始めて基督の僕たるを得るなり。

我が救主にして義人、善人の特別の友たらんか、我は彼の威厳を懼れて彼に抵る事能はざるべし、然れども彼が罪人の友たるが故に、我は容易に我が身と霊とを彼に委ねるを得るなり。(三三、一〇)

＊　＊　＊

信仰の試験石　保羅曰く人聖霊に感ぜざればイエスを主と謂ふあたはず(哥林多前書第十二章三節)と、人聖霊に感ぜざるもイエスを聖人なりと云ふを得べし、偉人なり、博愛家なりと云ふを得べし、然れども聖霊の恩化に依るにあらざれば彼を主、即ちヱホバの神として認む能はず、人の信仰を試《ため》すに唯此《いひあら》一事あるのみ、約翰も亦曰く、凡そイエスキリストの肉体となりて臨り給へることを認はさゞる霊は神より出るに非ず(約翰第一書四章二、三節)と。(三四、三)

日本国と基督　日本国は基督を要す、彼に依るにあらざれば其家庭を潔むる能はず、日本国は基督を要す、彼に依らずして其愛国心は高尚なる能はず、基督に依てのみ真正の自由と独立とあり、そは彼は霊魂に自由を与ふる者なればなり、基督に依らずして大美術と大文学とあるなし、そは彼は人類の理想なればなり、基督降世二千年後の今日吾人は彼に依らざる真正の文明なるものを思惟する能はず。(三四、五)

恥ぢざれ　保羅曰く我は福音を以て恥とせず、そは此福音はユダヤ人を始めギリシヤ人、凡て信ずる者を救はんとの神の大能なれば也と（羅馬書一章十六節）、基督曰く、我と我道を恥る者をば人の子も亦おのが栄光と父と聖使《きよきつかひ》の栄光をもて来る時これを恥づべしと（路加伝九章二六節）、声高くして想低き哲学者の前に、多く約束して寡く実行する政治家の前に、倫理を説て尚ほ其無能を自認する教育家の前に、富を積んで尚ほ窮迫を訴ふる実業家の前に、文を綴て思想の空乏を歎ずる文学者の前に、吾等基督を信じてその救済の実力を実験する者は何の恥る所かあらん、吾等の羞恥は無益なり、吾等は彼等に優て幸福且つ健全なる者なり。（三四、九）

恥ぢよ　恥ぢよ、然り宣教師的基督教に就て恥ぢよ、然り音のみにして実なき基督教に就て恥ぢよ、然り貴族と富者とに阿る基督教に就て恥よ、然ども基督の基督教に就て恥る勿れ、救霊唯一の大能なる基督教に就て恥る勿れ、平民の友たる基督教に就て恥る勿れ、是れ神の福音なり、天より臨みし光明なり、人類唯一の慰藉なり、若し基督教に就て恥んか、我は天上に輝く星に就て恥ん、秋天に懸る芙蓉の峯に就て恥ん。（三四、九）

絶対的真理　真理は事に非ず、人なり、哲理に非ず、宗教なり、教義に非ず、人格なり、絶対的真理は主イエスキリストなり、彼に聴き、彼に傚ひ、彼を信じて吾等に真理と生命とあり、彼に於て之を索めずして宇宙に於て之を探らんと欲するが故に世は永久に真理を看出し能はざるなり（約翰伝十四章六節）。（三五、五）

万善の基礎　神を信ぜずして信あるなし、永生を望まずして望あるなし、キリストを愛せずして愛あるなし、同胞間の信用は神を信ずる信より起り、永生の希望起りて人生の憂愁は凡て拭《ぬぐ》はる、若し夫れキリストの愛に至ては是れのみが純潔の愛にして、此愛に欠乏して父子も真正の父子に非ず、兄弟も真正の兄弟に非ず、夫婦も亦真正の夫婦に非るなり。（三五、一二）

独立とキリスト　独立を説く勿れ、キリストを説くべし、独立は惟り之を己の身に行て之を人に勧むる勿れ、重きを独立に置てキリストに置かざれば独立も終に一派を樹つるに至らん、而して如斯くにして成りし独立教会は「日本基督」と称するが如き、「組合」、「美以」、「監督」等と称するが如き教会と何の異なる所なきに至らん、我は真個の独立教会を建てんがために独立と教会とを説かずしてキリストを説かんかな。（三六、一二）

キリストに到るの道　キリストは宏大無辺なり、人は何人も彼を救主として仰ぐを得べし、彼に到るの途は一にして足らず、教会に由るも彼に到るを得べし、之に由らざるも彼の宝座《みくら》に近づくを得べし、世に彼の恩恵を独占する教会も僧侶もあるべからず、彼に到るの条件は唯一あるのみ、砕けたる心是れのみ、此心ありて人は何人も直に彼の懐《ふところ》に入るを得べし。（三八、八）

我とキリスト　キリストの如く成るにあらず、キリストと成るなり、其手となり、足となるなり、我は已に死してキリストをして我に在りて活かしむるなり、然らば我は欲せざるもキリストの如く成らざるを得ず、我とキリストとの関係は道徳的にあらず、生命的なり、キリストは我が教師にあらず、我が救主なり、我が生命なり、又我が復活なり。(三九、九)

永遠の磐　国興るもキリストを信じ、国衰ふるも亦彼を信ず、時可なるもキリストを信じ、時非なるも亦彼を信ず、業栄ふるもキリストを信じ、業衰ふるも亦彼を信ず、キリストを信ぜんのみ、キリストを信ぜんのみ、天は失せ地は消ゆるともキリストを信ぜんのみ。(四〇、一)

我が教会　我に教会無し、然れどもキリスト有り、而してキリスト有るが故に我にも亦教会あり、キリストは我が教会なり、彼は神の聖きが如く聖し、宇宙の広きが如く広し、我にキリストありて我は完全なる教会に属する者也。(四一、二)

我が信ずる福音　クリスト我が犯せし罪をすべて贖ひ給へり、クリスト我が為すべき善を我に代てすべて為し給へり、クリスト我がために永生を供《そな》へ我を聖父《ちち》の国に迎へ給ふ、我は唯クリストを信ずれば足ると、我が信ずる福音は是なり、其信じ難きは余りに善《よき》に過るが故なり、然れども神の福音は是れ以下の者たるべからず、誠に**ヱホバを畏るゝ者にヱホバの賜ふ其矜恤《あはれみ》は大にして天の地よりも高きが如し。**詩篇百三篇十一節。(四一、三)

キリストの所在　今や基督教は基督教会に於て在らず、然れども基督教は未だ此世を去らず、基督教はダンテの詩集に存す、カントの哲学に在り、すべての善人とすべての善行の中に在り、キリストは教会の救主にあらずして、世界の救主なり、彼は今や狭き教会を去て広き世界に遍在し給ふ、キリストの教会は世界にして其会員は人類なり、余輩は其処に彼等の中にキリストに於ける余輩の兄弟姉妹を求めんと欲す。（四一、九）

聖書

聖書の性質　聖書は過去の記録なれども実は今日の書なり、死せる書の如くに見ゆれども実は最も活ける書なり、是れに歴史あり、然れども是れ過去の出来事を伝へんが為めにあらずして、人類の進歩歴史に於ける神の直接の行為を示さんが為めなり、是れに科学あり、然れども是れネチユアの配列進化を教へんが為めに非ずして、天と地と其中に存する総てのものに現はれたる神の聖旨を伝へんが為めなり、其美文は文の為めの文にあらずして、神の義と愛とを伝へんが為めの文なり、故に神の在さん限りは（而て宇宙は消え失するとも彼の在さゞる時はなきなり）聖書は人類の有する最も貴重なる書として存するなり、聖書は神に関する唯一の教科書なり、之を識るは歴史と天然と文学との泉源に達する事なり。（三三、九）

聖書其物　聖書其物を読むべし、聖書に就て多く読むべからず、生命は聖書其物に在て聖書論に存せず、聖書に就て多く疑義を懐く者は、多くは聖書其物を読むこと少くして、聖書に就て聞き且つ読むこと多き者なり。（二六、四）

信仰の書　我れが聖書に頼る理由はそれが徹頭徹尾信仰の書であるからである、**我儕をして世に勝たしむる者は我儕の信なり**（ヨハネ第一書五の四）、若し之れが聖書が依て立つ隅《すみ》の首石《おやいし》でないならば聖書は我に取ては要の至て少ない書である、然しながら信を首石として其上に望と愛とを築き上げたる書であるから是れは我れの如き罪人の依て立つべき唯一の巌である、世の道徳は凡て皆な徳を強ふるに聖書のみは我儕より先づ第一に信を要求する、信なるかな、信なるかな、是れ罪人の首《かしら》をして天使たるを得せしむる奇蹟力である。（二六、六）

聖書と科学の調和　聖書は今日の科学に反対す、そは聖書は奇蹟の書なるに今日の科学は奇蹟を否定すれば也、今日の科学に全然信頼する者は聖書に全然信頼する能はず、聖書の見解を更《か》へん乎、或は科学の見解を改めん乎、吾人は二者其一を選まざるべからず、而して吾人は科学の屢々其仮説を変更するを見て、万世不易の聖書に由て科学の見解を定めんと欲す、吾人は聖書を科学の上に置いて二者の調和を計る者なり。（二八、四）

聖書の真価　教会の書、宣教師の書、神学者の書として見て、聖書は厭ふべき、嫌ふべき、呪ふべき書なり、然れども神の書、人類の書、平民の書として見て、聖書に優さりて愛すべき、慕ふべき、祝すべき書はあらざる也、我等は聖書を直に神より受け、之を我書として研究し、自由、独立、敬虔の人となるべき也。（四一、一二）

信　仰

神を信ぜんのみ　如何なる境遇に遭遇するも神を信ぜんのみ、富むも貧するも、成功するも失敗するも、徳を建るも罪に陥るも、世に迎へらるゝも友に捨てらるゝも、生るも死するも、天に昇るも陰府《よみ》に降るも我は神を信ぜんのみ、斯くて我に未来あるなく、過去あるなく、悲哀あるなく、失望あるなく、時は総て現在となり、事は総て歓喜となり、我が生涯は信、望、愛の相連不絶と化すべし、欣ぶべきかな。（三四、四）

吾等の基督教　基督教は慈善事業なりと云ふ者は誤れり、基督教は慈善事業に非ず、基督教は神の大能なり、基督教は労働なりと云ふ者は誤れり、基督教は労働にあらず、基督教は神と其遣はせし独子とを信ずることなり、基督教は神学なりと云ふ者は誤れり、基督教は神学に非ず、基督教は基督の心を以て人を愛することなり、基督教は活ける信仰なり、即ち果《み》を結ぶ信仰なり、果実のみに非ず、信仰なり、実《みの》らざる信仰にあらず、「果を結びて益々大になる」信仰なり（哥羅西書第一章六節）、吾等の追求む

る基督教は是なり。（三五、二）

信仰の解　信仰は自信に非ず、神を信ずることなり、世の謂ゆる確信にあらず、神に頼ることなり、信仰は依頼の精神なり、而かも人に依頼するにあらずして全能なる父なる神に依頼するの精神なり、世を根本的に革めしものは此精神なりき、而して今尚ほ更に之を改め得るものは此精神なり、神に縋るの依頼心有て始めて真個の独立と威厳と自尊とはあるなり。（三五、五）

善を為すの途　悪とは神を離れて存在することなり、神と偕に在りて万事万行一として善ならざるはなし、我儕は悪を避けんとするよりは寧ろ神と偕ならんことを努むべし、然れば我儕は自《おの》づから善を為すを得て悔改の苦痛を感ずること無きに至らん。（三六、二）

信仰の鼎足　我は聖書と天然と歴史とを究めんかな、而かして是等三者の上に我が信仰の基礎を定めんかな、神の奥義と天然の事実と人類の実験、……我が信仰を是等三足の上に築いて我に誤謬なからん乎、科学を以て聖書の上に蒐まる迷信を排し、聖書を以て科学の僭越を矯め、歴史の供する常識を以て二者の平衡を保つ、三者は智識の三位なり、其一を欠いて我等の智識は円満ならず、我等の信仰は健全ならず。（三六、四）

信仰の試験石　衣食を得るために労働を求むる、是れ罪悪の世の人の為《す》ることであります、天の定めたる労働を求め、衣食の之に伴ふのを知て感謝する、是れキリストに由て其霊魂を救はれた者の為ることであります、衣食は目的ではありません、亦、方法でもありません、衣食は天職の遂行に伴ふ必然の附随物であります、人の信仰と其人生観とは彼が衣食問題に就て懐く観念に由て判分《わか》ります。(三七、四)

信仰又信仰　信仰あり、又信仰あり、熱心の意味に於ての信仰あり、確信の意味に於ての信仰あり、又信頼の意味に於ての信仰あり、不勝、聖天《しやうてん》、モハメットを信ずる者に熱心なる者多し、神道儒教を無上の真理と確信して死に就く者もまた尠からず、熱心、確信、必しも純正、純美の信仰にあらざるなり。

ヱホバの神に信頼する者のみ救はるゝなり、己の行為又は智識に頼らざるのみならず、信仰其物をすら神に求め、己に何の賞すべきもののなきを覚て神に頼り縋る者のみ救はるゝなり、信頼の意味に於ての信仰のみ能く我等を救ふに足るの信仰なり。(三九、四)

信仰の道　信仰の道は易い哉、唯任《まか》し奉れば足る、然れば光明我に臨《きた》り、能力《ちから》我に加はり、汚穢我を去り、聖霊我に宿る、信仰は完全に達するの捷路なり、智識の径《こみち》を辿るが如くならず、修養の山を攀《よぢ》るが如くならず、信仰は鷲の如くに翼を張りて直に神の懐《ふところ》に達す、学は幽暗を照らすための灯《ともしび》なり、徳は暗夜に道を探ぐるための杖なり、然れども信仰は義の太陽なり、我等はその照らす所となりて恩恵の大道を濶歩し、心

に神を讃美しながら我等の旅行を終り得るなり。(三九、一〇)

教会を要せざる信仰　宇宙に拠り真理に築きて我が信仰を護るに教会の要あるなし、風は我がために弁じ、波は我がために証《あか》す、我が信仰の基礎を問はれん乎、我は山嶽を指して答へん、我が復活の希望を問はれん乎、我は植生に由て弁ぜん、我が父は星座を蒼穹に列ねし者なり、我が救主はすべて人を照らす真《まこと》の光なり、我は神学に依て我が信仰を維持せんとせず、すべての科学者とすべての哲学者とをして我が希望の証明者たらしむ。(四二、三)

懐疑と破壊　信ずるは疑ふよりも良し、然れども疑はずして深く信ずる能はず、懐疑は信仰のために必要なり。

建つるは壊《こぼ》つよりも良し、然れども壊たずして堅く建つる能はず、破壊は建設のために必要なり。

然れば恐れずして疑はんかな、大胆に壊たんかな、而して深遠に信じ、永久に築かんかな。(四二、一〇)

希　望

革命の希望　日本人に依て日本国を救はんと欲《おも》ふ勿れ、神に依て日本国を救はんと欲ふべし、日本人の多数は詐欺師なり、偽善者なり、収賄者なり、神の聖名を瀆す者なり、我儕は彼等に依て何等の善事をも為すこと能はず、然れども神は日本人全体よりも強し、而して神は日本国を愛し給ふ、故に我儕は神に頼て、日本人多数の意嚮に反して、我儕の愛する此日本国を救ふを得るなり、我儕は腐敗せる日本人に依て日本国を救はんとせしが故に失望せり、然れども今や我儕の眼を日本人より転じ、宇宙の主宰にして日本国の造主なる神を望み瞻《み》て、我儕は満腔の希望を以て此死滅に瀕せる我国の救済に従事するを得るなり、**我が扶助は天地を造り給へるヱホバより来る**（詩篇百廿一篇二節）、此扶助ありて我儕何事をか為し得ざらんや。（三六、二）

不公平と来世の希望　斯世は不公平なる世である、然し斯世が不公平であればこそ、我儕は来らんとする公平なる世を望むのである、若し斯世が全然公平なる世であるならば、斯世に在ては常に不如意の地位に立つ我儕には望むべき世が無いのである、我儕の来世の希望なるものは斯世の不公平に基くものである、故に我儕は斯世の不公平に遭遇して返て我儕の希望を固うする者である。（三六、九）

愛

神の愛と人の愛　人に憎まるゝ時は神に愛せられ、神に愛せらるゝ時は人に憎まる、神と人とは日と月との如し、人望の光輝の吾人の身を照す時は吾人が神を背《うしろ》にして立つ時なり。（三三、一二）

愛の利殖　我れ若し人に愛せられんと欲せば我は人を愛するに若かず、そは我が与へし愛より以上の愛を我は人より受くること能はざればなり、斯くて我は人より我自身の愛を受くるに過ぎず、而かも我より出でし愛の一たび人を通過して我に還り来るや、我はその我より出でし元の愛にあらざるを知るなり、愛は貨幣の如し、人の手に渡りて利殖す、愛に乏しき者は之を与へざる者なり、人より之を要求するに止て之を人に分与せざる者は、終に愛の守銭奴となりて愛の欠乏を以て滅びん。(三六、四)

愛の波動　或る人神の愛に感じ、之に励まされて我を愛せり、我其人の愛に感じ、之に励まされて或る他の人を愛せり、彼また我愛に感じ、之に励まされて更らに或る他の人を愛せり、愛は波及す、延びて地の極《はて》に達し、世の終に至る、我も直《たち》に神に接し、其愛を我心に受けて、地に愛の波動を起さんかな。(三八、七)

我が宗教　神を愛し人を愛する事なり、我が礼拝は是れなり、我が信仰は是れなり、我が奉任は是なり、是を除きて我に宗教なるものあるなし、教会何物ぞ、儀式何物ぞ、教義何物ぞ、神学何物ぞ、若し我に愛なくんば我は無神の徒なり、異端の魁《かしら》なり、我れ口と筆とを以て我が信仰を表白したればとて我は信者に非ず、我は愛する丈けそれ丈け信者たるのみ、我が愛以上に我が信仰あるなく、又我が愛以下に我が宗教なるものもあらざる也。(四一、九)

余の社会改善策　国家は腐敗せり、然れども余の力の微弱なる、余は余自身さへも救ふ能はず、況して国家をや、故に余は全能の神をして余と国家とを救はしめんと欲す、而うして余は神の言を伝へて此大事業を就《な》さんと欲す、博士デリッチ曰く神の言は其性質と経歴とに於て正義を此世に行ふための神の使者なりと、而うして余は神の使者なる福音を世に送て余が望んで止まざる罪悪洗浄の大業を遂げんと欲す。（三六、一）

ベツレヘムの夕《ゆふべ》　百万の貔貅《ひきう》辺塞を戍《まも》り、シーザーの宮殿に絃声高くして驍勇恩賞に誇りし時、神は其子をベツレヘムの丘上、牛羊、槽中に其食を探ぐる所に下し給ひて人類救済の途を開き給へり、革新の世に臨むや常に此の如し、世は挙て之を帝王と軍隊とに待ち望む時に、神は貧児を茅屋の下に降して、世に新紀元を開き給ふ、今や復たび革新の声高し、我儕をして東方の博士に倣ひ、我儕の救主を求めんが為めにロマに行かずしてベツレヘムに詣《いた》らしめよ。（三六、一二）

天国の宗教　基督教は西洋の宗教に非ず、亦東洋の宗教に非ず、基督教は此世《このよ》の宗教に非ず、天国の宗教なり、基督教を解するの困難は、或ひは希臘哲学を以て、或ひは独逸哲学を以て、或ひは印度哲学を以て之を解せんとするにあり、基督教は斯世の哲学を以てしては到底解し得ざるものなり、**イエス曰ひけるは人もし新たに生れずば神の国を見ること能はず**と、新生の恩恵に与からずして東洋の儒者も西洋の哲学者も基督教の何たる乎を会得《ゑとく》する能はず。（三九、五）

教と力　基督教ならば左程貴い者ではない、基督の力なるが故に貴いのである、基督教ならば神学者も能く之を知ることが出来る、然しながら基督の力なるが故に神に直に接しなければ得られないのである、我は必しも基督教を学ばんとは為《し》ない、然かしながら身に基督の力を得て自己を救ふと同時に世を済《すく》ひたく欲《おも》ふ。（四〇、一二）

我が愛国心　我は我が愛する斯国《このくに》を今日直《たゞ》ちに済ひ得ざるべし、然れども我は百年又は千年の後に之を済ふの基《もとゐ》を置《す》えんと欲す、我が小なる事業が救済の功を奏するまでには我国は幾回となく亡ぶる事もあらん、然れども我は永久の磐の上に築て時の変遷を懼れざるべし、我は我国を世々の磐なる我神に委《まか》せん、世の政治家の如くにあらずして、預言者の如くに、使徒の如くに、大詩人の如くに、大哲学者の如くに、永遠の真理を講じて永遠に我国を救ふの道を講ぜん。（四一、一一）

日本国の救済　神は日本人を以て日本国を救ひ給ふべし、神は日本国の救済を日本人以外の者に委ね給はざるべし、神は日本人の中より日本国の救者《すくひて》を起し給ふべし、神は日本人の信仰と智識と財力とを以て日本国を救ひ給ふべし、神は日本人の愛国心を以て日本国を化して神の国と為し給ふべし、日本国は外国宣教師の憐憫に由て救は

れざるべし、日本人自身の聖化されたる高貴なる愛国心に由て救はるべし。(四三、五)

伝道

罪人の伝道 神の義は我の罪に依て揚り、神の強きは我の弱きに依て顕はる、我れ我が罪と弱きとを神の前に表白し、彼をして我が義我が力たらしめて、我は彼の聖名を世に揚るの器と成つて其有力なる宣伝者たるを得るなり。(三三、一二)

伝道の精神 我は必しも我が国人に聴かれんが為めに神の正義を唱へず、亦必しも彼等を救はんが為めに其宣伝に従事せず、我は神の正義なるが故に之を唱ふるなり、彼、其宣伝を我に命じ給ふが故に之に従事するなり、而して其此腐敗せる社会を殺すに至る耶、或は之を活かすに至る耶は我の与り知る処にあらざるなり。(三四、五)

真理の自存 真理は其物自身の証明者なり、真理は亦其物自身の拡張者にして且つ保存者なり、単純なる真理其物を伝へて吾人は其衰退湮滅を懼るゝの要なし、真理は其物自身の気附けを取るべし、吾人は之を天の雨と地の風とに任かして其成長発育を疑ふべからず。(三四、一〇)

破壊者 真理は一種の破壊者なり、真理の破壊性を懼れて其伝播に従事する難し、真理は能く毀て能く建る者なり、世に焼かざるの火を求むる者あるなし、然れども毀

たざるの真理を需むる者の往々にしてあるを如何せん。(三四、一〇)

福音を説くべし　世に惨事多き耶、福音を説くべし、世に罪悪多き耶、福音を説くべし、国を救はんと欲する耶、福音を説くべし、社会を改良せんと欲する耶、福音を説くべし、福音は世を救ふための神の能《ちから》なり、福音に由て救はれずして国も人も未だ救はれざるなり、福音に由らざる救済は凡て偽はりの救済なり。(三五、一二)

基督と社会改良　余に基督を説かずして基督教的社会改良策を説けと要求する者あり、然れども斯かる人は余に無理を要求するなり、基督を離れて基督教的政治あるなし、基督教的社会改良策あるなし、然り、基督を説くことが基督教的政治なり、其督教的社会改良策なり、余は彼等の要求に応ぜんが為に彼等の要求せざる基督其人を説かんと欲す。(三六、一)

人を救ふの力　人を救はんと欲して人を救ふ能はず、真理を闡明して人は自《おのづ》から救はるゝなり、真理を除いて他に人を救ふの力あるなし、救世者の模範はカントなり、パスカルなり、ブラウニングなり、ウエスレーに非ず、ムーデーに非ず、ブース大将に非ず、我等は前者に傚て深く、永く、普く世を救ふの道を講ずべきなり。(四一、四)

事業　意を事業に注いで事業は成らず、眼を神に注いで事業は自づから成る、神は事業の神なれば吾等は神を信じて無為の生涯を送らんと欲するも得ず。(三四、七)

成る事　人は我に政治社会雑誌を勧む、然れども我はその何のためなる乎を知るに困む、身は衣を更へて潔《きよ》まる者にあらず、人は境遇を革めて聖者たる能はず、我は人其物を改めんと欲す、故に再び社会雑誌に帰らざるべし。(三四、九)

完全なる職業　完全なる職業とは他人を歓ばして我も亦た歓ぶの職なりと云ふ、而うして詩歌と美術とは完全に最も近き業なりと称せらる、而かも人に頼らざる伝道に較ぶれば二者の完全も尚ほ甚だ不完全なるを認めずんばあらず、至大至極の歓喜は福音宣伝の業に存す、其元始《はじめ》は歓喜にして其終局《をはり》は歓喜なり、其方法は歓喜にして其目的は歓喜なり、歓んで蒔《ま》いて歓んで穫《か》る、而して業終へて後に自身《みづから》も亦主の歓喜に入る、誰か我儕を羨まざる者ぞある。(三七、三)

一生の事業　人生五十年或は七十年、然れども事を為すは一瞬間に在り、其時意を決して「然り」と言ひ、或ひは「否な」と答へて為すべきの業は為さるゝなり、其以前はすべて準備なり、其以後はすべて証明なり、一人の生涯は真理の一点を護るに過ず、而かも其任に当り、能く其命を全うする者は福《さいはひ》なり。(四一、八)

生涯

人の途　ヱホバよ、我れ知る人の道は自己によらず、且つ歩む人は自ら其歩履《あゆみ》を定むること能はざるなり（耶利米亜記十章廿三節）。

人の途は自己によらず、且つ歩む人は自《みづか》らその歩履《あゆみ》を定むること能はず、彼は自身己が欲するまゝに世に処するを得ず、彼に彼の前途を定むるの明と力とあるなし、彼は彼の欲せざることを為さゞるべからず、彼は彼の欲することを放棄せざるべからず、彼は彼の運命の支配人にあらず、彼は憫むべき迷ふ羊の如き者、纔に寸前を探り得て遼遠を知らず、神よ願くは我をして時々刻々爾の指導に依らしめよ。（三四、一二）

快楽の生涯　得るの快楽あり、失ふの快楽あり、生るゝの快楽あり、死するの快楽あり、愛さるゝの快楽あり、憎まるゝの快楽あり、而して若し快楽の性質より云はんには失ふの快楽は得るの快楽より高く、死するの快楽は生るゝの快楽より清く、憎まるゝの快楽は愛さるゝの快楽より深し、神を信じて如何なる境遇に処するも吾等に快楽なき能はず、只悲痛の快楽の快楽に優る数層なるを知るのみ。（三四、四）

事の先後　難き事を先きに為し、易き事を後にせよ、易き事を先きに為して難き事は終に為す能はざらむ。

深き事を先きに究めて博《ひろ》き事を後に求めよ、先きに博き者は終に深き者たること能はざらむ。

博きは斃れ易し、永く保つ者は深きものなり、始より広闊を叫ぶ信仰に永く保つ者尠し。（三六、一二）

聖旨《みこゝろ》に近き生涯　キリスト教を信ぜよ、然れども外国宣教師のパンを食ふ勿れ、日本国を愛せよ、然れども藩閥政府の米を食ふ勿れ、パンの伴はざるキリスト教を信じ、米の伴はざる愛国心を懐きて我儕は稍やキリストの聖旨に近き生涯を送るを得ん。（三六、一二）

声と人　悲哀の声を発せん乎、悲哀の人と成るべし、歓喜の声を揚げん乎、歓喜の人となるべし、人は大方《おほかた》は其発する声の如し、我等は努めて歓喜の声を発して歓喜の人と成るべきなり。（三八、一）

平民と平信者　余は貴族ではない、平民である、余は特別に陛下に寵遇せられんと欲する者ではない、唯忠実なる一臣民としてその統治を受けんと欲する者である。

其如く余は使徒でもなければ亦法王、監督でもない、然かり、世に称ふ牧師伝道師でもない、余は平信者である、余は特別に衆人に越えて神に愛せられんと欲する者ではない、余は唯神が公平に万人を愛し給ふ其愛を以て彼に愛せられんと欲する者である、余は社交的に貴族たるを欲せざるが如く、また信仰的にも僧侶、神官、祭司、教職たることを欲しない、余は国民としては平民として、基督信者としては平信者とし

て存在せんことを欲する者である。（三九、三）

進歩の子たれよ　進歩の子たれよ、保守の子たる勿れ、アブラハムがカルデヤの地を去りしが如く、腐敗の巣窟は断然之を去れ、預言者が時の制度を排斥せしが如く、陳腐の制度は之を排斥するに躊躇する勿れ、キリストが祭司、学者、パリサイの人以上の義を求め給ひし如く、法王、監督、宣教師以上の義を求めよ、パウロがペテロを面前に詰《いま》しめし如く、自由の福音を維持せんが為には高僧碩学にも服《したが》はざるの覚悟を懐けよ、進歩の子たれよ、而してアブラハム、預言者、キリスト、パウロ等と階級を同うする者となれよ。（三九、一二）

狭き直き路　人の批評を顧ず、事の成否を思はず、唯一直線に進む、神と語り神に導かれて、人に諮《はか》り其決議を待つを要せず、独り無人の地を歩むが如く、信ずる儘を行ひ、命ぜられし儘を為す、世は喧囂《けんがう》を極むるも其響は我に達せず、我は唯天上の音楽を耳にするのみ、我は我が事業を広告せず、単へに之を我が神に委ぬ、既に此世に死して此世に存す、福ひなるは此生路なり、狭しと雖も苦しからず、直《なほ》しと雖も淡味ならざるなり。馬太伝七章十三、十四節。（四一、一〇）

我等の教会　若し我等に教会ありとせん乎、是れ我等の家庭なり、我等の書斎なり、我等の事務所なり、我等の田園なり、我等の工場なり、我等の店舗なり、我等は此所《こゝ》に神に事へ、彼を讃美し、彼の栄光を彰はさんと欲す、我等に特別に神聖なる所あるなし、我等が座する所、立つ所、すべて神聖なり、神は其処に我等に顕はれて言ひ給ふ、**汝が立つ処は聖き地なり**と、我等は其時モーセと等《ひと》しく其処に我等の履《くつ》を脱ぎ、其処に我等の神を拝して其貴き黙示に接するなり。出埃及記三章五節。（四一、一〇）

労働と報酬　働けよ、働けよ、報酬を得る能はずと雖も働けよ、若し報酬を得る能はずば働て報酬を得るの権利を得よ、然らば報酬は終に与へらるべし、又憚らずして報酬を要求し得るに至るべし、報酬の約束せらるゝまで待て事は成らざるべし、報酬は得られざるべし、報酬は労働に伴ふ者なり、其、何時、何人に由て与へらるゝ乎は、我等の干与する所にあらざるなり。（四三、六）

独　立

神の事業　人の補助を仰ぐにあらざれば成立たない事業は神の命じ給ふた事業ではない、人に少しも頼ることなくして、神にのみ頼つて為すことの出来る事業のみが神の命じ給ふた事業である、斯かる事業に従事するを得て我等は始めて独立の人と成るのである、それまでは我等は乞丐《こつじき》である、奴隷である、浮虚と恥辱とを収獲《かりと》りつゝある者である。（三六、五）

神政の特質　基督教は王政に非ず、故に王侯貴族に依らず、基督教は共和政治に非ず、故に多数を頼まず、基督教は神政なり、故に無形の神に信頼す、基督教は真個の

独立を奨励す、即ち独り神と偕に全世界を相手として立つ底の人物を造る。（三八、四）

同盟の危険　露人を信ずべからざるのみならず、英人をも信ずべからず、仏人を信ずべからざるのみならず、米人をも信ずべからず、欧人も米人も皆な斉《ひと》しく利慾の人にして罪の子なり、彼等の一に頼るは他の者に頼るが如く危し、詩人ダンテ曰く、余は余一人にて一党派を樹立せんと、吾人は神と結ぶべし、人と同盟すべからず、神我と偕にありて我は惟り全世界と相対して立つを得べし。（三八、八）

真理と独立　真理は自己を支持すと云ふ（Truth supports itself）、故に真理は自づから独立なり、之に反して虚偽は自己を支持する能はず、故に自づから依頼するなり、独立は真理を証し、依頼は虚偽を証す、事物の真偽を験《ため》す標準にして之に優りて確実なるはなし。

夫の外国宣教師に依て伝へられし基督教なる者を見よ、其帰依者は教会と宣教師とに依頼せずして一雑誌を起す能はず、一教会を建つる能はず、而かも彼等は真理を伝ふると称す、然れども彼等の依頼は彼等の伝ふる真理の真理ならざるを証す、彼等は意力の欠乏を歎くを要せず、そは彼等と雖も若し真理を受けしならば、独り立て道を伝ふるを得べければなり、人をして独立ならしめざる宣教師の基督教は真の基督教ならざるを自証して余りあり。（四一、六）

鳥と人　雀は群を為して地に餌を拾ひ、相共に喁《さへづ》り相共に語る、然れども日を指して登る雲雀は独り歌ひ、晴空に翔《か》ける鷲は独り飛ぶと、若し然らんには集会を愛する輩《ともがら》は雀族《すゞめぞく》なり、義の太陽を指して登らんと欲する者は単独を免かるゝ能はず、大著作の未だ曾て委員の手に由て成りし者あるを聞かず、大信仰の未だ曾て信徒の会合に由て起りし例あるを知らず、強く神の光輝に触れんと欲する人は雲雀と鷲とに就て学ばざるべからず。英国婦人某の慰藉の書翰に由る。(四二、三)

満全の幸福　政府に頼り、教会に頼り、貴顕に頼り、宣教師に頼り、名士に頼り、先輩に頼り、弟子に頼り、兄弟に頼りて幸福あるなし、不幸あるのみ、名誉あるなし、恥辱あるのみ、成功あるなし、失敗あるのみ、神と自己とにのみ頼りて無上の幸福あり、無窮の栄光あり、永遠の成功あり、幸福に達するの途、他にあるなし、人を離れて神に頼るにあり、他を去て自己に帰るにあり、瑕《きず》なき曇なき満全の幸福は神に頼る独立の生涯にあり。(四二、三)

諸　徳

目前の義務　凡て汝の手に堪ふることは力を竭《つく》して之を為せ(伝道之書第九章十節)、其何たるを思ひ慮《わづら》ふに及ばず、凡て正直なること、凡て世を益して之に害を加へざること、是れ吾人が全心全力を尽して為すの価値ある者なり、世に事業の撰択にのみ気

力を消尽して之を其決行に用ひざる者多し、大事業の端緒は先づ目前の義務を果たす事なり。（三二、一二）

クリスチャンの勇気　神に頼るにあらざれば何事をも為し得ざる者はクリスチャンなり、神に頼れば何事をも為し得る者も亦クリスチャンなり、世にクリスチャンの如く弱き者あるなく、亦彼の如く強き者あるなし、彼が世人に怯夫《けふふ》視せらるゝと同時に亦彼等の想ひ及ばざる大胆なる行為に出るを得るは、彼の勇気と勢力とは彼以外、人以上の者より来るものなればなり。（三三、一一）

信任　人を信ぜんか、人を信ぜざらんか、人を信ぜざれば危険少し、然れども人を信ずるは我に益あり、我は我が心に於て同情の念の常に燃えんがために多くの危険を冒しても努めて人を信ぜんと欲す。（三五、三）

クリスチャンたるの確証　敵を愛するとは勉めて敵のために善を謀ると云ふことではない、敵を愛するとは読んで字の如く敵を愛することである、即ち些少《わづか》の悪意をも挟《さしはさ》むことなしに、混《まじり》なき好意を以て其人の善を念《おも》ひ且つ之を謀ることである、爾うして是れ罪に死せる我儕《われら》人間が為さんと欲して為すことの出来ることではない、是れは聖霊を身に受けてキリストの救ひに与かるを得て始めて我儕のなし得ることである、敵に対して好意を懐《いだ》くことが出来るに及んで我儕は始めて自分のクリスチャンであることを覚るのである。（三六、八）

効果ある禁酒禁煙　力の不足を感ずる者にのみ刺激物の必要あり、或ひは煙草の如き、或ひは酒精の如き、多くは是れ人世の激闘に倦怠疲労を感ずる者に由て用ひらる。然れども力の源なるヱホバの神に接して刺激物は我儕に全く要なきに至る、我儕は「神に酔ふ」の快楽を知てより、酒に酔ふの快楽を忘る、なり、我儕の禁酒禁煙なる者は義務に強ひられてにはあらずして、不必要に出し者ならざるべからず、而して全く其要を感ぜざるに至つてのみ、我儕は能く禁酒禁煙を持続し得るなり。（三七、八）

最も難き事　最も難きことは起て働くことに非ず、最も難きことは静かに主の時と命とを待つことなり、或ひは一年、或ひは三年、或ひは十年、或ひは二十年、我等各自の信仰の量に循ひ、黙して主の命を待つことなり、詩人ミルトン曰く「単に待つ者も亦善く神に奉仕す」と、従順なる待命は父なる神の最も喜び給ふ所なり、我等は時には大事を為さんと欲せずして無為に安んじて我等の神を喜ばし奉るべきなり。（三九、五）

患　難

余の敵人に謝す　諸君ありしが故に余の友人は余に取りては一層愛すべき者となりぬ、諸君が余を苦しめしが故に余は一層天国に近くなりぬ、諸君が残忍なる嘲弄の剣を以て余の心臓を剜《あぐ》りしが故に余は一層深く余の救主の心事を探り得て、余の人世に関する智識に於て、余の未来に関する観念に於て、余は前の日に優るの人とはなりぬ、諸君にして若し余を憎まざらんか、今世は余に取りては一つの楽園となりて、余は墓の彼方にある聖者の国を望まざりしならん、諸君の胸中に量るべからざるの宥恕ありて、余を遇するに神の如きの愛心を以てせられしならん乎、余は終には諸君を神とし仰ぐに至て、天上に在す余の真正の神より離絶するに至りしならむ、諸君の無情は余に取りてはギリアデの香料に勝るの薬品なりし、諸君の嘲弄はシロアムの池の水に勝るの洗滌剤なりし、諸君は多くの点に於て余の恩人なり、諸君願くは諸君の攻撃と罵詈と冷笑とを続けよ、余は愈々益々深く諸君に謝する所あらん。(三三、一〇)

辛らき事三つ　辛らき事の一は同宗教の人に異端論者として目せらるゝ事なり、余は此時に教会を去て汎く同情を天下に求めたり。

より辛《い》らき事は国人に逆賊として捨てらるゝ事なり、余は此時に国家的観念を去て汎く万国を友とするに至れり。

最も辛らき事は友人に偽善者として指さゝる事なり、余は此時に方《はじめ》て人世其物を疑ふに至り、思念を全く今世より絶て未来と天使とに余の希望を繋ぐに至れり。

逝けよ教会、逝けよ国人、去れよ汝等友として余に附随し来りし者よ、汝等悉く余を去て余は始めて人世の如何に価値なき者なる乎を了れり。(三三、一〇)

愛の世界　神に愛せらるゝに至るが人生第一の目的なり、此目的に吾人を達せしめんがために神を信じて世に憎まるゝの必要生じ、義を守て人に嘲けらるゝの必要起り、善を為して却て悪人視せらるゝの必要は出しなり、世に患苦と称《とな》へらるゝものは皆な吾人をして神に愛せられしめんがために在るものなり、故に吾人は神は愛なりと云ひ、宇宙は愛の機関なりと唱ふるに躊躇せざるなり。（三五、六）

歌の供給者　或る時我に思想絶えたり、我は歌ふに歌なく、語るに言辞なきに至れり、其時人あり来りて無情の剣《つるぎ》を以て我が心を刺せり、我は甚く苦痛を感ぜり、我は悲鳴の声を揚げたり、然るに視よ、彼が残せし傷口より思想の玉泉は流れ出て、我が信仰の眼は開け、讃美の歌は再び我脣に還りたり、其時我は痛める我が傷口を抑へながら云へり、「無情なる深切なる敵人よ、汝は我に新しき歌を供せり」と。（三五、一二）

十字架の教　キリストの教は十字架の教なりと云ふ、然り、然ども十字架を仰ぐ教にあらず、又十字架を唱ふる教にあらず、身に十字架を負ふ教なり、然り、身に十字架を負はせらるゝ教なり、キリストを信ずる必然の結果として此世と此世の教会とに批《うた》れ又唾《つばき》せらるゝ教なり、十字架を負ふことなくして基督教あるなし、十字架を負はざる基督教は偽はりの基督教なり、今の所謂「基督教」の如きは是れなり。（四〇、九）

天国及来世

永生　永生他にあらず、神と共に在ることなり、天国他にあらず、神の在し給ふ処なり、神の霊我が心に宿りて、我れ我が神の造り給ひにし此宇宙に棲息して、我は今より既に永生を享け、神の天国に在る者なり。（三三、一一）

我儕の問題　我儕《われら》の講究しつゝある問題は事態の変遷とは少しも関係のない問題である、是れは満洲が露西亜の属《もの》とならふが、或は日本の属《もの》とならふが、或は露西亜が亡びやうが、英国が亡びやうが、其事には何等の関係を有たない問題である、是れは神と基督と永遠と霊魂とに関する問題であつて、是れは天上に輝く星が地上の変遷と同時《とも》に少しも其色と光とを変へないやうに、世と共に移らず、時と偕に変らない問題である、我儕は朽《く》つる斯世に在て朽《くち》ざる国の事を研究しつゝある者である。（三六、七）

宗教の領分　宗教は斯世のために有益なり、然れども宗教は斯世のためにあらず、宗教は霊の事なり、亦天の事なり、斯世の改良を以て宗教の目的となす者の如きは未だ宗教の何たるかを知らざる者なり。（三七、八）

新教会の顕出　教会の上に教会あり、羅馬天主教会の上にルーテル、カルビン、ウエスレー等の教派教会ありたり、教派教会の上に無教会なかるべからず、無教会は愛の法則の外に何等の法則をも認めざる教会なり、而して斯かる教会が最善最美の教会なるは言を俟たずして明かなり、God is marching on（神は進みつゝあり）、我は此新世紀と新興国とに於て詩人と預言者とが理想せし新教会の顕出を努めざるべからず。（三九、一一）

初夢 恩恵の露、富士山頂に降り、滴りて其麓を霑《うるほ》し、溢れて東西の二流となり、其西なる者は海を渡り、長白山を洗ひ、崑崙山を浸《ひた》し、天山、ヒマラヤの麓に灌漑《みづそゝ》ぎ、ユダの荒野に到りて尽きぬ、其東なる者は大洋を横断し、ロッキーの麓に金像崇拝の火を滅し、ミシシピ、ハドソンの岸に神の聖殿を潔め、大西洋の水に合して消えぬ、アルプスの嶺は之を見て曙の星と共に声を放ちて謡ひ、サハラの沙漠は喜びて蕃紅《さふらん》の花の如くに咲き、斯くて水の大洋を覆ふが如くヱホバを知るの智識全地に充ち、此世の王国は化してキリストの王国となれり、我れ睡眠より覚め独り大声に呼はりて曰く、アーメン、然かあれ、聖旨《みこゝろ》の天に成る如く地にも成らせ給へと。（四〇、一）

恩　恵

感謝 神に感謝す、嗚呼神に感謝す、神は我に多くの艱難を下し給ひしを、我れ食を以て貧者を養はんとせしが故に神は我を貧に陥れて我をして饑餓に泣かしめ給へり、我れ国を救はんとせしが故に神は国人を駆て我に逆はしめ、我に被らするに国賊の名を以てせしめ給へり、我れ社会を改良せんとせしが故に多くの偽《いつはり》の兄弟を我に贈て我の社会的事業を破砕せしめ給へり、神は我を其福音のために備へ給へり、故に彼は我れがわが業に就くまでは我に平安を賜はざりし、今に至て我は知る、我に臨みし饑餓の難、迫害の難、偽りの兄弟の難は皆な幸福の域に我を駆逐するための恩恵の鞭撻《むち》なりし事を。（三五、三）

患難と恩恵　患難は恩恵を離れて考ふべからず、そは患難は恩恵の一部分なればなり、鹹味を和せずして甘味は甘味ならず、患難なくして恩恵は恩恵ならず、食に薬味の必要なるが如くに人生に患難は必要なり、患難ありて始めて人生に香味は生ずるなり。（三五、一二）

神の教育法　神は我に敵人を送り給ひて我が身に危害を加へしめ給へり、神は亦我にキリストの義と愛とを示し給ひて我に此危害に勝つの途を教へ給へり、危害の我が身に加へられざりしならん乎、我は我が神の愛を識ること能はざりしならん、敵人の悪意は神の好意を招くの機会となれり、神は実験的に其聖旨を我に伝へ給ふ、敵人の奸計憤怒憎悪を透《さま》うして我は我が神の愛を味ひ得たり、感謝すべきかな。（三六、九）

神の助　神は種々の方法を以て我等を助け給ふ、或ひは霊を以て、或ひは物を以て、或ひは友人を以て或ひは敵人を以て、或ひは同国人を以て或ひは外国人を以て、或ひは知人を以て或ひは未知の人を以て、我等の弱きを助け、乏しきを補ひ給ふ、神の方法に富み給ふは彼が日々我等を助け給ふその方法の豊かなるに由て知るを得べし、我等に臨む患難は多し、然れどヱホバは我等を皆な其中より援け出し給ふ。詩篇第三十四篇十九節。(四〇、四)

生涯の実験　余の教師は余に教へて曰へり(彼等は重に米国人なりし)、汝若し善き基督信者たらんと欲せば多く善を為すべしと、余は彼等の教に従ひ、国に対し、社会に対し、人に対して出来得る限り善を為さんとせり、然れども能はざりき、余の企図はすべて失敗に終り、余は人をも己をも満足する能はざりき。

余は失望せり、惟り密かに思へり、余は神に愛せられざるならん、故に余は善を為す能はざるならんと、茲に於てか余は神を恨み、彼を疑ふに至れり。

或時、独り小川の辺《ふち》を徐歩せし時、静かなる声は余に告げて曰へり、汝、我がために善を為さんと欲せしが故に誤れり、我が汝のために為せし善を受けよ、我は汝に善を為されんと欲するよりも汝に善を為さんと欲すと。

余は此声を聞て大なる平和余の心に莅《のぞ》みたり、余は神を課工者《タスクマスター》と解して彼を誤解せり、神は父なり、彼を愛するは先づ彼に愛せらるゝことなり、善を為せよと言ひて余に迫りし余の教師等は未だ神の何たる乎を知らざりし也。(四一、一一)

宗教

平人の宗教　基督教は貴族の宗教にあらずして平民の宗教なり、富者の宗教にあらずして貧者の宗教なり、学者の宗教にあらずして愚者の宗教なり、僧侶の宗教にあらずして平人の宗教なり、基督教に由て社会は転倒せらるゝなり、即ち其高き者は卑き者となり、其貴き者は賤き者となり、其賢き者は愚かなる者となるなり、基督教出で、社会の大革命は期して待つべきなり。（三四、五）

国家的宗教　基督教は政治を語らず、然れども偉大なる国家は其上に建設せられたり、基督教は美術を説かず、然れども荘厳なる絵画と彫刻とは其中より出たり、基督教は哲学を講ぜず、然れども真理の探究を促すものにして基督教の如きは他にあるなし、若し料るに其名を以てせずして其実を以てすれば世に基督教に優るの国家的宗教あるなく、亦之に優るの美術と科学との奨励者あるなし。（三四、五）

美術と宗教　宗教の深浅は其産する美術の大小に由て知るを得べし、深き宗教は大なる美術を産す、浅き宗教は美術を出さず、美術なき国民は宗教なき国民なり。

米国に美術と称すべき美術なきを見よ、而して其宗教の取るに足らざる者なるを知れよ、誰か米国人より絵画、彫刻、音楽の術を学ばんと欲する者あらんや、而かも我等日本人は今日まで我等の宗教を主として此美術なき米国人より学びたり、我等の信

ぜし基督教が浅薄にして現世的なるは敢て怪むに足らざるなり。（三九、九）

我が基督教　我が基督教は是れなり、神我が衷に働らき給ふと、我れ義《たゞ》しきにあらず、我れ聖《きよ》きにあらず、我れ能力《ちから》あるにあらず、神は其正義を以て、其聖潔を以て、其能力を以て我が衷に働らき給ふ、強き神が弱き我に顕はれ給ひしもの、是れ我が基督教なり、我は是れ以外に我が基督教あるを知らず。（三九、一〇）

日本人の宗教心　我等の友はウエスレーなるよりも寧ろ法然なり、ムーデーなるよりも寧ろ親鸞なり、宗教の同じきは信念の傾向の同じきに如かず、我等がイエスを仰ぎ奉る心は法然親鸞が弥陀仏に依頼みし心に似て、英米の基督信徒がキリストを信ずるの心に類せず、我等は勿論イエスを去て釈迦に就かんと欲する者に非ず、然れども神が我等日本人に賜ひし特殊の宗教心を以て我等の主イエスキリストを崇め奉らんと欲す。（三九、一二）

科学と宗教　科学は天然界に於ける事実の観察なり、宗教は心霊界に於ける事実の観察なり、二者同じく事実の観察なり、唯観察の領域を異にするのみ、二者目的を共にし、方法を共にす、事実を知らんと欲す、精確ならんと欲す、科学の敵は宗教に非ず、思弁なり、宗教の敵は科学に非ず、神学なり、科学と宗教とは善き兄弟なり、彼等は手に手を採て二者の敵なる思弁と神学とに抗すべきなり。（四一、五）

平和

戦争の止む時　戦事を止《とゞ》むるに二途あり、進んで敵意を霽《はら》すにあり、退いて自己を正すにあり、而して神は常に第二途を択び給ふ、然れども人は常に罪を他人に帰して自身は義名を帯びて死せんと欲す、是れ戦争の有る所以なり、名誉心なり、傲慢心の遂行なり、流血をあらしむる者は是なり、人類が自己を省みるに敏にして他を責むるに鈍くなる時に至て戦争は全く廃止せらるゝに至るなり。（三六、一一）

無抵抗主義の真意　キリストの教訓《をしへ》は何《ど》う考へても無抵抗主義であります、「汝悪に抗する勿れ」とは其神髄であると思ひます、爾うして若し神にして存在し給はざる者でありますならば是れ或は実《まこと》に不道理なる教訓《をしへ》であるかも知れません、然かし神が在す以上は是れ当然の真理であると思ひます、神はたゞ命令的にのみ悪に抗する勿れとは宣《のたま》ひません、神は「喜んで悪人の申出を納れて我が爾に下さんとする大なる恩恵を受けよ」と宣はるゝのであります、私共が悪人より無理の要求に接する時に神より更らに大なる恩恵下賜の約束に接するのであります、然るに多くの人は此事を知らないで、悪に抗して善を逸するのは実に愚かなることではありません乎。（三七、三）

吾人の非戦論　非戦の理を説くは難し、然れどもイエスキリストを信じて争闘《あらそひ》は其総ての種類に於て吾人の忌み嫌ふ所のものとはなれり、吾人の理性の説服せらるゝ前に吾人の情性は感化せられたり、吾人は何故か未だ其理由を解する能はず、然れども吾人、一たび心にイエスキリストを宿してより、憤怒の角は悉く折れて、柔和を愛するの人とはなれり、吾人の非戦論なるものは此情性の大変化の結果に外ならず。（三七、六）

最も無慈悲なる者　敵の堅塁一箇を陥れんがためには数千の生命惜むに足らずと云ふ者あり、然れども試に其生命の一が我が子或ひは我が夫なりと思へ、果して之を是れ惜むに足らずと言ふ乎、世に無慈悲なる者にして、筆を弄して戦事を議する論士文客の如きはあらず。（三七、九）

惟キリストに聴かんのみ　トルストイ一人は露国一億三千万の民よりも大なり、キリスト一人は世界十三億の人よりも大なり、米のルーズベルトと英のチヤムバレーンとは戦争の宏益を説くも我儕は彼等に聴くの要なし、全世界の新聞記者は筆を揃へて殺伐を賛するも我儕は彼等に従ふの要なし、我儕は惟主イエスキリストの言に聴けば足る、世が挙《こぞ》つて争闘を謳歌する時に、我儕は天より降り給ひし神の子の声に聴いて我儕の心を鎮むべきなり。（三七、九）

平和の基　平和のために戦ふと言ふ、何ぞ潤すために火を放たざる、若し火を以て潤すを得ば戦ふて平和を来たすを得べし、然れども西が東より遠かる間は、氷炭相容れざる間は、平和は戦争に由りて来らざるべし、平和は平和より来る、人類の罪を自己《おのれ》に担ふてキリストは世界平和の基《もとゐ》を据え給へり、平和を世に来たさんと欲する者は総てキリストに倣はざるべからず。（三七、一二）

寡婦の声　戦争は国家の利益ならん、然れども寡婦も亦国家の一部分なり、寡婦の声は勿論天下を動かすに足らず、然れども彼等も亦其憂愁を訴ふるの権利を有す、彼等の声は勿論国家の聴く所とならず、然れども若し彼等にして彼等刻下の真情を語るの自由を与へられんには、彼等は声を放つて言はん「戦争は我等に取ては非常の苦痛なり」と。（三八、一）

戦争の善悪　我れ或時は戦争は善事なりと思ふ、然れども翻《ひるがへ》つて念ふに是れ我が信仰の薄弱なる時に限る、我が信仰の強固なる時に我は戦争の悪事なるを信じて疑はず、我れ深く我が神を信じて戦争の多少の利益を見て欺かれず、我が聖書は明白に我に教へて曰ふ、戦争は人を殺すことなり、而して**人を殺す者は火と硫礦の燃ゆる池にて其報を受くべし**と（黙示録二十一章八節）。（三八、一二）

基督教の特長　基督教は善き軍人を作らざるべし、然れども基督教は善き農民と職工とを作る、基督教は善き宮廷を作らざるべし、然れども基督教は善き家庭を作る、基督教は外に張るに善からざるべし、然れども基督教は中を固むるに善し、基督教は特に平和の宗教なり、隣人を愛し、家族と親み、静かに人生を楽ましむる宗教なり。（四〇、九）

山と祈禱　我れ弱き時は独り静かなる山に入り、其処に我の磐《いは》にして我の救主なるヱホバの神に我が祈禱を以て接す。而して見よ、入る時には弱かりし我は強き者となりて出で来るなり、偉大なるかな山の勢力、量るべからざるかな祈禱の効果、山と祈禱とありて、人世は苦痛の谷に非ず。

我れ山にむかひて目を挙ぐ、我が扶助《たすけ》はいづこより来るや、我が扶助は天地を造り給へるヱホバより来る（詩篇第百二十一篇）。（三五、九）

宇宙の精算　宇宙は正義活動のための精密なる機関なり、故に此宇宙に在て善を為して其報賞を受けざるはなし、又悪を為して其の刑罰を蒙らざるはなし、宇宙の宏大なる、善悪の反応は直に其之を施せし方面より来らず、然れども東に向て為せし善は西より報ひられ、北に向て為せし悪は南より罰せらる、宇宙は大銀行の如し、甲に払ふべきものを乙に払ひ、乙より受くべきものを丙より請求す、而かも年を経て後に厘毫の貸借あるなし、吾人此信用すべき宇宙に在て惜むことなく出来得る丈けの善を凡の人に向て為すべきなり。（三七、一二）

幸福のある所　幸幅は政治の外にある、政治に野心がある、奸策がある、結党がある、政治は清浄を愛し、潔白を求むる者の入らんと欲する所ではない。

幸福は教会の外にある、教会に競争がある、嫉妬がある、陥擠《かんせい》がある、教会は神の自由を愛する者の長く止まるべき所ではない。

幸福は神の天然に於てある、茲に自由がある、誠実がある、真率がある、ア、我が愛する友よ、来て我等と偕に天然を通《と》うして天然の神と交はれよ。(三八、六)

岡倉天心

東洋の理想

（浅野　晃訳）

訳　序

これは、天心岡倉覚三が、英文でものした著述『東洋の理想』――The Ideals of The East with Special Reference to The Art of Japan（London, John Murray, 1903）――の、訳書である。原著がロンドンで上梓されたのは、明治三十六年、すなはち日露の風雲まさに急ならんとするの時であつた。そして、天心は、此の書の稿を、明治三十四五年の交、印度旅中の客舎に於いて起したと、伝へられてゐる。

此の書は、表題にも唱つてあるやうに、特に日本の美術に就いて説いたものである。しかし、天心にしたがへば、東洋の精神は、就中、日本の芸術の歴史のなかに、現はれてゐる。それ故、彼にあつては、日本の芸術の歴史を説くことは、直ちに東洋の理想を明らかにすることであつた。

宏大なアジアは、見たところ多様に分裂した、諸民族の複雑な集合体であつた。が、天心は、この複雑に於ける単一を特に明白に実現することが、他ならぬ日本の偉大な特権であることを体得した。日本は、アジア文明の博物館である。いな、博物館以上である。何故なら、日本民族の不思議な天才は、古いものを失ふことなしに、新らしいものを歓び迎へるといふ、生ける不二元主義の精神もて、過去の理想のあらゆる段階に注意するやう彼を導くから。日本の芸術の歴史は、かくして、アジアの理想の歴史となる。それは、アジアが一つであることを、確証する。

アジアは一つだ。——これが天心の直観した結論であり、またその予言の出発であつた。それ故に、此の書は、一つの予言の書である。天心は明治最大の詩人であり、哲人であり、最も識見高い志士であり、最も情熱的な組織者であつたが、また殆んど唯一の明治の予言者であつた。此の書は、アジアの将来が、アジア自身のなかにあることを告げてゐる。アジアは自己へと還らねばならぬ。自己の方法を回復せねばならぬ。自己認識のより高い段階へと進まねばならぬ。勝利は内からのみ来るであらう。しからずんば、外からの力づよい死あるのみだ。——これが、天心の予言である。

東洋を突き抜けて西洋へまで進出した日本が、いまさら東洋へ立ち返るといふことは、愚かな退却のやうに考へる人が多い。しかし天心は、さういふ愚かな退却を説いてゐるのでは、もちろん無い。日本がその文化を継承した大陸アジアが、あのやうな停滞の社会であつたのに対して、日本が何故ひとり進展の荊棘の途を切り開いて行つたのかといふこと、そのことの反省が問題なのである。単に日本が西洋を受け入れたから、といふだけでは、この問題は解決されない。また、西洋を受け入れ得た日本はもともと東洋的でなくて西洋的であつたのだといふだけでも、それは解決されない。それは、仏教が、何故ひとり日本に於いてのみその十全の偉大さをあらはにしたかといふことの問題である。それは、また、儒教が、何故日本に於いて、仏教乃至老荘との自由な結合を見たかといふことの問題である。東洋を何か精神的なものと感ずる日本人の感覚は、それほど粗雑な、身勝手なものであらうか。日本人の感覚は、もつと鋭敏でもあり、的確でもあつた筈である。多産的な創造のあとで深い眠りに落ち入つてしまつた大陸アジアから、日本が継承したものは、確かに何か重大なものであつた。天心は、それが、東洋の理想であつた、と言ふのである。それが何か重大なものでないならば、生きた永遠の生命ではなくて、死んだ過去の残骸にすぎないならば、東洋は単に即刻否定さるべき亡霊に他ならない筈だ。だが、われわれは、何か東洋的なものが、いまや世界に新らしい活動の精神をもたらすべく招かれつつあることを、直感する。われわれが、現に最も歓迎するのは、真に自己を知らうとする痛ましい「懐疑」の士である。わたしは、さういふ人々に此の書が与へるであらう感銘に就いては、実は深く期待してゐる。何故なら、わたし自身、同じ天心の『茶の本』の邦訳がわれわれの間に与へた、あの不思議な感銘を知つてゐるから。それは、彼が好んで語つた比喩を借りるならば、雲と霧との間から生まれ、無限の変化の象徴であり、且つそれ自身が生命そのものの精神であるとされる、あの龍を間のあたり垣間見た如き感銘であつた。わたしは、その時以来、いはば天心に憑かれてゐる。

特に此の書に就いて言へば、これを専門の日本美術史研究と見ることは、もちろん出来ない。また、今となつては、材料其の他の点に就いて、時代おくれとなつた部分が無いとは言はぬ。だが、なほ且つ、この書は、その驚くべき洞察と、卓抜な見識とに於いて、優に古典性を確保してゐる。特に、東洋の理想としての芸術に於ける精神の表現の確立を、かの足利時代の巨匠たちの跡に見出した一点の如き、わたしの共鳴おく能はないところである。天心にしたがへば、足利の武士は、剣を揮ふことではなしに、剣そのものであることを、その理想とした。そして雪舟や雪村は、かかる精神に於いて、自然に就いてのエッセエを作つたのである。

それは兎に角、此の書は、今こそ、日本人自身によつて読まれるべきなのである。それは、言ふまでもなく、英語を通じて、汎く全世界の識者の前に、就中、支那や印度の先覚者の前に、日本の真実と使命とを明らかにしようとしたものであつた。西洋と東洋が日本に対して真に偉大な驚異と尊敬の念を抱きはじめたのには、天心の此の書が与つて力がなかつたとは想像できない。天心以外の何人が、この大事業を、かくも見事に果すことが出来たらうか。わたしは、この書以上に見事な日本精神史、東洋自覚史を、まだ知らない。これこそ、世界の東洋史であり、今や特に、東洋の日本史である。

× × ×

此の書を邦文に移すことは、わたしの多年の念願であつた。わたしは、一字一句をいやしくもせず、訳出しようとした。この書には、すでに、『天心全集』に全訳がある。わたしはそれを逐一参照して多大の裨益を得た。名訳と思つた箇所は、遠慮なく踏襲した。ここに深く感謝の意を表しておきたい。かうした努力にもかかはらず、なほ未熟の故の過失が少なくないかと思ふ。

幸に読者各位の叱正を得て改訂の機を得たい。ただ、自分のやうな天心崇拝者がこの書を訳出するといふことは、必らずしも此の偉大な先覚者を冒瀆する所以ではないであらう。この書が日本自身の愛読の書となることくらゐ望ましいことはないのであるから。

昭和十三年一月

浅野　晃

理想の領域

アジアは一つだ。ヒマラヤ山脈は二つの強力な文明――孔子の共同主義の支那文明と、ヹーダの個別主義の印度文明とを、ただこれを強調せんがために分つ。しかしながら、この雪の障壁を以てしても、あの究極と普遍とに対する広い愛の拡がりを、ただの一時も遮ることは出来ないのだ。この愛こそは全アジア民族共通の相続財産ともいふべき思想なのだ。この愛こそは、彼等に、世界のすべての大宗教を生み出すことを得させたものなのだ。そして、彼等を、地中海やバルト海の海の諸民族――特殊に留意することを好み、生活の目的ではなしに手段を探究することを好むところのこれら諸民族――から、区別する所以のものなのだ。

マホメットの征服の当時まで、ベンガルの海辺の大胆な船乗りたちは、太古以来の海路から、セイロン、ジャヴア、スマトラに植民地を開きつつ、アリアンの血をビルマやシャムの沿海諸人種の血と混じ、また支那と印度とを、相互の交通もて固く結びつけたのだつた。

印度はその与へるの力を失つて徒らに尻込みし、支那は蒙古の暴政の衝撃から回復すべく、汲々としてその知的歓待を忘れてゐた、長い萎縮の幾世紀が、十一世紀に於けるガズニのマームッド（九九七年、印度にガズニ王朝を創建）の時代につづいた。だが、交通のありし日の精力は、なほ未だトルコの遊牧部族の偉大な活動の海に生きてゐた。その波は、北方の長城から引き退くや、パンジャップ地方を襲うてこれを席捲したものだ。匈奴族や、釈迦族や、ラジープート族の獰猛な祖先である月氏族は、あの偉大な蒙古の爆発の先駆者であつた。この蒙古の爆発は、(原註一)成吉思汗《じんぎすかん》ならびに帖木児《ちむうる》の下に、中華の地を席捲して、これをベンガルのタントリズムもて氾濫させ、さらに印度半島を浸しては、その回教徒帝国主義を、蒙古の儀礼と芸術もて色づけたのであつた。

　けだし若しアジアが一つであるならば、アジアの諸民族が単一の力づよい織物を形づくつてゐることも亦、真である。分類万能の時代にあるわれわれは、型といふものが、結局近似せるものの大海に於ける判然たる諸点に過ぎないといふこと、心的便宜のために崇拝さるべく勝手に設定された偽りの神だといふこと、したがつてそれが何らの究極的な、乃至相互に排他的な妥当性を有つものでないことは、二個の交換される知識が別々の存在でないのと同断であることを忘れてゐる。もしデリーの歴史がモハメットの世界に対する韃靼族の強圧を表はすものであるとすれば、バグダットとその偉大なサラセン文化との物語が、地中海沿岸のフランク民族の前に、支那とペルシアとの文明と芸術とを示したセミ族の力を意味するものであることも亦忘れてはならない。アラビアの騎士道、ペルシアの詩、支那の倫理、印度の思想、これらはいづれも、単一の古代アジアの平和を物語つてゐる。この平和のなかで、一つの共通の生活が生ひ立ち、それが、それぞれの地域にそれぞれ特色のある花と咲き出たので、何処にも劃然たる境界線を引くことは出来ないのだ。回教ですら、剣を手にした馬上の儒教と見なすことが出来る。けだし、黄河流域の老年の共同主義のなかに、かの回教諸民族のなかに明白に実現されてゐるのをわれわれが見るごとき、純粋に遊牧的な要素の痕跡を看取することは、全く可能だからだ。

　さて、西部アジアから東部アジアへと再び眼を転ずれば、其処に仏教がある。東部アジアのすべての思想の流れがそれへと注ぐ此のイデアリズムの大海も、ガンジスの清い河水の色をたたへてゐるのみではない。何故なら、それへ合流したトルコの諸民族が、新らしい象徴主義、新らしい組織、新らしい献身力を携げてこの信仰の宝蔵に附加することに依つて、彼等の天才を寄与するところがあつたからだ。

　だがしかし、この複雑に於ける単一を特に明白に実現することは、日本の偉大な特権だつたのだ。日本民族の印度韃靼的な血(訳註一)そのものが、この民族をして、これら両個の源泉から汲み、かくして全アジア意識を映し出す鏡となることを得しめた天賦の能だつたのだ。万世一系の天皇を戴くといふ無比の祝福、嘗て征服されたことの無い民族だといふ誇らかな自恃、祖先伝来の観念と本能とを、その拡大を犠牲として守りおほせた島国的孤立、これらのものが、日本を、アジアの思想と文化との真の信託倉庫たらしめたのだ。

王朝の覆滅、韃靼の遊牧民の侵入、激昂した暴徒の殺戮と蹂躙――すべてこれらのものは、又しても支那を掃蕩して、文学と廃址との他には、唐代帝王の栄華や、宋代社会の典雅を偲ぶべき何物をも其処に残さざるに至つた。阿育《あそか》王（印度、孔雀王朝の三代目、前二七二年即位）の豪奢、――その詔勅はアンチォコスやアレキサンドリアの主権者をも左右した、この典型的アジア王者の豪奢も、今は殆んどバルフートやブダガーヤの崩れた石の間に埋没されてゐる。ヴィクラマーディチア（超日王）（印度、笈多王朝の祖、三二〇年）の珠玉をちりばめた宮廷は失はれた夢となつて、カーリダーサ（有名なシヤクンタラの作者）の詩を以てしてもこれを呼び返すことは出来ない。印度芸術の荘厳な成果は、匈奴の粗暴な取扱ひや、回教徒の狂信的偶像破壊や、金銭づくのヨーロッパの無自覚なヴァンダリズムのために殆んど抹殺されて、わづかにアヂャンタアの黴臭い岩壁や、エローラの痛められた彫刻や、オリッサ地方の石彫りの無言の抗議や、いみじき家庭生活のただ中において美が佗しく宗教にすがつてゐる現代の家具調度類のなかに、過去の栄華をたづねることが出来るばかりである。

　アジア文化の史上の富を、その秘蔵の標本に依つて連続的に研究することの出来るのは、ただ日本においてのみである。帝室御物、神社、発掘されたドルメンなどは、漢代技術(原註一)の精巧な曲線を示してくれる。また奈良の寺々は、唐代文化(原註二)、ならびに恰かも当時隆盛をきはめてゐた印度芸術の代表的作品に富んでゐる。これらはいづれも此のわが古典期の制作に、大なる影響を与へたものであつた。――謂はば、この注目すべき時代の宗教的儀礼や哲学はいはずもがな、その音楽、発声、儀式、慣習等をそつくりそのまま保存し来つた一国民の自然の相続財産なのである。

諸大名の宝庫も亦、宋及び元朝(原註二)に属する芸術上の作品ならびに模写に充ち満ちてゐる。而して支那自国にあつては、前者は元の征服の間に失はれ、後者は反動的な明の時代に失はれてしまつたので、上述の事情は現代の二三の支那の学者をして、彼等自身の古代知識の源頭を、日本に求めしめつつある状態である。

それ故、日本は、アジア文明の博物館なのである。いな博物館以上のものである。何となれば、この民族の不思議な天才は、古いものを失ふことなしに新らしいものを歓迎する生ける不二元《アドヴァイタ》主義の精神において、過去の理想のあらゆる段階に注意するやうに彼を導くからだ。神道はいまなほ、その仏教渡来以前の祖先崇拝の儀礼を守つてゐる。仏者は仏者で、この宗教の発展上のそれぞれの諸宗派を守つてゐる。これらの諸宗派は、その自然の順序のままに渡つて来て、この日本の国土を豊かにしたものなのだ。

藤原氏の貴族支配の制度の下に唐代の理想を反映してゐる和歌(原註三)と舞楽(原註四)とは、宋の文化の所産であつたあの幽玄な禅宗や能楽などとひとしく、今日に至るまでインスピレーションと歓びとの源泉である。日本を、一方においては近代的強国の列に押し上げ、しかもなほ他方においてアジアの精神に忠実に止まらしめてゐるものは、実にこの固執性なのである。

日本の芸術の歴史は、かくして、アジアの理想の歴史となるのである。——相ついで寄せ来つた東方の思想の波が、国民的自覚にぶつかつて、その砂形を其処へ印し去つた浜辺となるのである。しかもわたしは、これらの芸術理想の分り易い摘要をつくらうと試みるや否や、狼狽し、躊躇する。けだし芸術は、インドラの金剛石の網にも似て、そのいづれの環のなかにも鎖の全体を映し出してゐるものだからだ。芸術は、いかなる時期においても、究極的な型において存在するといふことの無いものである。それは、年代学者の切開刀を尻目にかけつつ、つねに成長するものなのだ。それの発展の一つの段階を論ずることは、それの過去と現在とを通じての無限の原因と結果とを扱ふことを意味するのだ。われわれの処でも、芸術は、他の何処においてもさうであるやうに、われわれの国民文化の最高にして最貴なものの表現なのだ。だから、これを理解せんがためには、われわれは、儒教哲学のさまざまの段階、仏教者の精神が時時に啓示したいろいろの理想、つぎつぎと民族性の旗をかかげたそれらの政治的循環、詩の光と英雄的性格の影との愛国的思想に於ける反映、大衆の慟哭と、民族の狂的とも見える笑ひのさざめきとの反響、すべてこれらのものの検討を一通り為さねばならない。

日本の芸術理想の歴史は、だから、この芸術が謂はば珠玉のやうにそのなかにちりばめられた、多様な環境と錯雑した社会現象とに対して、西洋が依然としてこのやうに無知である限り、殆んど一つの不可能事である。定義は制限だ。雲や花の美しさは、それが無意識のうちにおのづから拡がつてゆくところにある。そして、それぞれの時代の傑作の沈黙の雄弁は、いかにしても半真理たらざるを得ないいづれの梗概よりも、よりよく彼等の物語を語つてくれるにちがひない。わたしの貧しい試みは、単に一つの指示に過ぎないので、叙説ではないのである。

原註

一、ベンガルのタントリズム——タントラといふのは、第十三世紀後、殆んどすべて北部のベンガルで書かれた作品である。その題目とするところは、概して、心理現象とこれと類似の事項であるが、しかし、純粋なヒンヅー教（印度教）の最も貴重な高揚の若干のものを含んでゐる。その主要な目的は、凡下の凡下なるものをも取り込んで、これを救済することの出来るやうな宗教をこしらへようとすることであつたらしく思はれる。

二、漢代の技術　唐代の文化　宋および元朝——支那の歴史に於ける各時代を簡短に摘記すれば、次のやうになるであらう——

周朝（西紀前一一二二年―二二一年）――これは、夏ならびに殷王朝の後を承けた初期支那統一過程の絶頂であつた。これら諸国の首都は、すでに黄河の流域にあつたけれども、なほ未だ今日の中心地区の如く東方へは進出してゐなかつた。これらの首都は、潼関の西方に位してゐた。けだし黄河は、此の地において直角に折れて平原へと突入するのである。のちに、此の地点は長城の終点となつた。

秦朝（西紀前二二一年―二〇二年）――この国の共同主義を抑圧せんとする傾向は、その没落を将来した。短命であつたにもかかはらず重要な意味を有つてゐる点で、近代ではただナポレオン一世の帝国とのみ比肩されるものである。

漢朝（西紀前二〇二年―西紀二二〇年）――この帝国は、民間から起つた者によつて創められた。村落の頭が支那の帝王となつたのである。しかし、漢の全体としての傾向ならびに発展は、帝国主義的になつて行つた。

三国（二二〇年―二六八年）――領土的分割である。

六朝（二六八年―六一八年）――三国は今や単一の自国人の王朝の下に統一されたが、この王朝は約二世紀の間つづいたのち、北方辺疆にゐた匈奴および蒙古の部族の侵略を蒙り、これに逐はれて揚子江の流域に避難するに至つた。支那の継承と文化との舞台は、かくて、この時代を以て南方に移つた。一方、北方は、仏教の導入と道教の建設との手段と化す。

唐朝（六一八年—九〇七年）——この王朝は、太宗の偉大な天才の下に於ける支那の再統一の結果であつた。唐代の首都は黄河の流域にあつた。其処で北方と南方との諸王朝が打つて一丸とされたのである。この結合は、つひに、五代の名で知られてゐる封建諸王国のために破られたが、それは、しかし、わづかに半世紀つづいたに過ぎなかつた。

宋朝（九六〇年—一二八〇年）——統治の中心は、今や再び揚子江へと移された。この時代において、宋儒すなはち宋代スコラ哲学の名の下に、われわれが本文のなかで新儒教と称しておいた運動が展開された。

元すなはち蒙古王朝（一二八〇年—一三六八年）——これは、蒙古部族が、忽《ク》必烈《ブライ》汗の下に、支那王朝を倒して、北京の近傍に建設した王朝である。元は喇嘛教すなはち西蔵のタントリズムを導入した。

明朝（一三六八年—一六六二年）——これは、蒙古の専制に対して民間から起つた者の創めたものであつた。その勢力の中心は揚子江上の南京にあつた。しかし、それは、第三世皇帝の時以来、第二の首都を北京に置いた。

満洲王朝（一六六二年より今日に至る）——これは、別の韃靼族が、皇帝と軍隊との間への勢力の分裂に附け込んで、北京に打ち建てた王朝であつた。将軍連の謀叛を鎮圧したので、再び撃退され得ないですんだ。彼等が国民との完全な一体性を欠いたことが、この王家の弱味となつてゐる。そしてこの勢力に対する反乱が、絶えず揚子江方面に起つた。

三、やまとの詩（和歌）――やまとといふ言葉は、此処では、日本人の原始的母胎である、あまの同義語として用ひられてゐるのである。それはまた、日本内地の一つの国の名称でもある。

四、舞楽――これは舞踊音楽を意味する――舞は踊りであり、楽は音楽もしくは演奏である。この舞楽なるものは、日本にあつては、奈良・平安時代に、支那の六朝の文化の影響下に発達せしめられた。それは印度ならびに古い漢代の音楽の諸要素を結合してつくられたものであつた。それは伶人と呼ばれる世襲の楽師のカストによつて演ぜられる。彼等は、帝室ならびに、春日、賀茂、天王寺といふやうな大きな寺社に隷属してゐるのである。祭祀や儀式の大なるものの際に演奏される。

訳註

一、日本民族の印度韃靼的な血といふのは、今日では通説ではない。しかし、日本民族の本原に就いては、厳密に言へば今日なほ定説はない。

日本の原始芸術

日本帝国を建設せんがために先住のアイヌ族を蝦夷、千島へと駆逐した大和民族の起源は、そこから彼等が出て来た海上の霧のなかに見失はれてしまつたので、彼等の芸術本能の源泉を突き止めることは不可能だ。彼等がアッカド族の残存であつて、この民族が東南アジアの沿岸や島々を過ぎつつあつた時にその血を印度＝韃靼民族の血と混じたものであるのか、それとも、満洲朝鮮を経て印度＝太平洋地方に早くから土著した韃靼遊牧民の一支であつたのか、それとも、カシミルの隘路を押し進み、ツラン部族の間に混じてチベット族、ネパール族、シャム族、ビルマ族を形成し、印度象徴主義の附加された力を揚子江流域の子らにもたらしたアリアン族移住民の後裔であつたのか、――その何れであつたかは、いまなほ考古学的推測の雲に閉ざされた問題である。

歴史の曙は、彼等大和民族を、戦ひに臨んでは精悍、平和の技術においては高雅、太陽の子孫の伝説と印度の神話とに育まれ、詩歌への愛と婦人に対する大なる尊敬とに育まれた、一個の緊密な民族として啓示する。神道として知られてゐる彼等の宗教は、祖先崇拝の簡素な儀礼であつた。それは、高天原、即ち太陽の女神を主神としたオリユムポスなる此の神秘の山上の神々の群に加へられた父祖の霊を祀るものである。

日本では如何なる家族も、かの太陽の女神の御孫が八紘の雲の路から此の島に降臨された時に、これに随つた神々の末であると信じてゐる。これに依つて、一系の皇位を中心として国民精神が強化されるのだ。われわれは、つねに「あまより来たれるもの」と言つて居るが、そのあまが空を意味するものか、それとも海もしくはあま（？）の国を意味するものか、木と鏡と剣とから成る簡素な古い儀礼(原註一)の他には、これを語るものは無い。

波打つ稲田の水、個性へ導き易い群島の多彩な輪廓、その柔かな色合の季節の不断の変化、その白銀の空気の薄光、その瀧のかかつた丘の翠微、松の連なる海辺にこだまする大洋の響き、――これらすべてのものから、日本の芸術の精神をあのやうに和げてゐるところの、あの柔和な単純さや、あの浪曼的な純粋さやが生まれた。そしてこれが、日本の芸術を、支那芸術の単調な幅への偏向や、印度芸術の過度の豊富さへの傾向から、一挙に区別するものなのである。この清浄に対する生まれながらの愛は、往々にして偉大さにとつて有害なものであるとは言へ、わが工芸美術にその精妙な仕上げを与へてゐるものであつて、おそらくは大陸の制作において何処にも見出されないものである。

皇室の聖廟たる伊勢神宮ならびに出雲大社(原註二)は、その半円繰形《くりがた》や横梁に、甚だ印度のトーラナを想起させるものがあるが、なほ且つ昔ながらの形を存してゐる。それは、二十年ごとに新らしく原形のままに造築されるからで、さてこそその飾り無き釣合において美しいのである。

ドルメンの形は、原始の塔《スツパ》との関係においても、またリンガム（訳註一）の原型として暗示的な点でも、意味深いものである。ドルメンの内部には、石と陶瓦とで成り、往々にして芸術的に多大の価値ある意匠が施されてゐる、見事な形の棺が蔵せられてゐる。また、その内部には、崇拝や個人的装飾のための用具が収められて居り、これらの用具は青銅や、鉄や、色とりどりの石を材料としての、高度に完成された技倆を示して居る。墳墓の周囲に置かれ、墓所に於けるより上代の人身犠牲の名残と推察される土偶つまり埴輪《はにわ》は、しばしば原始大和民族の芸術的能力を立証してゐる。だが、この時早くもわが国に到来したところの、支那漢朝の爛熟した芸術の流入は、そのより古い文化の富を以てわれわれを圧倒し、われわれの審美的精力を、別箇のより高い段階に於ける新たな努力に、全く没頭させた。

もし日本の文明がかうした漢の影響や、さらにおくれてこの国に渡来した仏教を有たなかつたとしたならば、日本の芸術はどのやうなものになつてゐたか、想像に苦しむ。もしギリシヤがエジプト、ペラスギ、乃至ペルシヤといふ背景を奪はれてゐたとしたなら、いかにその強力な芸術的本能ありといへども、ギリシヤは果して何をなしとげ得たか、それを何人が敢て揣摩するものがあらう。またもしキリスト教、ならびに地中海諸民族のラテン文化との接触を有たなかつたならば、チュートンの芸術の見すぼらしさはどんなであつたらうか。われわれはただかく言ふことが出来るだけだ。それは、われわれの原始芸術の根源的精神は、嘗て死滅することを許されなかつた、と言ふことである。それは、支那建築の傾斜した屋根を、奈良の春日に見られる謂はゆる春日式(原註三)の優美な曲線を以て加減した。それは藤原期の創作に、その特有の女性的な洗煉さを負はせた。それは厳粛な足利期の芸術に、剣の精神の純潔さを刻印した。そして、あたかもうづたかく積んだ落葉の下をゆく流れのやうに、それはいまなほ時折その輝きをあらはしつつ、おのれを蔽ひかくしてゐる草木を養つてゐるのである。

この点を別にすれば、他の攻撃を許さない日本の本来的運命、日本の地理的位置も、却つて知的には、日本に支那の一州もしくはインドの一植民地たるの役割を提供したかのやうに見えるかも知れぬ。しかし、わが民族の誇りと有機的結合との巌は、アジア文明のこれら二大極から押し寄せる有力なる大浪をかむりながら、各時代を通じて毅然と屹立して来たのである。民族の天才は、嘗て圧倒されたことが無かつたのである。模倣が自由な創造に取つて代るといふことは、嘗て無かつたのである。其処には、つねに、それがいかに巨大なものであらうとも、蒙つた影響を受け容れ、そしてそれを改めて使ひこなすだけの、十分な精力があつた。大陸アジアの日本に対する接触が、つねに新たな生命とインスピレーションとを生み出したといふこと、これこそは、大ことこそ、わがアマ族の最も神聖な名誉なのである。すなはち、ただに二三の単に政治的な意味においてのみでなく、さらにもつともつと深い意味において、——生活と思想と芸術とに於ける、生きた自由の精神として、日本が打ち克つべからざるものとして終始して来たといふことこそ、わがアマ族の最も神聖な名誉なのである。

あの武勇に富まれた神功皇后をして、大陸帝国に対抗して朝鮮の貢納諸国を保護すべく、敢然海を渡らるるに至らしめたのも、この意識であつた。隋朝の勢威並びなき煬帝を指して「日没する国の皇帝」と呼んで、これを瞠若たらしめたのも此の意識であつた。ウラル山脈を越えてモスクワまでを蹂躙したその勝利と征服との最絶頂に於ける忽必烈汗《くぶらい》の傲慢な脅迫(原註四)を物ともしなかつたのもこの意識であつた。そして、日本が、今日、新らしい幾多の問題に直面してゐるといふことは、この同じ英雄的精神の故だといふことを、日本は決して忘れてはならないのである。これらの新らしい問題に対して、日本は、自尊の念のさらに一そう深い増大を必要としてゐるのである。

原註

一、木と鏡と剣とから成る単純な古い儀式——ここで言ふ木といふのは榊すなはち神の木のことで、その上に錦、絹、麻布、木棉、紙などを特殊の意匠にしたがつて刻んだものをかけるのである。鏡と剣とは天皇の御しるしの一部を形づくるもので、天照大御神が天孫の此の国土への降臨に際してこれに手づから授けられたものである。神社は鏡のみを祀つてゐる。嵐の神なる素盞嗚尊に斬り殺された龍の尾から取り出されたとされてゐる剣は、特に熱田に祀られてある。

二、伊勢神宮、出雲大社――伊勢神宮は天照大御神の宮である。それは中部日本の伊勢の国なる山田の地にある。出雲大社は上述の嵐の神の後裔の宮である。この神々は天孫が此の国土へ降臨される以前の日本の主権者たちであらせられた。この社は日本の北海岸の出雲の国にある。これら両社は、いづれも全部木造の建築で、二箇の交替敷地があり、二十年ごとに正確に元の形式通りにその一方の上に再建されるのである。その様式は今日なほアジアの東南沿海に多数に見られる竹小舎もしくは丸太小舎の建築から発展したことを推察せしめる。テントを暗示するところは全然ない。

三、奈良の春日式――春日式は伊勢ならびに出雲の神道式の一発展である。その特徴は、一方においては大和建築の直線の、他方においては支那建築の天幕式の華美な曲線の代りに、きはめて繊巧な曲線を有つてゐる点である。

四、忽必烈汗の傲慢な威嚇――忽必烈汗は、支那を征服したのち、特使を派遣して、日本に降服を求めた。日本が断乎としてこれを拒否したので、彼は日本の辺境の二三の島嶼を侵略した。その時、日本軍は、沿岸の防備を固くして敵の来襲を待ち受けてゐたところ、夜半大いなる雲が伊勢神宮の方から起つて、つひに嵐となり、侵略軍の一万隻の艦隊は十万の乗組員もろとも全く覆滅し、生きながら逃れた者わづかに三名であつた。これ伊勢の神風であつて、今日に至るまで、いづれの宗派も、それが祈願の力で起つたものなることを主張してゐる。これが、支那の支配者が日本に対して攻撃政策を採つた史上に於けるたつた一つの事件である。

訳註

一、リンガム——印度でシヴァ神の表象として崇拝される男根の像。

儒教——北方支那

仏教が第六世紀に此の国に渡来した以前において、原始日本の芸術を掃蕩した最初の大陸の影響の波は、支那の漢および六朝のそれであつた。

漢代の芸術は、西紀前一一二二年から同じく二二一年に至る周朝の下に絶頂に達したところの、初期支那文化のおのづからなる成果であつた。この文化の観念は、中華民族の根本的思想を体現し闡明した偉大な賢人の名前に依つて、これを汎く孔子教（儒教）と呼ぶことが出来る。

けだし支那民族——韃靼人が遊牧の支那人だとすれば、農耕の韃靼人である支那民族は、杳遠な昔、沃かな黄河の流域に土著するや否や、彼等が蒙古の大草原に捨てて来た漂泊の兄弟たちの文明とは全く趣を異にした、共同主義の宏大な制度を展開させ始めたのであつた。もちろん、その最初の段階において、すでに、彼等の高原の王国の都市の間に、儒教の発達の萌芽となるに適した若干の同質的要素が存在してゐたには違ひなかつたが。この時、と言つてもそれは先史時代の夜の中に見失はれてしまつたのだが、とにかくそれ以来今日に至るまで、この黄河の民の役割といふのは、終始一貫、週期的に韃靼の遊牧民の新鮮な添加物を受け容れ、これを農耕的組織内の一分野に同化しつつ、彼等自身の進歩的発展をつづけることに存したのである。

　これは、遊牧者の剣を農夫の鋤頭に打ち換へることに依つて、新成の市民の抵抗力を弱め、彼が嘗て外から蒙つたところの運命を、「長城の背ろで」再び受けしめるに至る過程である。それ故、支那歴代王朝の長年月にわたる相承は、つねに、ある新らしい部族が崛起して国家の首長となり、古い条件がくり返されるに至るやそれが再び取つて代られる物語なのである。

　しかしながら、平原に土著するに至つてのちも多年の間、支那韃靼族は、なほ依然として政治の牧民的概念を保持してゐた。初期の支那は九つの地方に分たれてゐたが、その各地方の支配者は、牧すなはち牧者と呼ばれた。彼等は天に依つて象徴された一個の族長神を信仰した。天はその仁慈の心から、人類に対し数学的秩序を以てもろもろの運命を雨と降らした。おそらくは、支那語で運命を意味する語は命つまり命令であることから推して、この宿命論の根本観念が、韃靼人によつてアラビア族に貸され、マホメット教となつたものであらう。彼等は、なほ、見えざる世界の雑多のさまよひ歩く精霊に対する彼等の恐怖や、のちに発展して東方の婦人部屋生活となつた婦人に対する彼等の理想主義やを、維持した。彼等は、ツラン族の二元論的神話と共に、彼等が高原の丈高い草の間を漂浪してゐた時に集めた、星に就いての知識を保持した。就中、アムールとダニューブとの間をさまよふすべての遊牧民族の譲渡すべからざる相続物たる、四海同胞のあの偉大な観念を保持した。支那において農夫に先だつて牧人がゐたといふ此の事実は、彼等の神話のなかに現はされてゐる。すなはち、それに依れば、最初の皇帝は伏羲、すなはち牧畜を教へるものであつた。その後を承けて、神農、すなはち神聖なる農夫が出た。

しかし、茫々幾千年の太平の時代を通じて発展して来た農業共同社会の徐々に劃然とし来つた必要は、土地と労働とに基礎をおいた偉大な倫理的、宗教的制度をもたらすに至つた。この制度こそ、今日に至るまで、支那国民の無尽蔵の力を構成してゐるものなのである。この、彼等の祖先伝来の組織に忠実であり、その高められた社会主義のなかに自己を守ることによつて、その子らは、政治上の混乱にもかかはらず、今日地球上のおよそ利用に堪へ得べき隅々にまで、彼等の産業的征服を拡げつつあるのである。

この、すべての近代の社会学者によつて研究さるべき価値ある、綜合的労働の偉大なる組織を解明し要約すること、これが周朝の末葉に当つて孔子（紀元前五五一年―四七九年）の双肩に落ち来つた役割であつた。彼は倫理の宗教、人間に対して人間を神聖なものとすること、の実現に一身を献げてゐる。彼にとつては、ヒューマニチイは即ち神であり、人生の調和はその究極のものなのである。高く飛んでその固有の天空の如き無限と混淆することはこれをインドの精神に任せ、地と物質とのもろもろの秘密を探ることはこれを経験主義のヨーロッパに、中空に、この世の夢のパラダイスをさまよふことはキリスト教徒とセミ族とに委ねつつ、――すべてこれらのことは彼等に委ねて、儒教は、終始一貫、その広大な知的綜合と、その一般民衆に対する無限の憐憫との魅力によつて、偉大なる心の主をいつまでも把へてゆくに相違ない。

『易』すなはち変化の書は、（原註二）支那民族の『ヹーダ』とも言ふべきもので、事実牧人生活への暗示に充ちてゐる。支那民族は、この易によつて、不可思議なるものに接近するのであるが、しかし、此の書は、「未だ生を知らず、いづくんぞ死を知らんや」と言つてゐる不可知論者の孔子にとつては、概して禁断の書なのである。支那の倫理にしたがへば、社会の単位は、等級づけられた服従の制度の上に立てられた家族である。そして、一介の農夫といへども帝王と平等の重要さを有つてゐるのである――皇帝は親たるの慈愛に充ちた専制君主とされ、彼の徳が彼を、この相互扶助的義務の大共同兄弟団体の頭部に置くに至つたもので、それは全然その団体自身の承認と選択とによるものとされてゐるのである。

人生に於ける最高の規範は、共同社会に対する個人の自己犠牲といふことであつた。そして、芸術は、それが社会の道徳上の要求に役立つことの故に尊重された。特に注目さるべきは、音楽が最高の地位に置かれてゐたことである。それは、音楽の特殊の機能が人と人と、コンミュニテイとコンミュニテイとを調和させることにあつたからだ。したがつて、音楽の研究は、周の貴公子たちの第一の嗜みであつた。

孔子の生涯のなかに、単に彼が音楽の美に就いて愛情をこめて語つてゐる若干の対話のみでなく、さらに下のやうな数々の物語をも憶ひおこす人もあるであらう。すなはち、音楽を聴くのを廃するくらゐなら、むしろ自分は断食する方がましだと言つたといふ話や、ただそのリズムが民衆に及ぼす効果を目のあたり見ることの悦びのためばかりに、土の壺を叩いてゐる子供の跡をつけて行つたといふ話や、太公望（原註一）の当時から伝承されて其の地に現存してゐた古代の歌曲を聴くことを熱心に願ふのあまり、わざわざ斉の国まで出かけて行つたといふ話などがそれだ。

詩も、これと同じわけで、政治上の調和へと導く一つの手段であると見なされた。王侯の任務は命令することではなくて、暗示することであつた。また、人民の狙ひは抗論することではなくて、諷諫することであつた。そして、詩歌こそおよそかうしたことの媒介をなすものとされた。あたかも中世のヨーロッパにおいてのやうに、彼等の愛の重荷や、労働や、地の美しさなどを歌つた片田舎の民謡や、刀槍の相打つ響きや逸り立つ軍馬の戛々《かつかつ》の音を耳にする如き辺疆の戦ひの歌謡や、無知が無限なるものの前に跪拝してゐる僻遠の地域の、超自然的なものを歌つた不気味な謡や、――およそさうしたものが詩の形式として受け取られたといふのも、如上の理論によつてであつた。何となれば、かうした理論は、上に挙げたやうなものが豊富に存在する時代においてのみ、しかも個人の自己実現としての詩といふものをなほまだ生み出すに至つてゐない民衆によつてのみ、形づくられることが出来たものだからだ。古い民間の歌謡が孔子の手で集められた。(訳註一)それは、支那の黄金時代、すなはち夏、殷、周の三つの古い王朝の習俗を明らかにしようための目的からである。これらの時代にあつては、歌謡は、一国の厚生や失政を定めるべきテストの用をなしてゐたのであつた。

絵画ですら、それが徳の実習を教へ込むといふことの故に、重んぜられたのである。孔子は、その対話篇たる論語のなかで、周朝の諸王の霊廟を訪れたときのことを語つてゐる。そして、廟の壁上に、両腕に幼い成王を抱いた周公(訳註二)の像が描かれてゐる様を叙べて、これを、古への専制のタイラントとして知られた桀や紂の、一身の娯楽を事としてゐる様を描いた他の絵に対照させてゐる。そして、この二つの壁画のなかに描き出されてゐる光栄と卑賤とを説いてゐる。

周代の瓶やその他の銅器などに就いては、次のやうに言ふことが出来よう。すなはち、これらのものは甚だ異つた仕来りにしたがつてゐるにもかかはらず、形式の純粋さにおいては、かのギリシヤのそれと全く同一である、と。まことに、右の両者は、しづかで繊細な硬玉を、光り輝く個人主義的なダイアモンドに比べた時のやうに、相俟つて東洋と西洋とに於ける装飾上の衝動の理想の対立を、いはばその二つの極を、形づくつてゐるのである。そして、此処でも亦、金属や硬玉の工芸家の間に、この時代の歌者や画家をひきつけてゐるあの同じ調和の理想を実現しようとする情熱に充ちた努力を、われわれは看取するのである。

鞏固な周の勢力は、凡そ五百年の間持ちこたへたが、強力な封建諸侯の擡頭によつて弱められた。これらの封建諸侯は、さらにまた、紀元前二二一年の頃に、――支那の永劫の宿命のままに、――秦の名で知られてゐる外域からの一部族によつて征服され、つひには完全に併呑された。秦の勢力は、およそ六百年の間に、漸次増大しつつあつたものである。彼等は蒙古の遊牧民であつて、周朝のはじめの頃の皇帝たちの治下においては、馬の飼育者であり、また御者をつとめてゐたものであつた。それが、今や、沙漠から最後に来たものとして、支配者となつたのだ。その領土が支那帝国の境辺にあつたところから、外国人が中国の地を指すのに用ひられてゐる名称は、そこから来たものであらうと推察される。

これらの秦のタイラントたちに対して、古への儒教の学者たちは、およそ考へ得べきあらゆる汚行と恐怖とを帰せしめた。だがしかし、彼等は、つまるところ、周の制度の仕上げのために無くてはならぬ要素であつたと言つてよいであらう。道路と長城とを以て、ペルシヤの地方統治に似た郡県制度を以て、全国的に統一された文字の制の発明、より正確に言へば、その採用を以て支那帝国を鞏固なものとしたのは、実に彼等であつた。支那を確実に鎮定したのは、彼等であつた。はじめて皇帝の体裁と称号とを備へたのは、彼等であつた。すべてかうしたことにおいて、彼等はただ帝国主義共通の伝統を追つただけだと言へよう。帝国主義は、かかる中央集権を自己の目的としたのであるが、却つてそのためにのちに覆へされることとなるのである。

学問に対する彼等の嫌悪と迫害の如きも、必ずしも儒者に対して向けられたものではなかつたので、むしろ、周王朝の後期に於ける封建諸王国に於ける危険分子であつた、政治上の自由思想（訳註三）の抑圧のためになされたものであつたとも、考へられるのである。彼等は国学を有つてゐた。しかし、それは、政府の任命した謂はゆる博士の教導の下においてのみあつた。

この時代は、世界を通じての、広汎な哲学的思想の時代であつた。仏教は一つの社会意識となりつつあつた。アテネは活潑な感化を及ぼしつつあつた。キリスト教は、アレキサンドリアにおいて、まさに人類の上に顕はれはじめようとするところにあつた。そして、この大山脈の東の側においては、秦のタイラントたちの時代が、盛んに学校を起してゐたのである。彼等は、謂はゆる「秦の焚書」として知られてゐるところの検閲を敢行した。しかし、後世の人々が非常に痛惜してゐる此の文献の破壊も、事実はかうした動機よりも、むしろ内乱の所為であつたらしい。内乱は彼等の短命な帝国の没落の間、二十年にもわたつてつづいたのであつた。

秦の後を承けて現はれた漢王朝（紀元前二〇三年―紀元後二二〇年）は、主要な点において前者の政策を踏襲したが、ただ次の一点において異なつてゐた。それは、その三代目の皇帝の時以来、儒教の知識を、文官任用試験の強制課目としたことである。そして、この制度は、今日に至るまでつづいてゐるのである。この制度は、一国の最もすぐれた頭脳を国家の用務に引き込むといふ点では非常に有用なものであつたが、しかし、試験に於ける批判的要素が固定されてゐた結果、成長と進化とが阻止され、かくて儒教それ自体が固牢なものとなるに至つたのである。

事実、此の時代に於ける儒教思想の勢力といふものは、実に強大なものであつた。その結果、キリスト紀元第一世紀に至つて、時の宰相であつた王莽《わうもう》が、儒教が支持する伝統にしたがつて、時の賢人たちの推挙によることを主張して、つひに龍の王座に上つたのであつた。

この人は、興味あることに、注目すべき天才を有つてゐた人であつた。彼は新朝をを創設した。そして、彼の十四年にすぎぬ短い治世の間に、その貨幣が、当時知られてゐた世界のすべての地方に及んでゐた事実から推して、シナ（新の国）の名称がはじめて与へられたのは此の時のことではなかつたかと推察されるのである。もつとも、それより以前すでにこの名称が印度の文献のなかに出てゐるのを見れば、彼はただ改めてそれの使用を強調したものにすぎなかつたのかも知れぬ。彼は、奴隷廃止の勅令を発布した、史上に於ける最初の主権者であるといふ点で、異彩を放つてゐる。（訳註四）また、彼の没落にしてもが、彼がおのれの儒教的本能に駆られるままに、すべての民衆の間に於ける土地の均等なる分配（訳註五）を主張し、且つこれを実行しようと試みるに至つて、起つたものに他ならないのである。このことは、彼に対抗して貴族の勢力を集中させる結果となり、つひに、彼は、二十三年に殺されたのであつた。彼の死の物語は、儒教的心境にふさはしい宿命論の見事な例証である。彼は、手に硬玉の杖を持ち、星を眺めながら、おのれの宮殿に坐してゐた。表の方では、彼の旌旗をめぐつて、闘ひが荒れ狂つてゐた。「もしそれが天の意志であるならば、余は死ぬであらう。もしさうでなかつたならば、何ものも余を殺すことを得まい。」彼は静かな口調でかう言つた。そのとき刺客が彼に襲ひかかつて、彼を殺した。彼は何らの抵抗もせずに、其処に坐したままであつた。彼の名は、彼が異邦の使臣たちを引見した際の鄭重さの芳気に、いまなほ取り囲まれてゐる。

漢の芸術――ローマ人がヘレニズムの文化を拡めたやうに儒教の理想を拡めた漢の芸術は、形式から言へば周主義であつた。しかし、それは、あの広大な統一と豪奢な生活とを有つた漢代の意識の不可欠の一部をなしてゐるところの、より豊かな布色と壮麗な形象とを添へられてゐた。文学にあつて人が興味を以て指摘する点は、その作者たちが、つねに、この彼等の途方もない放縦の目もあやな色彩に対する、倫理的基礎を求めることに努力しつつあつた、といふこと、しかも、顕著な社会的叡知の見地からさうしつつあつたといふことである。支那の学者は、誰でも、あの司馬《しば》相如《さうじょ》の詩賦を思ひ出すであらう。其処には、帝王の驚くべき狩猟の宴会の様を叙し、その光りまばゆい車馬や、はるかなる国から連れ来られた象と獅子や、饗宴と踊り子たちやを叙したのち、作者はかう附言してゐる。曰く、「われらはまことに楽し。世はかくも平和なれば。また、かくて、王者はかかる豪奢を楽しむことを得るなれば。」と。また、作者は、帝国の主な都市の繁華を列挙し、首都の真の美はその建物の塔や装飾のなかにあるのではなくて、むしろその市民の幸福な顔ばせのなかにあるのだといふことを仄かして、筆を擱いてゐる。

この時代の建築の特徴は、女人像柱や主として道徳生活を現はしたところの、惜し気もない彫刻で飾られた、巨大な宮殿である。途方もない巨きな塔や、木材と煉瓦との大建築やが、これらの真の秦の後継者たちによつて作られた。けだし、その時代は、軍事的城壁の時代であつた。そして、後来のローマ人のやうに、秦の皇帝たちは彼等の記念をあの偉大な長城に残してゐるのである。この長城は潼関から黄海にまで至るものである。たしかに、かうした極盛が、その政府の資力と威信とをふたつながら涸渇させることによつて、彼等の勢力の頽廃の始まりともなつたといふことは言へるであらう。しかしながら、幾多の後続王朝がこの仕事に加へるところがあつたのである。ただし、この時代の他の建築的成果、例へば文献の上では非常にしばしば言及されてゐる銅乃至鉄製の巨像の如きものは、いまでは失はれてしまつてゐる。それは一部は支那の皇帝たちが、敗戦の際に彼等の財宝と一しよにそれらを灰燼に帰せしめるといふ慣習があつたからであり、一部は、王朝交迭のヴアンダリズムに依るものである。

漢人の絵画の様式は、言ふまでもないことだが、漢朝の後期に属する、山東の武梁祠――といふのは地方貴族の代々の墓所であるが――の粗彫りの岩によつて、その豊富と成熟とを想像し得る以外には、これを復原することは不可能である。この壁画彫刻は、支那の神話と歴史との叙述を含んで居り、また、上代支那の生活と慣習とを示して居る。

この時代の驚くべき技巧の標本を見出すためには、われわれは日本へ、帝室の御物へ、神社の宝庫へ、ドルメンからの出土品へと立ち帰らなければならぬ。何故なら、われわれは支那から漢代の芸術を受け取つた。そして、あの朝鮮の学者の博士王仁《わに》が儒教の経典を講説するよりはるか以前において、われわれは恐らくすでに支那文献に通じてゐたのであつた。彼の地の影響の先行の流れがあつたといふことは、幾多の支那の記載によつて立証されるところであり、その渡来ののち久しからずしてその言葉がつちかはれた、あの容易さを示してゐる。かくの如く、日本にあつても、支那に於ける如く、儒教は仏教の種子が後に至つて墜ちた土壌を準備したのである。

　支那および朝鮮からの移住者の大多数のものは、美術家と工匠とであつた。彼等が漢の様式にしたがつて制作したといふことは、彼等の制作にかかる鏡や、馬具や、剣の装飾や、銅乃至金製の美しい武具などがそれを示してゐる。それ故、日本人の芸術教育は、仏教が飛鳥時代に至つて新らしい、そして偉大な表現を要求するに至つた時までに、殆んど完全になされてゐたのであつた。われらの偉大な彫刻家の鳥《とり》仏師の天才は、闇黒のなかに生まれ出たものではなくて、長い間すでに先在してゐた諸原因の成果だつたのである。彼においてわれわれは、多年耕地を蔽うてゐたところの力づよい文化の最初の収穫を有つたに過ぎないのである。

　だがしかし、儒教の理想は、二元論から生まれたその均斉と、部分の全体への本能的従属の結果であるその静止との故に、芸術の自由を必然的に拘束することとなつた。倫理への奉仕に縛られて、芸術は自然に工芸的なものとなつた。実際、支那の芸術意識は、もし老荘の心意がそれにその遊戯の個人主義を賦与しなかつたならば、さらに仏教が、その後を承けて、それを支配的理想の表現にまで高めることをしなかつたならば、――織物や陶器などの方面に於けるその異常な発達において示されてゐるやうに――つねに装飾的なものの方向へ向つて行つたに違ひないのである。だが、たとへ若しそれが装飾的なものに止まつてゐたとしても、それが卑俗なレヴエルに堕してしまふといふことは決してあり得なかつたであらう。何故かなれば、アジアの芸術は、かの普遍と無我とのその広大な生活のおかげで、さうした共感の欠乏といふ最も遠い危険から、永遠に救済されてあるのだからである。

原註

一、易、すなはち変化の書――支那の古い経典、夏ならびに殷の時代を経て漸次に結集され、周の初代文王の治世に現在見る如き形に達した。孔子はこれに評釈を加へたが、これが儒者によつて易の本質的な相であると考へられてゐる。此処では、天と地との相剋する二つの力の間の中点としての人間に就いて多く述べられて居り、これによつて共同主義の原理を説くのである。他方、道教の徒は、孔子の注釈を無視して、自己独得の仕方で易を解釈してゐる。この徒にとつては、易の偉大な基調は「物を開き、事を創める」といふ本文にある。この古い支那のヴエダアは、創造譚といふよりはむしろ自然哲学と言はるべきものである。それはあらゆる二元のなかに於ける一者の内在を説き、四時すなはち天と、八つのエレメント（八卦）すなはち地との関係を説いてゐる。それは四部から成る。
二、太公望の古代——太公望は帝位が殷から奪はれた当時の周の初代国王の宰相であつた。この偉大な宰相は、その功に報ゆるために斉（山東）王に封ぜられた。

訳註

一、詩（詩経）のことを指してゐる。
二、周公は孔子が模範として仰いだ聖人。
三、いはゆる諸子百家の学説である。
四、王莽は奴婢の売買を禁じた。
五、王莽は古への井田の制を復活した。

老荘と道教——南方支那

儒教の支那は、もし老荘と道教とが、周朝の末期以来、これらアジア思想の相互的な両極の共同の開展のための心理的基礎を準備してくれてゐなかつたならば、印度の観念論を受け容れることは出来なかつたらう。

揚子江は黄河の支流ではない。黄河の両岸にはぐくまれた農耕化された韃靼人の包括的な社会主義は、彼等の兄弟なる青河の子らの野生の精神を制馭するまでには至らなかつた。この偉大な流域の奥深い森林や、霧にとざされた沼沢の間には、北方諸州の周朝に対して臣従を肯じない、慓悍自由の一民族が盤踞してゐた。これら山住民の首長たちは、封建の当時において、周の諸侯の会盟に加はることを許されなかつた。そして、彼等の異様な風采と、北方人士によつて鴉の不吉な鳴き声に比せられた粗野な言語とは、漢朝の当時においてすらなほ且つ嘲弄の種であつた。しかしながら、漸く周の文化になじむにしたがつて、これら南方人は、彼等の北方の同国人のそれとは形態上甚しく異なつた、彼等自身の愛と理想との芸術的表現を見出したのである。

その詩は、屈原(原註一)の悲劇的回想(訳註一)に例示されてゐるやうに、自然に対する熱烈な嘆美や、大河川に対する崇拝や、雲や湖上の霧に対する歓喜や、自由に対する愛や、自我の固執やに充ち満ちてゐる。この最後の点は、孔子の偉大な敵手である老子の著作とされる『道徳経』のなかに、顕著な例証を見出す。この書のなかで、その五千字を通じて、われわれは、自己のなかへ帰り、かくて自我を習俗の束縛から解放することの偉大さを説いてゐるのを聞く。

老子は当時楚と言はれた南方地方に生まれ、周の官の文庫の保管吏であつた。彼は、両者の学説が違つてゐたにかかはらず、孔子によつて先生として敬せられ、孔子をして或時は彼を「龍」と評せしめ、「余は魚の能く泳ぐを知る。余は鳥の能く飛ぶを知る。

されど龍(原註二)の力に至つては余はこれを測ることが出来ない。」と言はしめた。老子の後継者荘子も亦、南方の人であつたが、老子の道に随従して、事物の相対性と形式の変化性とに就いて詳説した。

荘子の書は、すばらしい詩想に富んで居り、かの乾燥且つ散文的な格言に充ちた孔子の著述と大なるコントラストをなしてゐる。彼は驚くべき鳥に就いて語つてゐる。すなはち、その翼の長さは九万哩に及び、一たび飛べば天日為に暗く、再び舞ひ降りるまでに半歳の日子を要するといふのだ。これを見て、鶫《つぐみ》や雀の輩は、これを嘲弄して囀つて曰ふには、「われらは一瞬で草から立つてかの梢の頂きにとまるではないか？　あんなに遠く長く飛んで一体何になると言ふのか？」と。荘子は亦かういふことも言つてゐる。曰く、「自然の笛なる風は、木々や流れの上を吹き過ぎて、かずかずの旋律を奏でる。道、すなはちあの偉大な法といへども矢張りさうだ。いろいろの精神やいろいろの時代を通しておのれを表はすが、しかもつねに自己のままに不易なのだ。」と。またかうも言つてゐる。「処世の術の秘訣は、抗争したり非議したりすることではない。到るところに存在するすきまの中へするりと入り込むことだ。」と。この最後の点を、彼は、名ある料理人の話で説明してゐる。その料理人の刀は嘗て磨ぐ必要がなかつた。それといふのは、彼は骨を切るのでなしに、骨と骨との間を割くからだ。かくして彼は孔子の政策と習俗とを嘲笑する。それは単に有限の努力にすぎず、断じてかの無人称の法の大いなる範囲を蔽ふことの出来ないものだと言ふのである。

荘子が官職に就くやうに求められたとき、彼は飾り立てられた一頭の犠牲の牡牛を指さしてかう言つたと伝へられてゐる。「この獣はかやうに宝石もて装はれてはゐるが、斧が彼の上に加へられる時、幸福を感ずるだらうと貴下は考へられるかどうか？」と。かうした個人主義の精神は、儒教の社会主義を根柢まで震撼させたのだつた。その結果、孔子ののちに出たあの偉大な孟子(原註三)の生涯は、かかる道家の理論と闘ふことに捧げられた。共同主義とそれに対する個別主義的反動との、これら両個の勢力の間に於ける如上の東洋的抗争においては、その論争の土台が経済的なものでなくて、知的な想像の上のものであつたことが、看取されるだらう。その相手方の思想家であつた老子以上に、公共の善のために孔子によつてかち取られた偉大な道徳上の利益を守ることを欲したものは、恐らく無かつたに違ひないのである。

経世済民の術の分野においても、また、南方の心は、儒教の理想に全く反対な、大思想家たちを生み出した。此処では、例へば韓非子は、かのイタリー人が『君主論』を書いたよりも十六世紀以前に、マキアヴェリの体系を作り上げたのであつた。この時代はまた、兵法論において多産であつた。ナポレオン的な天才が、戦術の学の仕上げに没頭した。けだし、周朝末期に於ける封建の時代は、自由な論議の時代であつた。

政治の学においても、社会の学においても、法律の学においても、独創の思想や研究が歓迎された。一方、南方支那人の本性である自由と複雑さとが、それを最高の機会にまで持ち上げることを得しめた。

この時代を通じて、支那はやうやく秦の侵略のために蝕まれつつあつた。そして、諸王朝の盛衰興亡ののち、これらの王朝の帝国主義と漢朝の儒教第一主義とは、老荘派にとつて致命的なものであることが明らかとなるに至つたらしく見える。しかしながら、この哲学的精力の流れは、地下にその抜け道を見出した。そして其処から、それは、漢代の末に及んで、かの清談派の自由と酔狂とのなかに出現した。

漢朝は分裂して三つの王国となり、――かくて儒教の統一の権威は影をうすめたのであるが――それと共にこれらの王国においては老荘の精神が自由に驥足《きそく》を伸ばすこととなつた。老子の道徳経に対する新らしい註釈が、何晏《かあん》や王弼《わうひつ》によつて書かれた。これらの思想家たちは公然と儒教を攻撃しはしなかつたけれども、しかし彼等の生活は習俗に対抗しての示威として、意識的になされた。この時代は、教養ある人士が、竹林に隠遁して哲学を論じた時代であつた。また、時の宰相は、好んで彼の車馬を路傍の居酒屋の前に止め、あつけにとられた公衆の見てゐる前で、自分の下僕たちと酒盃を傾けたものであつた。また、一個無名の書生ですら、宰相の高貴を敢て軽く視て、世に聞えた堪能の笛の一曲を彼に所望すれば、この愛すべき廟堂の士は、喜んで書生の要求を容れて、いく時間にもわたつて彼の思ひを満足させたものである。また、哲学者なら、単なる慰みのために、鍛冶の鞴《ふいかう》をおすのに我を忘れて、解決を求める重大な質問を提出することによつて彼に敬意を表しようとやつて来たのであらう知名の賓客たちに、一顧をさへも与へないといつた風であつた。この時代、および六朝（二六五年―六一八年）の初期の詩は、かうした自由を写し出してゐる。また、依つて以てそれが自然の愛へと立ち返つた素朴と優雅さとによつて、漢代の詩家たちの華麗な形象や精緻な韻律と、強い対照をなしてゐる。

陶淵明の詩のことは、誰しも覚えてゐることだらう、――道家の最も儒家らしい人であり、儒家の最も道家らしい人であつた此の詩人は、上使を迎へるに当つて礼服をまとふことがいやさに、地方官の職を辞したのだつた――けだし彼の『帰去来』の辞こそは、時代の端的な表現であつた。「露にうなだれた」菊の花の清らかさ、風にそよぐ竹むらの幽玄な風情、黄昏の水に浮動する梅花のそことも知られぬ香り、その沈黙の悲しみを風にささやく松の緑の晴朗、その高貴なたましひを深い谷にかくし、さては天の瞥見のなかに春を求める神々しい水仙、――かうしたものが詩のインスピレーションの主題となつたのは、実に陶淵明ならびに其の他の南方の詩人たちによつてである。そしてそれは、あの偉大な自由主義の唐代に至つて仏教の理想と混淆するに及んで、再び宋代の詩家のなかに花と咲いた。これら宋代の詩家は、陶淵明と同じく、つねに自然のなかにたましひの表現を求めてゐる、揚子江精神の所産なのである。

自由は、荘子によつて、本質的な性質なりと確認される。彼は、一幅を仕上げるべきすぐれた画家を天下に求めた、ある大諸侯の話を語つてゐる。あとからあとからと志願者が押しかけて来た。そして型の如く彼に敬礼をなし、彼の要求する題目と取扱ひ方とに就いて伺ひを立てた。これらすべての志願者たちは、彼を満足させるには甚だ遠かつた。つひに、一人の画家が現はれた。この画家は無作法に室内へ乗り込んで来た。そして、外衣を脱ぎ捨て、彼の画筆と絵具とを求める前に、いく分乱暴な姿勢で其処に坐した。「これだ」とパトロンは少しも騒がずに叫んだ。「わたしの求めてゐた人が見つかつた。」

顧愷之《こがいし》は、第四世紀の後期の詩人画家であつた。彼は老荘派に属してゐた。そして、謂はゆる三絶――「才絶、画絶、痴絶」――を以て称せられた。芸術の構成に当つて、支配的基調への集中の必要を最初に説いたものは彼である。「肖像画の秘訣は」と彼は言つた。「当の人物の眼のなかに啓示されてゐるあのもののなかにある。」けだし、最初の体系的な画論と最初の画人伝とが支那で起つたのも、この老荘精神のいま一つの成果である。これが将来支那および日本に於ける美学の拡充の基礎を置くこととなつたのである。

第五世紀に出た謝赫《しやかく》は、絵画芸術の六つの規範、謂はゆる六法なるものを規定したが、そのなかでは自然の形似といふ観念は、他の二つの主要原則の補助として、第三位に貶しめられて居る。これら六法の第一に挙げられてゐるのは、「気韻生動」、すなはち、「事物のリズムを通じての精神の生命ある躍動」である。けだし、芸術といふものは、彼にとつては、これらの調和的な物質の法則――それがつまりリズムなのだが――のなかに此処から彼処へと動いてゐるところの、あの偉大な宇宙の気だからだ。

　彼の第二の規範は、構図と線描とに関するものであつて、「骨法用筆」すなはち骨格と用筆との法則と呼ばれてゐるものだ。これにしたがへば、創造的な精神は、絵画の意想のなかへ入り込んで、有機的な構造をとらねばならないとされる。この偉大な想像力の図式が、制作の骨格的体制を形づくるのである。また、線は、神経と動脈との地位を占める。そして、全体は、調色の皮膚で蔽はれるわけなのである。謝赫が明暗の問題を知らないのは、次の事実に基く。すなはち、彼の当時にあつては、すべての絵画がなほ依然として初期アジア的方法にしたがつてゐた――すなはち、地を石灰でなすつておいて、その上に岩絵具をつけ、それを強調し且つ相互にはつきりきは立たせるために強い黒色の線描によつたものである。それ故に、孔子も、「絵の事は素に後ふ」と言つてゐる。われわれは、この同じ手法が、インドのアジャンタの壁画や、日本の法隆寺の壁画において用ひられてゐるのを見出す。

　これらのことに直面するとき、絵画に於けるギリシヤのあの偉大な失なはれた様式の夢が、――まだアペルレス派によつて舞台的明暗法と自然の模倣とが導入されない前に行はれてゐたところの様式の夢が、消すことの出来ない恨みを以てわれわれの前に現出する。われわれは、あの力強い線の大家であつたプロトゲネスの『カッサンドラ』のことを想ふ。人の伝へるところでは、彼の力強い線は、この女予言者の眼の中に、トロイ陥落の全景を映し出すことが出来たと言ふ。かくて、われわれは、次のやうに言ふことを禁ずることが出来ぬ。――それは、ヨーロッパの作品が、後世の流派の跡を逐うたために、リアリスチックな表現の容易さといふ点では加ふるところがあつたにかかはらず、組立の構図と線による表現とに於て、大いに失ふところがあつたといふことである。線および線による構図の観念こそ、終始一貫、支那および日本の芸術の偉大なる力だつたものである。そして、宋代ならびに足利時代の芸術家たちは、――彼等の目ざす究極の地が芸術であつて科学ではないといふことを忘れることなしに――明暗の美をこれに加へたのである。そして、次の豊臣時代が、色彩による構成の概念を寄与したのである。

この老荘時代においてはじめて大なる高さにまで到達するところの書に対する尊敬の念は、純粋にして素朴なる線の崇拝である。一つ一つの筆使ひが、それ自体のなかに、その生と死との原理を含んで居り、また他の線と入り交つて、表意文字の美しさを形づくつてゐるのである。支那および日本の偉大な絵画の優秀さが、単にその輪郭や外囲の表現もしくは強調にのみ存すると考へられてはならないのである。実にこれらの線は、ただ単なる線として、それ自身の抽象的な美しさを所有してゐるものなのである。

　老荘時代の作品は今日一つも現存してゐないので、われわれはそれの様式を、なほ引き続き当時の特色を保持してゐるところの次の時代の作品から推知し、再構成する他ないのである。新らしい一聯の題目が試みられたことを、われわれは知つてゐる。この偉大な流派の自然と自由とに対する愛は、彼等を山水へと導いた。そして、われわれは、葦間に友を呼び合つてゐる野禽を写した彼等の作の中に、このことを読み取る。就中、彼等は、雲と霧との間から生まれる、変化の力の恐るべき象徴であるところの、龍についての力づよい意匠を生み出してゐる。そして、その龍虎の図のなかに、彼等は物質の力と無限なるものとの間の休むことのない格闘を写し出してゐる。——虎は、精神の知られざる恐怖に向つて、不断の挑戦の咆吼をつづけてゐる。

　当然のことではあつたが、一般大衆は老荘派の運動によつて動かされ得ずにしまつた。老子、荘子にしても、また彼等の正統の後である清談者流——硬玉の柄をつけた犛牛《りぎう》の尾を振り廻しながら、抽象的なものと純粋なものとに就いて教養ある論議を事として悦に入つてゐた清談者流にしても、あの道教の名によつて知られてゐる宗教的礼拝に対して責任あるものとはされ得ないのである。この道教は、今日支那民族の非常な多数を手中に握つてゐるのであるが、その創設者は「古代の哲学者」だ、と主張してゐるのである。

儒家の聖賢たちの不屈の努力にもかかはらず、支那民族のなかへその初期の故郷から入り込んだ韃靼の迷信は、つひに根絶され能はなかつた。そして、揚子江の未開の森林の民らは、かうした原始の遺産の守護者であつた。彼等は魔法や呪術の悪魔めいた物語を喜んだのである。儒教は死後の生命の問題に関知することをせず、人間に於ける高い元素は天に帰し、低い元素は再び地に返つてそれと混ずると説いてゐるが、事実、かうした儒教それ自体の一つの必然の結果が、肉体に於ける不死なるものの探究だつたのである。

遠く周代の文献にまで溯つてさへ、われわれは仙人、すなはち山の魔法使のことがしばしば出て来るのを見出すのである。これらの仙人といふのは、不可思議の術により、また魔法の仙液によつて、永遠に生きる力をかち得た連中であつて、鶴の背にまたがつて白昼の空を飛行して、その神秘な仲間の秘密の会合に加はるのを事としてゐるものなのである。

秦の皇帝たちは、不老不死の薬を求めるべく東海に探険隊を派遣した。その一行は、空手で帰国するのがこわさに、日本にそのまま永住したものと信ぜられてゐる。(訳註一)そして、其の地の家はすべて、今日に至るまで彼等の子孫であると称してゐる。

漢代の皇帝たちも、やはり、同様の追究に耽らなかつたものは無かつた。そして、いく度も彼等の神々を祭るための祠を建てた。それは、しかし、儒者の抗議によつて、きまつて廃止されたものである。煉金術に於ける彼等の実験は、しかしながら、幾多の合成物を生み出した。われわれは、支那のあのすばらしい磁器用の釉薬の起源を、この徒による偶然の発見の結果と考へることが出来なくはない。

しかしながら、一つの宗派としての道教の最後の組織立ては、六朝の初期に出た陸《りく》修静《じゆせい》と寇謙之《こうけんし》との努力によつたものであつた。彼等は、民間信仰の意義と是認とを増大させようといふ見地から、老子の哲学と仏者の礼拝とを採り入れた、そして、北方支那の仏者たちに対してあのやうな災厄を与へた恐ろしい一聯の迫害を始めて行つたものも、亦た彼等であつた。この迫害は、唐朝の自由主義が、儒者と仏者と道士とをして、相互の寛容のなかに相並んで立つてゆくことを得しめる迄、つづいたのであつた。

その哲学的方面においては、仏教は老荘の徒によつて、喜んで受け容れられた。彼等は、その中に、彼等自身の哲学に於ける進歩を見出した。支那に於ける印度の教説の初期の教師たちは、大抵は老子と荘子との徒であつた。そして、慧遠《ゑをん》の如きは、これらの書を、馬鳴《めめう》や龍樹《りゆうじゆ》の抽象的観念論を理解するための心要な準備であるとして、これを教へさへしたものなのだ。

その、より具体的な方面からも、亦、初期の道家者流は、仏陀の像を彼等自身の神神のうちの一つの像として、大いにこれを歓迎したのであつた。漢代の将軍の一人であつた班超《はんてう》が、第一世紀の頃チベットの辺疆地方への侵略からの戦勝記念として持ち帰つた例の黄金の仙人像の如き、その名の示すところによつても分るやうに、すでに支那に存在したところの道家の偶像と何ら異なるものでないと考へられた。したがつて、それは、道教の神々の間に置かれ、同様の儀礼を以て、甘泉宮内に祀られたのであつた。

西紀第二世紀の頃の楚の王は、有名な道教徒であつたが、やはりまた同時に熱心な仏者でもあつた。第二世紀に入つて、後漢の孝霊《かうれい》帝が黄金の仏陀の像を鋳たとき、彼はそれと同時に老子の像をも鋳た。すべてこれらの事実は、この初期の時代において、これら二つの宗教が、後年道家の徒の著述の主張するやうには嫉視反目してゐたものでなかつたことを、証明するものである。

原註

一、屈原――揚子江上の一国たりし楚の公族。その提言が楚王に郤けられ、彼は追放された。自己を主張する方便として、彼は、孤独の――衆人から離れてゐる人間の――偉大な詩を書き、自然のなかにおのれの唯一の友を求め、理想化のなかにおのれの唯一の家を求め、つひに水中に投じて死んだ。今日に至るまで、彼の死は、年中行事として、多数の民衆によつて哀悼される。

二、龍――道教が起つて以来、支那および日本の芸術を通じて、無限を表現しようとするところには、つねにわれわれはこの象徴を見出す。それは変化の力――至上の主権を意味する。天皇の御一身に関しては、つねに龍体もしくは龍顔の文字が用ひられる。

三、孟子――孟子は孔子におくれること約一世紀の人である。文王ならびに孔子にあつては、人間社会の秘訣として仁が説かれたのであつた。孟子はこれに加ふるに義を以てし、相互の義務といふことを法なりと説いた。義といふ表意文字は此の場合はなはだ示唆的である。すなはち、この文字は、羊と我との二つの文字から成つてゐる。我が羊、すなはち、義（義務）なのである。仁をあらはす表意文字は、人と二との二つの文字から成つてゐる――つまり、二人の間で、人（一人）は自分自身を忘れるのである。

訳註

一、楚辞として知られてゐるもの。

二、徐福の遺蹟は熊野にある。

仏教と印度芸術

仏教は一つの成長である。その最始の教化の金剛座は、相つぐ建築家たちが、信仰の殿堂におのおの自己の分け前を寄進すべく建てたところの、巨大な柱や精巧な柱廊やのラビリンスに取り巻かれてゐる有様なので、いまとなつてはこれを発見することが実際困難になつてゐる。けだし、菩提樹にも喩ふべき、日々に人類に対して、より広大な安息の所を提供するところの、あの偉大な屋根を、より広くしようが為に、おのれの石と瓦とを寄進しなかつた時代は一つとして無かつたのである。仏陀伽耶《ブダガヤ》（釈迦成道の地）に於けるやうに、仏教の生誕の相を蔽ひかくしてゐるものは、幾世紀にもわたる暗である。愛と尊崇との花の冠がそれを蔽うて来た。そして、宗門の矜恃と敬虔な詐欺とが、これを取り巻く大洋の水をおのがじし自分の色に染めて来たのである。かくて、つひには、嘗てはその支流にすぎなかつた多種多様の大小の流れを弁別するといふことが、いまは殆んど不可能なまでになつてしまつたのである。

しかしながら、ただに東方アジアを抱擁するだけでなく、遠い昔にその種子をシリアの沙漠にまで運んで其処に花を咲かせ、さてはキリスト教といふ形の下に、その愛と克己との香りもて世界一巡を完成してゐるこの仏教なる体系の偉大さを形づくつてゐるものは、他ならぬ此の適応と成長との力なのである。この大教主の思想が、——

たとへば同じ雨の滴が幾多風土を異にする国々の花々を生へと呼び招くそれにも似て――様々の国民性や時代と接触するにしたがつて取り来つたところの幾つかの形態を、その真実の発展の順序のままに分析し叙述するといふことは、事実困難なことである。何故ならアジアは広大であり、インドだけでもすでにヴィスツラ河以西のヨーロッパよりも広いからである。そして、のちの学者が好んで分類する仏教の公式化にしたがへば、二十三の印度の分派と、十二の支那の分派と、十三の日本の分派とがあり、これら各派が年代記的継起の意味においてよりはより多く地域的分布の意味において、相互に交渉し合つてゐるからである。その北方仏教といひ南方仏教といふ名前にしてからが、すでにこの信仰の二つの主要な分流に就いて南北の区別があることを意味してゐるのである。

　宗教は個人的創始者に帰せらるべきものであるから、其処に二つの大きな要素がなければならないことは明白である――すなはち一つは、教祖自身の巨大な姿である。それは、相つぐ幾多の世紀がその人格に彼等自身の光りを映すにしたがつて、いよいよますます光り眩ゆいものとなつてゆくのである。他の一つは、そこから彼の意識が生まれる歴史的乃至は国民的素地である。もしわれわれが個性の意義の心理的条件を、より深く究めるならば、われわれは教祖と彼の過去との間に、必ずしも対立とは言はぬが、とにかくある一種のアンチテーゼを求めるといふことが道理あることと考へるに違ひなからう。彼が社会意識のなかに見出さないこれらの彼の悟りの要素は、彼の最も迫力ある言説の題目であるだらう。しかもなほ、それのかの社会意識との関聯においてのみ、彼の福音はその十分な意味に到達するであらう。それであるから、創始者の教説が、それの自然的環境から引き離されて、それ自体としては真実だが、しかし少くともその本来の衝動の複雑さに対しては、少くとも同様に正当であり、はるかにより忠実でもあるところの思想の他の流れに表面矛盾する如き意味に理解され、発展させられるといふことがあり得る。この神聖な人間がインドに於ける民族に対して有つてゐる関係を研究した人なら、何人もこの法則の適用を理解せずにしまふことは出来ない。そこでは、最も驚くべき否定が、見る者から彼自身の解脱の自然のあかしとして受け取られるであらう。それは、その最高度の生命の勢ひを以て社会に押しかぶさるのである。しかもそれによつて、これらの否定が到達された経験の静かな推移を毫もかき乱すことなしに。神の似姿なるものは存在し得ないといふこと、言語といふものは制限であること、――それを彼等に語つて聞かせる霊感に充ちた遍歴者の足下に、インドの民衆は男女の別なく跪拝するであらう。しかも其処から全く自然に、まつすぐにシヴアとリンガム（訳註一）とへ赴いて、その頭上に水を注ぐであらう。反対物のかうした包括の秘密をわれわれが把むことが出来ない限り、北方仏教と南方仏教との相互の関係はわれわれには理解されずに終るに違ひないのである。けだし、これら両者のいづれか一方が真実で他方が虚偽であると言ふことは出来ないのである。しかも、次のことは完全に了解され得るところなのである。それは、すなはち、南方仏教のより狭隘な基礎といふのは、あの偉大な声そのもののこだま——荒野のなかに、それが何処より来るのかも、また何処へゆくのかも全然知るところのない人々の間に、独り叫ぶあの大いなる声そのもののこだまであるといふこと、これに反して、北方宗派にあつては、彼の国土の宗教的経験の絶頂としてのその真実の相対性に於ける仏陀に聴くのであるといふこと、これである。それ故、北方仏教といふものは、それによつてインドが彼女の知の流れを世界に灌ぐ、あの大いなる山間の峡谷にも似てゐる。そして、その教義の最も権威ある寄託物がカシュミール地方（印度の北方地区）で作られたものだといふ議論は、たとへさういふ論者の意図する意味においては真実であるかないか明らかでないとするも、その言葉の含むところよりももつと深い、それ自身の不可避的な正確さを有つてゐるものである。

　これら両派のいづれの解釈にしたがふも、仏陀の託宣は、その本質においてたましひの自由の託宣（原註一）であつた。そして、その託宣を聴いた人々はといへば、すでに彼等のマハーバーラタやウパニシャッド（原註二）の中で、絶対者の純粋を心ゆくまでに飲み知つてゐた、ガンジスの流域の解脱した子らであつた。だがしかし、その哲学的壮大さの彼方に、幾世紀にわたる年月の経過を透し、両派の同様なる反覆を透して、われわれは、神の如き声が、あの慈悲の情熱——世界に於ける最も個人主義的な民族のまつ只中に現はれ、物言はぬ獣らを人間と一つレヴエルに引きあげたところの、あの慈悲の情熱に、いまなほ打ちふるへてゐるのを聞くのである。それによつてカストが、農民を、そのあらゆる貧しさのままに人間のアリストクラットの一人とするところの、精神の封建主義（原註三）を前にして、われわれは、その無限の慈悲において、一つの偉大な心情として平民について夢みてゐる彼を、社会の軛の破棄者として立つてゐる彼を、そして、万人に向つて平等と同胞性とを宣言する彼を、見るのである、彼をヱーダ思想のあらゆる前代の発展者たちから区別し、彼の教へをして人類全体ではないとするも、アジア全体を抱擁することを得しめたものは、実に儒教支那の感情に甚だ相近い、この第二の要素だつたのである。

仏陀の生誕の地である迦毘羅城《カビラヴアツ》は、ネパールにある。そして、彼の当時にあつては、今日より以上に一そうツラン的であつた。学者は、往々にして、彼の出自を韃靼系であると主張するのがつねである。といふのは、釈迦種族の Sakyas は Sakas すなはちスキタイ人の意味であつたらうといふのである。そして、仏の最も初期の彫像が明白に蒙古人型として描かれてゐること、ならびに最も初期の経典では皮膚の色が黄金乃至黄色として述べられてゐること、これが有力な推測上の根拠を加へてゐる。道教者は、滑稽にも更に進んで、『老子化胡経』のなかで、老子が函谷関で神秘な雲がくれをしたのち、インドに出かけて行つて、其処でつひにゴータマとして再生したものであるとさへ説いてゐる。

いづれにせよ、彼の血管のなかに韃靼の血が流れてゐたか否かにかかはりなく、次のことだけは確かである。それは、すなはち、彼がその民族の根本理念を体現したということ、そして、それによつて印度観念論をその最高の熱烈さにおいて普遍化することによつて、ガンジスと黄河とが各自の水を混交させるところの大海となつてゐる、といふことである。

僧団(訳註二)の観念は、一そう彼を諸他一切の聖者や托鉢者から区別するものである。これらの聖者や托鉢者は、森林のなかで説教したのであつたが、その独立の精神は彼等を星にはしたが、星座にはしなかつたのである。あらゆる教会の母である仏教の教会の存在は、仏教思想の二元的傾向を示すものである。といふわけは、托鉢者の組織は、解脱したものの束縛だからである。しかも、信仰の要諦は、人生として知られてゐる此の苦悩からの自由の性質について探究することだからである。

だがしかし、事実、この自由と束縛との双方が、かの偉大な聖者の様相だつたに違ひないのである。完璧といふものは、それを表現せんがためには、必ずや反対物の対照にまで退かねばならない。そして、多様の只中に単一を探求すると言ひ、同時に、普遍なものと特殊なものとの中に真に個別なものを確認すると言ふとき、われわれは、すでに、信条のあらゆる分化を仮定してゐるわけなのである。

この釈迦の獅子は、その鬘を振つて、幻夢《マヤ》の塵を消散させる。彼は形式への隷従を打破する。いな、形式の存在そのものを否定する。そして、精神を永遠の単一の方に導く。これが、のちの南方派の無神論的公式に、その根拠を与へてゐるのである。しかし同時に亦、絶対者との合一の喜びと誇りとは、事物の美と意義とに対する、博大な愛を生み出すこととなり、これが、北方仏教者ならびに彼等の兄弟なるヒンヅー教徒をして、この全世界を彩るに多くの神々を以てさせるに至るのである。彼の教へは、恐らくマガダ語――つまり、パーリ語以前の原サンスクリットと多少の血縁ある過渡的形態――で、為されたものであつた。だがしかし、まるで彼自身の唇もてそれを拒否するかのやうに、彼は自分の弟子たちには、民間の方言もて語るやうにと命じたのであつた。

一つの真理に就いての此のやうにまちまちな解釈が、このやうに同等の権威を以てまるで違つた服装のなかに覆はれてゐた結果、不可避的に分派的論争が起ることとなつた。最初、それは、主としてこの偉大な精神的実行者の最も重大な行為であつたところの、戒律乃至規範に関するものであつた。が、のちには、哲学上の立場についての議論を生ずるに至り、それがつひに仏教を無数の分派に分裂させるに至つたのである。

最初の分裂は、ウパニシャッドの発展であつた印度思想の最高の文化を代表してゐるものと、新らしい教説と戒律との民衆的解釈の受容者との間に、起つたものの如くである。

涅槃《ニルヴァナ》すなはち釈迦の入滅――それはおよそ紀元前四世紀の半頃のことと考へることが出来るが――その後に直ちにつづく仏教の第一期は、謂はゆる上座部の優勢、ならびにこの派の指導者、即ち教団の初期の長老たちが、一種の肯定的観念論の体系を説いたのに対して、その反対説（訳註三）の人々は、主として教団の戒律の細目を事とし、また大抵の場合、否定的結論に導いたところの、実在と否実在（仮名）との議論に没頭した、といふ事実に関聯してゐる。

阿育王《アソカ》は、印度を一統し、その帝国の勢力をセイロンからシリア、エジプトの境域にまで振ひ、また、思慮深くも、その大帝国を統一する力として仏教を認めた、偉大な帝王であつた。この阿育王は、どちらかといへば、北方派と密接に結びついてゐたに違ひない一派の思想家たちに対して、その個人的勢力の重さを貸し与へた。しかし、彼は、アジア的な寛容を以て、その対立派の側をも亦、保護したのである。また、波羅門教をさへ奨励することを忘れなかつたのである。王の弟に当るマヒンダアは、セイロンを仏教に改宗させ、其処に北方派の基礎をつくつた。それは玄奘《げんじやう》が印度を訪れた第七世紀には、なほまだ残存して居り、それから数世紀を経て、南方派の説がシャムから逆流して来るまで残存してゐたのである。いまでも、セイロンは、南方派の要塞である。

直弟子たちが信仰を説いた北方印度ならびにカシュミールの地は、仏教徒の活動の最も殷盛を極めたところであつた。あの迦膩色迦《カニシュカ》王（一二三年即位）――その勢威を中央アジアからパンジャブ（印度の北西部）にまで拡げその足跡をアグラの近傍なるマッラアに止めたところの此の大月氏国王――が、仏教者の大会議を招集したのは、クリスト紀元第二世紀、カシュミールにおいてであつた。この大会議の影響は、仏教をさらに遠く中央アジアにまで拡めた。だが、これはすべてチャンドラ・グプタ（紀元前第四世紀）の偉大な裔たるかの阿育王によつて始められた事業を、押し進めたものに他ならなかつた。

那伽曷樹那《ナガルジュナ》すなはち龍樹《りゅうじゅ》は、印度の僧であつた。彼の名は支那および日本ではあまねく知られてゐる。キリスト紀元第二世紀の頃、彼は阿湿縛窶沙《アシバゴッシャ》すなはち馬鳴《めめう》、ならびに婆項密多羅《バシュミトラ》すなはち世友《せいう》の名で知られてゐる先師の跡を辿つたのであつた。この二人のうち、世友菩薩は迦膩色迦の会議の議長として活動した人であつた。龍樹菩薩は、その八不論および中論――すなはち両個の対立の間に存在する中道の説明――と、三界唯一心すなはち一切に瀰漫するところの偉大なる精神であり、光明であるところの無限の自我の認識によつて、この仏教の最初の流派に究極の形を与へたのである。

これはパーリ語の経典（南方派）に現はれた仏陀も否定してゐない教説である。但し、仏陀は、其処では、限定された自我なるものの非存在を説いてゐるのである。龍樹の追憶がオリッサおよび南方印度と結びついてゐるといふ事実、ならびに、彼の直接の後継者である提婆《だいば》がセイロンの出であつたといふ事実は、この最初の流派の勢力の及んだ範囲が如何に広汎であつたかを示してゐる。

印度にあつては、この初期仏教の芸術は、これに先だつ英雄詩時代の芸術からの自然なる成長であつた。といふのは、ヨーロッパの考古学者たちが好んでやるやうに、仏教以前の印度芸術の存在を否定し、仏教芸術がギリシヤ芸術の影響の下に忽然として生まれ出たやうに説くのは、あまりにも怠慢だからである。マハーバーラタにせよ、ラーマーヤナ（原註四）にせよ、女英雄の黄金像や身辺の飾りのすばらしさに就いては言はずもがな、多層の塔や、画廊や、画家のカストなどに就いてしばしば、また必要な事項として言及してゐるのを見るのである。事実、漂泊の吟誦詩人たちが、のちに英雄詩となるに至つた数々のバラードを歌つたこれらの幾世紀が、偶像崇拝を欠いてゐたと考へることは困難である。けだし、神々の形に就いて文献の記載があるといふことは、彫刻の方にもこれに相関した試みがあつたことを意味するものだからだ。この考へは、阿育王の石欄の彫刻のなかに確証を見出す。すなはち、其処には、菩提樹を礼拝してゐるインドラならびにデヴァ（諸天）の肖像が見出される。これらのものは、古代支那に於けると同様、粘土や、漆喰や、其の他恒久性のない材料が早くから使用されてゐたことを示すものである。われわれは、かうした慣習の痕跡を、のちに笈多《グプタ》時代に至つて再び、その像の石基を漆喰もしくは石膏で塗るやり方のなかに、見出すのである。おそらくは阿育王の石欄も、はじめは矢張りさうしたもので塗られてゐたものであつたらう。此処にはギリシヤの影響の痕跡は無い。そして、もし何らか外国の流派との関係を設定することが必要だとすれば、それは断乎として、古代アジアの芸術―メソポタミヤや、支那や、ペルシアの芸術のなかにその痕跡が見出されるところの古代アジアの芸術とでなければならぬ。以上のうちペルシアの芸術は、印度の一支族にすぎない。

デリーにある阿育王のそそり立つ大鉄柱(訳註四)は、時代を同じくした支那の秦の皇帝の十二の巨大な鉄の像とひとしく、ヨーロッパが今日そのあらゆる科学的機械主義を以てしても模倣することの出来ない、奇妙な鋳造の驚異であるが、これは、われわれに、精妙な工芸技術と広大な資力との時代を指示するものである。このやうな遺物を後世に残すためには、其処に存在したに違ひないところの、偉大な花々しさと活動との観念を再構成するのに、あまり努力が払はれなさすぎるのである。クルクシェトラ(原註五)の荒れ果てた廃趾や、ラジャグリア(王舎城)(原註六)の悲鳴する雑草は、恐らくはいまなほ昔日の栄華の記憶を愛惜しつつあるかも知れぬ。それを、彼等は、萎縮して、他国人の眼から蔽はうとするのであらう。

仏陀自身の像は、初期の卒堵婆からも失はれ、この初期の現存する遺物のなかにも、今日それらしいものを、われわれは弁別することを得ないのであるが、恐らく彼の弟子たちの最初の作はこれであつたらうと思はれる。何故なら、彼等は、やがて仏陀の追憶をジャータカ伝説（本生談）もてまとふことを――そして彼の理想の人格を美化することを、知つたのだから。

阿育王以後の時代においては、印度においては、われわれは、仏教者の芸術活動がその原始の型の拘束から抜け出て、より自由な形式と、より広汎な主題とを採つて行きつつ、しかもなほつねに、国民的流派の正統の発展として止まつてゐることを、見出すのである。すなはち、オリッサの石窟寺や、サンチの石欄において見られるものと、第三世紀に於ける此の派の芸術の頂点たるアマラアワチイ塔の典雅な輪郭において見られるものとを問はず、さうである。

マッラアならびにガンダラ（カニシュカの首都）の遺物も、この全般的運動のなかに入つて来るのである。けだし、迦膩色迦と大月氏とは、彼等の蒙古的特色を印度芸術の上に印したとはいへ、つひにそれをかの共通の古い様式の影響下に持ち来たし得たにすぎなかつたからである。ガンダラ作品それ自体の、より深い、より行きとどいた研究は、この共通の古い様式の中に、謂はゆるギリシヤ的特徴よりもより多くの支那の影響があることを明らかにするであらう。アフガニスタンに於けるバクトリア（大夏）王国は、尨大な韃靼民族の只中に於けるちつぽけな一植民地であつたにすぎず、しかも、キリスト紀元に先だつ数世紀の頃にはすでに亡びてゐた。アレキサンダーの侵略は、ヘレニズムの文化といふよりは、むしろペルシヤの影響の拡大を意味するものである。

仏教の活動の第二期——但し、それの支那および日本に於ける展開については、奈良朝のところで論及する機会を有つこととして——は、第四世紀に入つて、グプタ王朝の治下に始まる。グプタ王朝は、前代のアンドラ王朝を経て、南方のドラヴィダ族の文化とコーリア族のそれとを、打つて一丸とすることが出来たのである。

われわれは、今や、阿僧伽《アソウギア》すなはち無着《むぢやく》（三一〇—三九〇）と、婆藪槃豆《バシユバンジユ》すなはち世親《せしん》（三二〇—四〇〇）とが、客観主義的探究の流派を創始するのを見出す。この運動の詩的衝動力は、異常に科学的な表現に到達してゐるのである。そもそも仏教なるものは、マヤに就いてのそれの特殊の定義にしたがへば、顕著に科学的努力を忘れない宗教思想であることが、理解されなければならぬ。そして、この時代において、われわれは右の事実の有力な証左を有つてゐるのである。これはあの偉大なる知的伸張の時代であつた。カーリダーサは歌ひ、天文学はバラハミーラの下においてその絶頂に達した。そしてそれは、ナーランダー（原註七）を学問の中心地とする第七世紀までつづくのである。

この第二期の仏教時代の芸術は、アジヤンタアの壁画や、エローラの洞窟の彫刻において、最もよくこれを見ることが出来る。これらは偉大な印度芸術の今日わづかに残つてゐる遺物であるが、それでもそれは、無数の旅行者のおかげで、支那の唐代に対して、そのインスピレーションを与へたことは確実なのである。

仏教の第三の段階、すなはち具体的観念論の時期は、第七世紀にはじまり、其処で信仰の支配的調べを奏でたのである。それはその影響を西蔵《チベット》に拡げ、其の地において一方では喇嘛《らま》教となり、また他方ではタントリズムとなつた。さらに支那および日本に密教的教義として渡来し、平安時代の芸術を創り出すに至つたのである。

それまでつねにその相手の運動と相並んで活動して来た仏教の南方派の理念が、ビルマおよびシャムに入り込み、またセイロンに立ち帰つて、この島に於ける北方派の信者の残党を吸収し、かくしてその様式において北方のそれとは非常に趣を異にした、印度支那芸術の新らしい層を創り出したのも、この時のことであつた。

ヒンヅー致（印度教）――仏教が一つの信仰として出現してから此の方、印度の民族意識が仏教をその中に解消しようと努力して来たところのその形式――が、今や再び、民族生活の包括形式として認識される。シャンカラチャリアによる偉大なヴェダンタの再生は、仏教の同化であり、新らしい動的な形式に於ける仏教の出現である。（訳註五）そして、今や、時代を隔てにもかかはらず、日本は既往のいづれの時よりも、思想の母国に、より近く引き寄せられる。

原註

一、マハーバーラター——『大印度』の英雄詩で、クルとパンダヴアとの戦ひを歌つたものである。この戦ひは、クリスト以前十世紀乃至十二世紀のころ起つたものであるに違ひない。そして、その歴史は、今日なほ印度の上級の児童たちの教育に於ける、英雄的特色である。この詩は、その中の挿話の一つとして、かの薄伽梵歌《バガヴドギーター》を含んでゐる。この短い福音は、北方仏教の本質的なるものをことごとく具現してゐるものと言ふことが出来る。

二、ウパニシヤッド——これらの諸篇は、おそくとも西紀前二〇〇〇年乃至七〇〇年頃すでに書かれたものであつた。それは、ヹーダ（吠陀）に対する補遺であり、ヒンヅーの民の偉大な宗教上の古典をなしてゐる。その主たる題目は、超人的存在の実現といふことである。その深さと偉大さとにおいて、それは世界の文学のなかに比肩するものを見ない。

三、精神の封建主義——これは波羅門の理想を諷言したもので、生活の極端な単純化のなかに根柢を置き、実習されるところの完全な教養である。波羅門の村人は、ヨーロッパの大学でのこの言葉の意味に於ける学者であるばかりでなく、なほまた解脱した知性と人格との士でもあつたと言へるだらう。しかもなほ、つねに、同じつづまやかな村人として止まるといふことが、彼の誇りなのである。この基準は、托鉢僧に就いて一そうよく当てはまる。彼等は、アッシジの聖フランシスがしたやうに、清貧を尊ぶものとして通つてゐる。印度にあつては、これらの階級のいづれの中にも、本文のなかで述べたことが決して誇張でないやうな多くの人々を見出すことが出来ると言つてよからう。

四、ラーマーヤナ——印度の偉大な英雄詩の第二のもの。ラーマとシタとの英雄的な恋を扱つたものである。

五、クルクシェトラ、すなはちクルの平原——デリーの近傍の大平原。此の地で、マハーバーラタに記録されてゐる、十八日にわたつての戦ひが戦はれた。ギーター(聖薄伽梵歌)が語られたのは此の地である。今日では、此処は、巡礼の礼地となつてゐる。

六、ラジャグリア(王舎城)——パトナに移る前のマガダ国の古い首都。現在では印度のビハールとして知られてゐる地方にある。

七、ナーランダー(那爛陀)——ラジャグリアの近傍にある、仏教学習の大きな僧院且つ大学。

訳註

一、リンガムはシヴァ神の象徴として崇拝された。

二、仏者はこれを僧伽と呼んでゐる。

三、上座部に対してこの派を大衆部と呼んでゐる。

四、これは明らかに石柱の誤りである。

五、いはゆる吠檀多学派。

飛鳥時代（五五〇年―七〇〇年）

日本に於ける仏教の第一期は、五五二年に朝鮮から正式に仏教が移入された時にはじまる。この時代は飛鳥時代と呼ばれてゐる(原註一)。それは首都が七一〇年に奈良に移されるまで、この地方に首都があつたからである。そして、それは、阿育＝迦膩色迦による統一を経て、新らしい信仰の水を支那にもたらしたところの抽象的観念論のあの根源の流れの、日本に於ける展開に対する影響を意味してゐるのである。

阿育王の使者たちが、秦の始皇帝の治世に中華帝国へ到達したといふことは、もちろんあり得ることである。だがしかし、もしさうだつたにしても、彼等は殆んどその痕跡を残さなかつた。われわれが確実なりと認めることの出来る史上の記録は、西紀五十九年の頃、当時おそらくは迦膩色迦の治下にあつたところの大月氏の特使が、支那の学者蔡愔《さいあん》に、二三の仏教経典の飜訳を与へた時にはじまる。同じく六十四年のこと、漢の皇帝の一人、明帝は、巨大な黄金の神を夢み、醒めてその侍臣に、自分の夢の意味をただした。西方の仏教に就いて説明する能力あることを示したものは、上に言つた蔡愔であつた。彼はすでに高名の学者になつてゐた。そして彼は、その翌年、十八人の従者を伴つて大月氏へ派遣され、六十七年に帰朝したが、その時数基の仏像と二人の僧――中部印度の出と称する摂摩騰《せふまたう》ならびに竺法蘭《ぢくはふらん》――を招来した。この二人の僧に就いては、首都洛陽にあつた外国人のために設けられた宮殿に滞留してゐたと伝へられてゐる。といふのは、支那は、漢代を通じて、全世界に覇を唱へてゐたからである。この宮殿はのちに寺に改められ、『白馬寺』と呼ばれた。その蹟は、古い廃趾に富む洛陽の衰残の市の郊外に、いまなほこれを見ることが出来る。摂摩騰はその宮殿の壁に一基の塔を描き、それは一千の戦車と騎者とに取りまかれてゐたと記録されてゐる。これは、われわれに、それが言ふまでもなくこの時代の流行であつたサンチやアマラアワチの飾られた塔や石欄を示唆する。彼等が将来した仏像に就いては、何ごとも知られてゐない。

　ついで僧安清《あんせい》が、パルチア人の国なる安息から来る。彼と共に来朝したものに、月氏の隣国から来た幾人かがあつた。また、一人の特使が、一五九年に交趾支那の地を経て印度から来たといふことが記録されてゐる。これらの教師たちは、北方派の第一期（すなはち積極的観念論の時代）に属する仏典の数々を飜訳した。そして、第三世紀の終りの頃、阿弥陀経の飜訳が完成された。

　アミダバといふ語は、無量光の意味である。そして、非人格的神性――すなはち、印度のウパニシアッドにおいて、ブラフマンとして知られてゐる偉大な永遠者のあの相――の観念を釈迦牟尼において顕示されてゐる人格的神性に対して、表示してゐるものである。この基本的相違の確認が、仏教の北方派を南方派から区別するのである。すなはち南方派にあつては、涅槃すなはち相対の世界からの解脱が、完成の究極目標として追求されるのに対して、北方派においては、それは新らしい栄光の開始と見なされるのである。この現存の観念の最初の解明を、われわれは馬鳴《めめう》に負うてゐる。それは、初期印度哲学からのわれわれの共同の相続物なのである。仏教はそれの一つの展開なのである。

　仏教といふ樹木が、漸次支那にその根を張りつつあつた時、北朝（北方王朝）と呼ばれてゐるものを打ち建てた、辺疆地方の匈奴族による北方の侵略が、その成長に大なる、そして突然の、推進力を与へた。けだし、これらの部族は、すでに、その荒漠たる草原の間にあつて、この信仰への帰依者となつてゐたからだ。もちろん、それは、彼等の野蛮状態に自然な種々の迷信や偏見によつて色づけられた形式においてであり、また、その哲学的完全さと、清談者流の観念への類縁とによつて支那の南朝、つまり内地人の王朝の文明世界へ訴へたところのあの解説とは、非常に違つたものであつたけれども。

　印度の僧であつたと伝へられる教師、仏《ぶつ》図《と》澄《ちよう》は、烈しい、そして粗暴な匈奴の兵士たちの間に大なる勢力を揮つた。彼は超自然力を有つてゐたと伝へられた。そして、さうしたものとして土人たちから畏れられ、彼等は決して彼の方を向いて唾を吐かなかつたと言はれてゐる。彼は、その個人的勢力によつて、北方の趙王朝の下において幾多の残虐と流血とを停止することが出来た。彼の弟子道安《だうあん》は、南方へと赴き、慧遠《ゑをん》と協力して阿弥陀の信仰——すなはち、西方の天にまします理想の仏陀を観念しこれに祈念することによつて救済を求める信仰——の宣布を助けたのであつた。月氏人の父と印度人の母との間の子で、亀茲の生まれであつたと推定される鳩摩羅什《クモラジフ》は、当時甚だ名声が高かつたので、北朝の皇帝はわざわざ軍隊を派遣して彼を教師として支那に連れ来らしめた。彼が支那へ着いたのは四〇一年であつた。彼は、おびただしい仏典の飜訳にその身を献げ、また、仏教の教学の基礎を置いた。それは、第六世紀の末に、天台山の智顗《ちき》が出づるに及んでその絶頂に達するのである。

　この時代を通じて印度から支那への遍歴の思想家たちの流れの不断の流入を含むところの、重要な教師たちの長い相承のこの歴史は、交通手段についての興味ある問題を提起するものである。ベンガルの海岸からセイロンを経て揚子江の河口に至る海路の他に、二つの大きな交通路があつたものの如くである。この両者は両方ともゴビ沙漠の入口に当る支那の敦煌に始まり、オクサスの手前で二つに分れ、それぞれ天山北路、天山南路となつて、インダス河へと至つたものであつた。特使たちは、おそらくは海路から赴いたものであつたらう。

われわれは、此処に、西北印度が二つの帝国の間の中央地点を占め、そして、活気に充ちた交通の世界によつて、旅行者や、巡礼や、商人などが共同の文化を運び去り運び来つた、一つの偉大な時代への手がかりを有つてゐる。また、この大規模の交易を両端において終熄せしめた回教徒の印度征服のなかに、東洋からその名声を奪ひ、地中海やバルト海の諸民族をして、全東方を単に「阻止された発展」の犠牲とのみ見做さしめるに至つた、あの過程の秘密があるのだと思はれるのである。

この時代の芸術上の試みは甚だ多数であり、且つその中のあるものに至つては巨大な規模を有つてゐる。しかしながら、道教の神々に対してまで仏像を許容しようとした国民の主なる観念は、印度の宗教を芸術の漢代の支那の服飾で包まうとすることにあつたらしく見える。そして、このことは、初期のキリスト教の寺院や偶像が、ローマの建築ならびに彫刻の様式を以て作られたのと、甚だ相似た行き方で行はれたのであつた。

建築物に就いて言へば、前にも述べて置いたやうに、支那の宮殿が廃棄の衝動のままに一挙に仏寺に変へられたもので、新らしい必要に応ずる程度の変更が為されただけのことであつた。塔は、頂華の進歩を通じて、夙くすでに迦膩色迦の時代に、多層のものになつてゐた。そして、支那の形式に変形されるや否や、木造建築といふ条件によつて、今日に至るまで日本において知られてゐるやうな、木造の塔となつたのである。これには、二つの種類がある。一つは角形のもの、他は円形のものである。後者は原始の円屋根の形式を留めてゐるものである。

西紀二一七年にリオーケンに依つて作られた最初の木造の塔は、漢朝当時に存在した多層の塔に型どつて作られたものだつたに違ひない。すなはちこれに相輪を修飾したものであらう。相輪は、元は、天蓋すなはち蓋であり、主権の表徴である。その数は宗教上の階級の高下を示したもので、三個は聖者、九個は至上の仏陀を表はすものである。第六世紀の初めに建てられた木造の塔は、幸運にもこれに関する若干の記述が残存してゐる。それは、いよいよますます印度の装飾手法を追つて行つたもののやうである。といふのは、頂上に附いてゐる大きな瓶飾から見ると、超日王の宮廷の「九人の学問の至宝」の一人アマラ・シンフが同じ世紀に建てた仏陀迦耶塔の装飾について玄奘が書いてゐるものと、極めてよく符合するからである。

彫刻もこれと平行の途を辿つたものと思はれる。印度の型は、最初は支那の人士には、奇異なものに見えた。そして、第四世紀に出た戴安道《たいあんだう》の如き彫刻家は、その比例を絶えず変へてゆくことによつて、新らしい型を作り出さうと苦心したのであつた。戴安道は腹蔵のない批評を聞くのに熱心なあまり、自分の制作にかかる像の背ろに幕をおろし、三年の間そのかげに身をひそめて公衆の言説を聞いた。支那彫刻の明白な一派が存在したことは、巡礼僧法顕《はふけん》の記録から明らかである。法顕は、ある辺境地方の彫像が、他の処での印度型と全く違つて、完全に支那の型であることを叙べてゐる。そして、この様式の起源を、其の地域を支配してゐた支那の将軍の影響に帰してゐる。但し、われわれとしては、これを、その痕跡がマッラアにまで見られるところの、大月氏によつてパンヂャブ地方において発展させられた彫刻様式の実施に過ぎないものと考へるのである。事実、この時代の現存する標本は、われわれの知る限りにおいては、その顔付、被服、ならびに装飾において、大体として漢の様式にしたがつてゐるのである。

われわれが思ひ出すことの出来る最も典型的な実例は、洛陽の近くの龍門山の石窟に刻まれた仏像である。（訳註一）これは西紀五一六年に高太后が建造した石窟寺の一部をなすものである。この場所は、単にそれがこの時代の代表的なものであるといふだけでなく、更にまたそれ自身完全な一個の博物館である故に、いまなほ廃趾とは言ひ条、はなはだしく印象的なものである。すなはち、それは、一万体以上の仏像を包含して居り、そのあるものは唐、あるものは下つて宋代に属し、いづれも信用するに足る製作年月が附せられて居り、それ故に甚だ重要なものである。洞窟は洞窟につづき、いづれも尖つた円天井を有つてゐる。そして彫刻は薄浮彫のものも高浮彫のものもあり、主な像は殆んど岩壁から離れてゐるとも見えるほどに、刻み出されてゐる。

此の場所を訪れたある支那の詩人は、岩上に次の章句を残してゐる。曰く、「此処では岩そのものが年ふり、かくて仏陀の境地に達してゐる。」と。この場所そのものがすでに美しい。といふのは、仏像が刻まれてゐる懸崖の下を渭水の奔流が走つて居り、向う岸には香山寺と呼ばれる小さな寺がある。われわれの愛する唐の詩人白楽天の住居の跡も、今なほ、此処に見られる。

仏教がはじめて日本に渡来した飛鳥時代においては、蘇我の一門が朝廷に於ける最も権勢ある地位を占めてゐた。それは恰かも次々の時代において、藤原氏や源氏がさうであつたのと同様であつた。蘇我氏はその祖武内宿禰の時以来、帝国における有力な家柄であつた。武内宿禰といふのは、神功皇后の有名な朝鮮征服の際に、その助言者でもあり、宰相でもあつた人である。彼が、後年の絵画のなかで、その腕にいとけなき天皇を抱きまゐらせてゐる、鬚の生えた威厳のある人物として描かれてゐるのを見ることが出来よう。その時以来、彼の一門は、世襲の外相の任にあつた。そして、彼等の血の伝統は、おのづから彼等をして、外国の文化と制度とを愛好し且つ尊敬するに至らしめた。これに反して、他の内地の貴族たちは、民族的慣習の厳格な保守の方へ傾いた。けだし、政府の責任は、つねに、朝廷を取りまいて、天皇の御名において号令を発してゐた、有力な貴族の手中に止まつてゐたのだからである。これは、高天原で最高の大神の諮問に答へるために開かれた、あの「神々のつどひ」の名残である。

日本への仏教の開基に伴ふ国内の紛擾は、かくして、蘇我氏と物部氏との間の家族間の嫉視の紛争となるのである。けだし、物部氏は、世襲の地方軍の総大将であつて、藤原氏の祖先である中臣氏によつて支援されてゐた。中臣氏は、祖先伝来の祭祀の祭祀長、もつと適切に言ふなら管理者であつたから、自然、この新来の宗教に反抗して、古来の考へに固執したものであつた。日本海軍の世襲の提督であつた大伴氏は、その職掌上朝鮮の沿岸を巡航してゐたので、むしろ蘇我氏の側に傾いた。少なくとも、事実、彼等はこの論争においては中立の立場に立つたのである。権力のためのこれらの不幸な闘争は、結局蘇我氏の制覇を以て終りを告げたのであつたが、それは永久に忘るべからざる弑逆の大罪と、数次の廃位とを伴つた。——これ今日の日本人にとつてまことに大なる悲しみである。——しかし、その点を別にすれば、この闘争は、進歩派と保守派とが、より親切な精神においてではあるが、各自の目的の相違を戦ひ抜いたところの、最近の明治維新の際の事態に似てゐなくはなかつた。

蘇我時代の寡頭支配的優勢に押された皇室の御力は、双方の側の主張を裁断し給ふことが出来なかつた。かくて、欽明天皇御治世の第十三年（五五二年）、朝鮮王聖明《せいめい》が特使を派して、釈迦牟尼の金銅像一軀、幡蓋、種々の経論を携へ来つて、——表を上つて、「百済の王聖明謹んで、臣怒唎斯致契《ぬりしちけい》を遣はして仏像を帝国に伝へ奉り、仏の説き給へる我法東流の命に従ひ、教を畿内に流通せしめんとす。」と言つた時、——天皇は、勿論、喜んで、この貢物を受け給うたのであるが、しかし、これを容れてよいものかどうかに就いては躊躇されざるを得なかつた。そこで天皇はその大臣らに諮問遊ばされた。大臣らのうち蘇我稲目は相当の礼を以てこれを祭るべき旨を申した。これに対して物部守屋の父なる尾輿——仏教の徒を畏怖させる名前だ——と、中臣鎌子とは、護送の特派もろともこれを拒否すべきであると申した。

天皇は、御寛容の精神から、その仏像を稲目に寄託されることによつて、この件を裁決し給うた。そこでその仏像は、暫時稲目の向原《むかうばら》の邸内に安置された。しかるに、これについで猖獗を極めた疫病と飢饉とは、蘇我氏の敵に口実を与へた。彼等は、時を移さず、かかる災厄は外来の神々を敬するより起つたものであると宣言した。かくて、彼等は、許可を得てその附属物を焼き、仏像を近くの堀江に投げ込んでしまつた。

もつとも、朝廷に於ける公式の接受に先だつて、仏教の僧侶と仏像とはすでに此の国に知られてゐたもののやうである。南支那の梁朝の人で、有名な彫刻家鳥《とり》の祖父にあたる、熱心な信者の司馬達徒《しばたつと》は、この事件のあつたより三十一年前にすでに日本に移住してゐた。そして、彼の娘は、仏像を祭つた最初の尼僧となつた。朝鮮の僧侶の曇恵《どんゑい》と道深《だうしん》とが五五四年に来朝した。同じ南方支那の人智聡《ちそう》も、また、十年おくれて仏像と経典とをもたらしたと言はれてゐる。そして、保守派の迫害にもかかはらず、その崇拝は日と共に基礎を固めて行つたのである。朝鮮の百済や新羅の王たちは、互ひに仏教の贈りものを競つた。そして、父の跡を承けて宰相となつた稲目の子の馬子は、五八四年に仏寺を建てた。五七三年といふ年は、聖徳太子すなはち皇子の間から出られた聖者の名であまねく知られてゐる厩戸《うまやど》皇子御生誕の年として特筆さるべきである。この皇子は、此の最初の仏教の光明の偉大な化身となり給ふのである。太子は叔母君に当らせられる推古天皇の摂政として、日本憲法の十七箇条を書かれた。この文書は、天皇への献身の義務を宣言して居り、儒教の倫理を教へ込むと共に、それら凡てに行き亘るべきところのかの印度の理想の偉大さを強調して居り、――かくして、爾来十三世紀の長きに亘る日本の国民生活を要約してゐるのである。仏教の経典に対する太子の註釈(訳註二)は、ただに支那語に於ける顕著な素養を表はしてゐるのみでなく、龍樹（西紀第二世紀）の原理のその明晰なる解明によつて、大家の洞察とインスピレーションとを立証してゐる。この書は、朝鮮の人士にとつても、支那の人士にとつても、一つの不思議であつた。六二一年に於ける厩戸皇子の薨去は、あまねき絶望のしるしであつた。民衆は月を奪はれた夜の悲しみに胸を叩いて悲しんだ。太子は今日なほ芸術のパトロンとして、すべての工匠や職人の祭るところとなつて居る。特に大阪の天王寺がそれである。

前記両氏の間の争ひは五八八年に至つて絶頂に達した。この年両者はそれぞれ自己の信条の支持者を皇位に即け奉らうと努力した。この争ひは守屋ならびに中臣の側の敗北に終り、その結果、馬子の専横に抗争された次代の天皇の弑逆となつたのである。そこで、天皇の御孫であらせられた推古天皇が即位遊ばされたのである。厩戸皇子を摂政とした五九三年から六二八年にわたるこの天皇の長期の御治世は、第一期仏教運動の絶頂をなしてゐる。この時代は、時として、天皇の御名から、推古時代と呼ばれてゐる。天皇の首都は奈良の南方約十二哩の飛鳥の郷にあつた。この地は欽明天皇の時以来引きつづき皇都たりしものであつた。不幸にして、首都が奈良へ遷されて以来、飛鳥の地には、すつかり荒廃に帰してしまつた。此処彼処にある二三の寺院と、桑の木の間に散在してゐる若干の大理石の礎石とのみが、独りその過去の重要さを示してゐるのみである。

これに対する唯一つの例外といふのは、飛鳥寺の敷地にある安居院《あんご》の巨大な金銅仏である。これは推古天皇御治世の第十五年に鋳られたものと歴史は伝へてゐる。それはこの大きな寺の戸口から中へ入れられないくらゐ巨きなものであつたので、彫刻家鳥の巧者を俟つたのであつた。鳥は、その功に酬ゆるために、高い位を授けられ、また地方に、莫大な領地を賜はつた。この像は、火災その他の災厄に遇ひ、少なくとも一度はまさに全く破壊されるところであつた。その修復が、また、不運にも徳川時代初期のものなのだ。これが原作の主要な諸点を台無しにしてしまつて、わづかに腕とか、袖とか、顔とか、耳とかに依つて、われわれは此の有名な彫像の本当の型を決定することが出来るばかりである。

　われわれにとつて仕合せなことには、奈良の近くにある法隆寺は、厩戸皇子の邸に近接して建てられ、今日なほ此の時代の建築ならびに諸他の芸術上の標本を豊富に存してゐる。金堂には、皇子の命を受けて鳥が鋳たところの釈迦三尊の像をいまなほ見ることが出来る。これには六二一年（推古三十一年）の日附がある。また、六二五年の日附を有つてゐる薬師三尊の像は、高さいづれも背光を含めて約七呎ある。これらの彫像の中に、われわれは、われわれがこれより一世紀以上も前の龍門山の石窟寺において注意したところのものと同じ、漢様式を見出すのである。

　高さ十呎、木造漆塗、朝鮮の王の一人から献ぜられたものと伝へられてゐる一軀の観音像（訳註三）が、同じ金堂内に立つてゐる。これは朝鮮で制作されたものか、でなければ当時日本へ集つて来た多くの朝鮮の工匠たちの中の誰かの制作にかかるものかも知れない。いま一つの、幾世紀の間公開を差しとめられて来た、そして破格の条件の下に保存されてゐる観音（原註二）は、同じ法隆寺の夢殿の観音である。これら二つの彫像から、われわれは、仏教芸術に現はれてゐる漢の型を特徴づける表現の理想化された純粋さを判断することが出来る。釣合ひは必らずしも正確に見事であるとは言ひがたい――すなはち、手や足の大きさは比例を失して居り、またその相貌は殆んどエジプトの彫刻に見る如き固い静穏を帯びてゐる。しかも、これらの欠点のすべてを以てしてなほ、われわれはこれらの制作のなかに、偉大な宗教的感情のみが能く生み出すことの出来る底の、力づよい精美と純粋との精神を見出すのである。けだし、神的なものは、国民的感情のこの初期の段階にあつては、近づきがたい、神秘的な、ある抽象的理想と思はれたのであつた。そして、その自然さからの距たりですらが、却つてある恐るべき魅力を芸術に与へるのである。

だがしかし、生まれながらにして美と具象的なものとを愛する日本人の心は、支那や朝鮮の教師たちによつて提供された抽象的な型に満足すべくもなかつたものの如くであつた。だから、これらのものと時を同じくして、われわれは、固い輪郭を和らげ、釣合ひを一そう良くすることを目ざした、彫刻に於ける新らしい運動を見出すのである。その典型的な実例は中宮寺（訳註四）——太子の女たちの創建にかかる尼寺で、同じ法隆寺に属してゐる中宮寺の木造観音のなかに見出される。この彫像は、大体飛鳥時代の末頃のものと信ぜられるものであるが、厳密にこの時代の漢型を墨守してゐるにもかかはらず、その表現のやはらかさと、美しい釣合ひとは、真に驚くべきものがあるのである。仏陀ならびに菩薩の像以外に、其処にはまた諸天——「法の守護者」として知られてゐるところの、宇宙の四隅を支へてゐる諸天——の標本がある。これは、「四天王」の名の下に、この同じ寺中に保存されてゐるものである。これらの四天王の像は、山口、大口、薬師《くすし》、ならびに、鳥古《とりこ》の署名があり、そのうち最初の山口は、第七世紀の中葉に於ける著名の芸術家として他にもその名の見えるものである。これらの四天王に就いて注意すべき一つの点は、その頭部や武具の諸部分を飾つてゐる金工が、なほ依然として、初期のドルメンにおいて見出される古い漢代の型を、保存してゐることである。

この時代の絵画のうち現存してゐる唯一つのものは、推古天皇に属する厨子(訳註五)の漆塗りの装飾である。これは、漢の様式の一つのすぐれた標本である。

天寿国と呼ばれた無限の盛福の王国を表はしてゐる一つの刺繍《まんだら》が、現に中宮寺に残つてゐる。――天寿国といふのは、厩戸皇子の霊が死後そこに移られたと信ぜられてゐるパラダイスであつて、太子に先立たれた妃たちは、その侍女たちと共に、朝鮮の芸術家の一人の図案によつて太子の記念として此のつづれ織を織られたのである。――而して、この刺繍は、われわれが推古の厨子から集める当時の彩色や線描のあの解釈を、確かめてくれるのである。

建築上の遺物としては、この厨子そのものが典型的なものであり、また、かの金堂は、大まかに言へば、一世紀のちに修復されたものではあるが、その型に忠実である。近傍の寺院である法輪寺ならびに法起寺の塔も亦、同じ様式の標本である。

原註

一、日本の歴史を区分する年代は、此の書の目的のために幾分概括化してあるから、参考のために、次の、より正確な形に於ける簡単な要約を補つておいた方がよいやうに思はれる。

飛鳥時代――五五二年における仏教の移入から、六六七年の天智天皇の御即位に至る。日本においての此の時代は、唐朝の治下に於ける支那の仏教の大なる力によつて非常に影響されてゐる。

藤原時代――八九八年に於ける清和天皇の御即位より、一一八六年に於ける平家の没落に至る。この時代は、藤原氏の貴族支配の下に於ける、仏教芸術ならびに仏教哲学の純粋に国民的な発展を特徴とする。

鎌倉時代、一一八六年～一三九四年――すなはち鎌倉に於ける源氏の将軍職の起りから、足利将軍職の起るまで。

足利時代、一三九四年～一五八七年――武蔵の国に於ける同名のところの名からかく呼ばれる。この地はこの時代を通じて将軍職を保つてゐた源氏の一支族の元の住所であつた。

豊臣および初期徳川時代。――一五八七年に於ける秀吉の制覇から、一七一一年に於ける将軍吉宗の将軍補任に至る。

後期徳川時代——一七一一年に於ける将軍吉宗の将軍補任から、一八六七年将軍家の没落に至る。この時代は中産階級の勃興を見る。また、ヨーロッパの影響に助けられて、芸術に於けるリアリズムの流派が到来する。

明治時代——一八六七年に於ける明治天皇の御即位から、現在に至る。

二、観音——この語は、観世音、もしくは、観自在、の略である。これは、アヴァロキテスワラ、すなはち現場に居合はす仏の意味である。この名称は、宇宙の救済が完成されるまでは涅槃を拒むところの、偉大な菩薩の一人を指す。観音は、元来は、幾分キリストの教へに於ける天使の観念に似た、一人の青年と考へられてゐた。のちになると、その形は、明らかに女性および母性のそれとなる。この流出は、あらゆる嘆きの叫びの中に、あらゆる悲しみの眺めのなかに、顕現される。観音は、存在のあらゆる等級を表はすところの、三十三箇の相を有つてゐる。「蚊の鳴くところ何処にも我あり。」は、蓮華経の基調と見なされ得る。彼（もしくは彼女）は、捨身の前に来るあの満足を現はしてゐる。それ故、彼は、決して涅槃を与へるものではない。ただ救ひの一歩手前のものを与へるものにすぎない。すなはち、仏陀ではなくて、菩薩である。彼は、印度仏教においては、ヴジュラパニ、すなはち雷電の保持者に対峙する、パドマパニすなはち蓮華の保持者として知られてゐる。

訳註

一、此の時代のものとしては他になほ有名な大同雲崗の石仏がある。
二、特に法華義疏は有名である。
三、百済観音と呼ばれてゐるもの。
四、弥勒木像の誤りであらう。
五、いはゆる玉虫厨子。

奈良時代（七〇〇年―八〇〇年）

一の新らしい時代が生まれようとしてゐた。アジアの思想のことごとくが、あの仏教が可能ならしめたところの印度の抽象的＝普遍的なるものの遥かなる幻影を超えて、宇宙それ自体のなかにその至上の自己啓示を認識すべく、澎湃として波立ちつつあつたのである。この衝動の卑俗化は、次の時代に入つて、低劣で固陋な象徴主義への傾向が、美しきものの直接なる知覚に取つて代らうとした時に、その本質を暴露するに至つたのである。だがしかし、しばしの間、精神は物質との結合を求めつつあつた。そして、最初の抱擁の歓びが、カーリダーサの、李太白の、そして人麻呂の詩歌を通じて、印度のウジャインから長安および奈良にまで、高らかに響き渡つたのである。

三つの偉大な政治的人物が、この自由主義と偉大との時代を創始したのであつた。すなはち印度においては、第六世紀にヴィクラマディィチアが匈奴を掃蕩し、北方の地に、阿育王の当時から此の方ずつと眠つてゐた国民的感覚を目ざめしめた。これより一世紀おくれて、唐朝の第二代の皇帝たる李世民すなはち太宗は、六朝の治下において三世紀にわたつて分裂してゐた支那を引き継いでこれを統一し、その広さにおいてかの成吉思汗の帝国につぐところの帝国の基を置いた。而して、太宗と時代を同じうされたわが天智天皇は、貴族の世襲的権勢を打破され、日本を皇威の直接の庇護の下に鞏固なる一体とされたのであつた。

印度にあつては、また、ウパニシアッドに始まり、第二世紀に於ける龍樹において絶頂に達したところの、抽象的にして不変なるものに就いてのあの論争がしばしの休止にある。そしてわれわれは、かの国において嘗て流れて止むことのない、科学の大きな河の一閃を眼にする。けだし、印度は、仏教以前の時代において、数論哲学と原子論とを生み出した時以来、全世界に向つてその動的進歩の素材を運んでこれを撒布して来たのである。すなはち、第五世紀にあつては、印度の数学と天文学とがアリアバッタで花と咲き栄えた。第七世紀にあつては、プラマグプタが彼の高度に発達した代数を使つて、天文学上の観測をなした。バスカラチャリアと彼の有名な娘との栄誉にかがやく第十二世紀から、数学者ラム・チャンドラや、物理学者ジャガデイス・チエンダ・ボーズ(原註二)を出した十九世紀ならびに二十世紀に至るまで。

われわれの現に考察しつつある、無着ならびに世親を以て始まる時代にあつては、仏教の全精力は、感覚と現象との世界へのかかる科学的探究に向つて注がれてゐる。そして、その最初の成果の一つは、有限なる心のその五十二の成長の段階を経ての進化と、無限なるものに於ける究極の解脱とを取り扱つてゐる、精緻をきはめた心理学である。全宇宙が、個々すべての原子のなかに顕現してゐるといふこと、したがつて、いかなる変化も、ひとしき確実さを有つてゐるといふこと、事物の単一と無関係な真理は存在しないといふこと、――これぞ印度の心を科学において解放するところの信仰なのである。そして、それは、今日にあつてさへ、科学を専門化万能の固いからから自由ならしめるだけの大きな力を有つてゐるのである。だからこそ、それはその後裔の一人をして、厳密無比な科学的論証を用ひつつ、有機的世界と無機的世界との間の仮定された割れ目の上に橋を架することをよくさせたのであつた。かうした信仰は、その初期の精力と熱心とのなかでは、地軸を中心とする地球の自転を発見したアリアバッタや、彼に劣らず有名な後継者ヴラーハミラのやうな天文学者を生み出したあの偉大な科学時代をもたらす自然の刺戟であつた。それはまた、ヒンヅーの医学を、おそらくはススルタの治下において、その絶頂に達せしめた。また、それは、最後に、その知識をアラビアに与へ、アラビアは、これによつて、やがてヨーロッパを結実させることとなるのである。

それは、また、カーリダーサ、バナバッタ、ジェン、ラヴィキルチなどの名前で聞えた、詩歌の時代でもあつた。彼等は、のちにヒンヅー教をプラーナ(訳註一)の伝説で装うた、あの想像と比喩との豊かさを創り出したのである。

仏教芸術は、いまや、精神が物質と混ざり合つて、その何れもが他を圧服しようとしない休らぎのなかからつねに現はれる、あの安静の様相を帯びる。そして、これがために、ギリシヤの古典的理想に近似したものとなる。ギリシヤの汎神論は、ギリシヤ人を導いて、同様の表現を採らしめたのであつた。彫刻は、就中、かうした考へに最も適当した形式である。そして、エローラのチンタルの石仏は、もとそれらが蔽はれてゐた漆喰が剝脱してはゐるが、自制の宏壮さと、均斉の調和とによつて、美しい。これらの石仏のなかに、われわれは、唐朝ならびに奈良朝の彫刻のインスピレーションの源泉を見出す。

唐朝(六一八年—九〇七年)の支那は、その前の六朝の新鮮な韃靼の血で豊かにされ、いまや黄河と揚子江とを打つて一丸とした新らしい生活へと驀進してゆく。印度との交通は、帝国のパミール地方への拡張によつて一そう容易にされることとなり、仏陀の国へと赴く幾多の巡礼者と、印度人の支那への流入とが、ともに日を逐うて増大してゆくのである。その記録によつて名高い玄奘《げんじやう》と義浄《ぎじやう》とは、両国間の交渉の数多くの事例のなかの単に二つの場合にすぎない。太宗によつて征服された西蔵を経ての新開の途は、従来の天山路と海路とに加ふるに第四の交通路を以てした。一時は、洛陽の都だけに、その国民宗教と国民芸術とを支那の地に印せんとする三千人以上の印度の僧侶と、一万の印度人の家族とがゐた。彼等の及ぼした大なる影響は彼等が支那の表意文字に表音上の価値を与へた事実からしても、これを判断することが出来るであらう。この運動は、第八世紀に至つて、つひに今日見る如き日本のアルファベット、すなはちいろはの創案を結果した。

当時のかうした大陸的混融から生まれたすばらしい感激の思ひ出が、洛陽に会した三人の旅人のをかしな昔話となつて、今日なほ日本に残つてゐる。一人は印度から来た。一人は日本から、そしていま一人は中華の地から来たのであつた。「ところでわれわれが此処で落ち合つたのは」と最後の旅人が言つた、「いはば一つの扇を作らうためといつてもよいやうだ。つまり、支那は扇の紙だし、印度から来たあんたは八方に拡がつてゐる骨だし、この日本の客人は小さいがしかし必要なかなめだ。」

この時代は、印度の精神が滲透してゐるところなら何処にあつても必ずそれを期待出来たところの、信仰の自由の時代であつた。すなはち、支那においては、儒家と、道家と、仏者とが、ひとしく尊崇されてゐたし、また景教の教父たちがその信仰を拡めることを許されてゐたことは、長安の景教碑が立証する通りである。また、祆教徒は、帝国の主要な都市にその火の崇拝を設けることを許されて居り、その結果、支那の装飾美術のなかに、ビザンチンならびにペルシアの影響の痕跡を止めることとなつたのである。――これと同じ雰囲気が、印度においては、カナウジのヤソヴルマンならびにシラヂチアをして、波羅門教徒と、耆那《じやいな》教徒と、仏教徒とを、同じく尊敬させたのであつた。かくてまた、支那思想のかの三つの流れは相並んで流れ、これら三つの相競ふ考への詩的理想を代表するところの、杜子美と、李太白と、王摩詰《まきつ》とも、亦、他ならぬ唐時代の偉大なハーモニイを表現してゐるのである。この時代の同化的な観念は、太宗自身の最高顧問であつて、魏徴《ぎちよう》の師であつた文中子《ぶんちゆうし》によつて、夙に表明されてゐたものであつた。このハーモニイは、次いで来る支那の宋朝（九六〇年―一二八〇年）の新儒教を予兆してゐるものである。けだし、この新儒教は、儒家と、道家と、仏者とが、相合して単一の国民的完成となつたものである。

　仏教、すなはち此の時代の支配的な推進力は、言ふまでもなく、印度の第二期（すなはち僧団的）の仏教であつた。玄奘は世親の弟子のミトラセナすなはち戒賢《かいけん》の門下であつた。そして、その偉大な飜訳と註釈とを通じて、彼は、印度から帰つてのち、法相宗として知られてゐる新らしい宗派を創めたのであつた。尤もこの派の観念は、彼の時代の以前にすでに行はれてゐたもののやうである。賢首《けんしゆ》は、中印度のギサナンダならびに南印度のボデルチらに支援されて、第八世紀の初めの頃この同じ運動をさらに一そう押し進め、華厳宗を打ち建てた。この派の目的とするところは、心と物との完全な融合といふことである。この時代の知的努力は、近代科学のそれと甚だ相近いものがあつた。したがつて、美術も、依然仏陀を中心としながらも、宇宙の広大無辺さの観想化の方向へ著しく近づいてゆくこととなるのである。それ故、美術は、巨大な容積を取るやうになり、また、仏の像は、あの尨大な盧遮那《るしやな》（毘盧遮那《びるしやな》）仏となるのである。盧遮那仏は、慈悲の仏である阿弥陀、ならびに釈迦牟尼自身である応身仏に対立するところの、法身仏なのである。

　この時代の現存する標本の最良のものとして、われわれは前に挙げておいた例の龍門山の巨大な盧遮那仏を語らう。この像は、型から言へばエローラの仏陀に似てゐるものであるが、高さ六十呎を越え、脚下に泡立つ奔流をめぐらす龍門山のすばらしい丘腹の岩の崖に向けて、壮大に聳えてゐる。

　いま一つの盧遮那の石仏が、カコーケンの近くのトバロの下流なる揚子江上に見られる（訳註二）。これは一つの山をなしてゐる一個の岩に刻まれたもので、そこに生えてゐる松の大木が、何ら不調和に見えることなしに、その頭冠の渦状線の一つの代りになつてゐるといふことから、如何にそれが大きなものであるかが想像され得よう。

　この石仏は、普通の様式通り、蓮華の座に坐して居る。そして、赤い砂岩に刻んだものであるから、その形相の大部分は磨滅してゐるが、しかし元の姿のままでも研究は困難であつたに違ひない。と言ふのは、その基底を揚子江の奔流が走つてゐるからである。

日本においては、蘇我氏を圧服された天智天皇が、六四五年、新らしい制度を始められて、天皇親政を鞏固になし給うた。この新制度は、天皇の宰相であつた鎌足の後である藤原氏が、ふたたびその貴族専制の力によつて皇位を覆ひまゐらせるに至るまでつづいたのであつた。地方政治は、昔のやうに、世襲の貴族の代りに、任命された地方官によつて統治された。唐朝のそれを模した法制が編纂された。そして、司法は、特に任命された裁判官の一団によつて執り行はれた。国土は新らしい精力をもつて開かれるに至つた。道路が建設された。運輸の手段は一そう堅実な基礎の上に調整され、街道には伝馬の制が確立された。また、内政の全般にわたる改革が行はれた。但し、そのために、海外に対する制覇が犠牲とされたといふことは言へるであらう(訳註三)。日本はいよいよますます隆盛へと向ひつつあつた。その結果、七一〇年に至り、大和の、よりひろい平原に、新らしい首都を建設することが必要とされるに至つた。これ、今日の奈良の市である。この市は、偉大な仏教の中心となつた。そして、この僧侶政治の権勢が、のち、やうやく強くなるに及んで、つひには宮廷ならびに貴族を脅やかすようになつた。

日本の僧、道昭《だうせう》は、長安《ちやうあん》に赴いて玄奘《げんじやう》の内弟子となつてゐた人であるが、六七七年に至つて再び日本へ帰朝した。この道昭、ならびに、第八世紀の中葉において行基《ぎやうき》を通じて、われわれは、法相宗と華厳宗とを導き入れることが出来たのであつた。そして、これによつて、諸観念を結合し、北方仏教運動の新形態の全般的な展開に参与しはじめることが出来たのであつた。

かうした事情であつたから、奈良時代の芸術が、初期唐代の芸術を反映したものであることいな、印度に於けるそれの原型と直接の聯関をさへ有つてゐるものであることは、容易に理解されるところである。蓋し、多数の印度の芸術家が、此の時代にわが国へと海を渡つてやつて来たことが、記録に残つてゐる。この当時、毘奈耶《びなや》宗を創めた偉大な支那の僧、鑑真《がんじん》に随つて渡来した軍法力《ぐんぱふりく》は、恐らくはセイロン出の彫刻家であつた。そして、彼の制作がアナラ（セイロン島の地名）ジャプラのそれと似てゐるといふことは、当時全印度を通じて、グプタ様式が支配しつつあつたことを示すものである。さうは言ふものの、しかし、この同じテーマに対する日本人の取扱ひ方のなかに、単に印度のお手本の抽象的美と唐の力強さだけでなく、奈良の芸術をして第二期アジア思想の最高の形式表現たらしめてゐる、あの繊細と完成とが、其処に附加されてゐることを見出すのは、必ずしも、われわれの単なる民族的自負のみではないだらうと思はれる。

かくの如くにして創められた奈良時代は、その彫刻の富において顕著なものがある。

すなはち此の時代の彫刻は、薬師寺の青銅の阿弥陀三尊に始まり、これにつづいて、約三十年おくれて同じ寺の薬師三尊がある。それは、疑ひもなく、この芸術の現存する最もすぐれた標本である。これらのものと関聯して、薬師寺東院堂の聖観音像と、蟹満寺の釈迦像ともまた挙げられねばならぬ。

この大銅鋳の時代は、しかし、奈良のあの巨大な盧遮那仏像に至つて、その頂点に達する。この像は、全世界に於ける最大の銅鋳なのである。この像は、今日では割の悪い条件にある。と言ふのは、それは二回にわたつて火災の厄に逢つてゐるからである。すなはち一度は一一八〇年の平氏時代においてで、此の時には頭と手とが損はれた。——もつとも、鎌倉時代に有能な彫刻家快慶《くわいけい》によつて為された第一回の修復は、現に残つてゐる下図から判断すれば、もとの均斉をうまく持ち伝へたものらしいが。——それから、第二回目の火災は、十六世紀に於ける内乱の際においてであつた。現在の頭と手とは、今から二百年以前、徳川時代に修復されたものであるが、この時代といふのが、彫刻がその衰退の極度に達してゐた時であり、芸術家がおよそ、元の時代の型とか均斉とかの観念をことごとく亡失してしまつてゐた時代であつた。だがしかし、かうした事実を心に留めて見るならば、何人といへども、今日の大仏殿の建築が巡礼者の視界にわづかに許してゐるあの狭苦しい空間にもかかはらず、この記念碑的制作の偉大な美と意想の大胆さとを看取し損なふことはないのである。

われわれは、この彫像の観念を、行基に諮問された聖武天皇と光明皇后とに負うてゐる。この偉大な僧行基は、この奈良の大盧遮那仏の建立の計画を宣せられた天皇の御宣布を体して、日本全土を隈なく巡歴したのであつた。天皇は、その御宣布に加へて、次のやうに仰せられた。「すべての百姓が、この偉大な御姿に、彼の一握の粘土と一茎の草とを寄与するの権利を有するやうにといふのが、朕の願ひである。」と。而して、この像が、仏教世界の中心たるべく企てられたものであることを、われわれは銘記しなければならない。われわれは、今日なほ、その蓮華の座の花弁に、いろいろの仏陀の世界が偉大な精妙さを以て彫刻されてゐるのを見ることが出来る。

御親ら公然と「三宝――すなはち仏と、法と、僧（教団）――の奴」と称し給うた天皇は、これが建造に当つて宮廷の全部をあげて援助されたのであつた。高位の淑女たちも、その錦繍の袖もて原型を造るための粘土を運んだと伝へられてゐる。この金もて蔽ふために二万斤を超える貴金属を要した本尊の像の開眼の儀式は、実に印象的なものがあつたに違ひない。像は背光をめぐらし、それには三百の黄金の小仏像が刻まれてゐる。ましてその驚くべき掛錦や掛布の如きに至つては、その破片の今日残存するものを見るだけで、在りしその日の豪壮さを想見するに足るのである。菩提《ぼだい》と呼ばれる一人の波羅門の僧が日本へ来朝して、死の床にあつた行基の手で、聖地から来た人どして、それ故に彼自身よりも尊い人として迎へられ、開眼の式の導師の任を依嘱された。行基は、其の翌る日に長逝した。謂はば、彼は、彼の偉大な畢生の事業が完成されるのを見るために生きながらへてゐたわけなのであつた。

この時代は、目ざましい仏教の活動の時代であつた。互ひに豪華を競ひ合つた奈良の七大寺のうち、西大寺は、口に鈴をくはへた黄金の鳳凰に取り巻かれた、その精巧をきはめた建築によつて知られてゐる。民衆はそれを魔法の仕業であると思つた。龍王の宮殿もかくやと彼等は思つたのであつた。国内のすべての国に、それぞれ一個の寺ならびに尼寺が建てられるべきことが命令された。これらの謂はゆる国分寺および国分尼寺の遺跡は、今日なほ、九州の果てから陸奥の北に至るまで、これを見ることが出来る。

光明皇后は、聖武天皇の崩御ののち、その御事業を拡張される上に大いに力を致された。これをお助けしたのは皇后の皇女に当られ、聖武天皇の後を承けて皇位に即かれた、孝謙天皇であつた。この偉大な国母陛下の魂の高貴さは、皇后のいとも簡素な詩の一つを見てすらこれを感得することが出来る。その詩といふのは、仏陀に花を捧げられるとて、次のやうに詠まれたものである。「折りつれば手ぶさに穢る立てながら三世の仏に花たてまつる。」また、心からなる信仰の迸りのままに、次のやうに詠まれたこともあつた。「御跡つくる石のひびきは天に至り、地さへゆすれ、父母がために、諸びとのために。」(訳註四)と。これ、まことに、かの人麻呂をはじめ、諸他の奈良朝に於ける万葉の歌人たちの歌のなかに現はれてゐる壮大さと同じ精神に他ならないのである。

孝謙天皇も、また、その男々しき御心もて、仏教芸術の進歩のために一そうの援助を与へられたのであつた。ある時、西大寺の天王の像が鋳造された時のこと、ある災厄のため、その事業の竣功が妨げられたことがあつた。その時、天皇は、親しく鎔解した銅の鋳入方を御指図あそばされた。それによつて鋳造の業は完成されたと伝へられてゐる。

三月堂の巨大な観音の像は、頭上に銀の阿弥陀が刻まれ、それは琥珀や、真珠や、その他のいろいろの宝石類で飾られてゐるが、これまた、この時代の制作の中に就いて挙げらるべきものである。

奈良の絵画芸術は、――われわれが第八世紀の初期の制作と結論する、あの法隆寺の壁画に見られるやうに――最も価値あるものであり、また、日本の天才が、アジャンタの岩窟の壁画の見事な手ぎはにさへ、なほ且つ何を附加することが出来たかを示してゐる。奈良の帝室御物の中にある、琵琶（明らかに印度のヴィナから来た）と呼ばれる楽器の皮帯の上に描かれた山水は、その精神においても、その出来栄えにおいても、大いに仏画の様式と趣を異にするものであつて、われわれに、唐朝の治下に於ける老荘派の絵画の繊巧な感情をうかがはしめるに足るものである。

この帝室の宝蔵（すなはち正倉院）は、また、聖武天皇ならびに光明皇后の御身の廻りの品々を蔵してゐることで知られてゐる。これらの品々は、皇女たちが、御二方の崩御ののち、盧遮那仏に捧げられたものであつて、それが、今日に至るまで少しも損はれずに伝はつてゐるものなのである。その中には、御二方の御衣、御沓、楽器、御鏡、御剣、絨緞、衝立、ならびに、御二方がそれで物をお書きになつた御筆や紙があり、また、御二方の崩御の御年忌祭に使用されたところの、儀式用の面や、幡や、その他の宗教上の服飾がある。これらは、すべて、ありし日の豪華と壮麗とのままに、殆んど千二百年の昔の現実の生活をわれわれに伝へてゐるのである。硝子の大きな盃、印度もしくはペルシヤから来たものと思はれる琺瑯の七宝焼の鏡、その他、唐代の最もすぐれた制作の幾多の標本もあり、このコレクションをして、それらが破局的な灰燼に帰しなかつたとした場合の、ポンペイもしくはヘルキュラネウムの縮図もかくやと思はしめる。厳格な規則によつて、御一代にただ一回だけ一定の階級の者にのみ拝観を許されるといふことになつてゐたおかげで、この宝庫がそつくりそのまま、殆んど昨日のものの如くに保存されてゐる次第なのである。

原註

一、"Response in The Living and Non-Living" Longmans, 1902 の著者。

訳註

一、プラーナは印度の古史伝。

二、これは今の南京の近くの摂山の栖霞寺の石仏のことかと思ふが明らかでない。

三、天智天皇二年（六六三年）唐と白村江に戦ひて利あらず、百済つひに亡ぶ。

四、仏足石歌として知られるものの第一首。

平安時代（八〇〇年―九〇〇年）

心と物との合一の理念は、この二つの概念の完全な融合が達成されるまで、日本の思想のなかでなほ一そう強化さるべき運命にあつた。この融合がどちらかと言へばむしろ物の側に中心が置かれたといふこと、そして象徴が実現と見なされ、凡俗のいとなみが恰かも至福であるかのやうに、世界自体が理想の世界と見なされたといふこと、これは注目に値ひすることである。結局マヤ（迷妄）といふものは存在しないのである。印度においては、精神性の光り輝く秘蹟としての肉体的なもの、具体的なもの、といふ此の感じが、一方においてタントリスムと性器崇拝とに導くといふことがあり得ると共に、他方において、それは、われわれの忘れてならないことであるが、家庭と経験との生きた詩歌を形づくつてゐるのである。

かうした概念からすれば、托鉢生活は隠退である。それ故、日本の真言宗の僧侶が、日々の生活は真実の生活のやうには見えないがしかし真実の生活に他ならないのだという上述の考へを彼の崇拝のなかに表現しようとする時、取りあへず戸主の象徴的しるしを採用するといふことにもなるのである。

精神と形式とのかやうな融合において、民間の迷信は、確実な科学と同一の威厳と厳粛さとに引き上げられる。最高の知性の注目を受けないやうな営みは一つとして無い。かやうにして、精妙な思想と特殊な情緒とが民衆のものとなる。けだし民衆といふものは、潜在的エネルギーの莫大な貯蔵を貯へてゐるものなのである。そして、われわれは、後の時代に至つての動的能力の何らかの爆発のための準備をなしとげるのである。

平安時代——といふのは、当時西紀七九四年に首都がふたたび奈良から平安すなはち京都へと移されたからのことであるが——として知られてゐる日本史のこの時代において、われわれは密教すなはち秘密の教義と呼ばれる仏教の発展の一つの新らしい波を見出すのである。密教の哲学的基礎は、苦行者の自己拷問と、肉体的歓喜の崇拝との二つの極端を包含することを可能ならしめる底のものである。

この運動は、最初、支那において、南印度の金剛智三蔵と、その甥にあたる不空《ふくう》三蔵とによつて代表された。不空三蔵は、七四一年に、如上の観念を求めに印度へと帰つたのであつた。これは、仏教がヒンヅー教（印度教）の、より大なる流れのなかに混じてゆくやうになる一転機と見なされ得る。その結果、この時代に於ける印度の影響は、その芸術に於けると宗教に於けるとを問はず、圧倒的なものがある。

印度自体に於けるこの派の起原は明らかでない。その存在のあらはな痕跡はすでに早くからあるのであるが、しかしそれの体系化は、七八世紀の交、波羅門教の教義と仏教の教義とを結合しようといふ要求が起つて来た時に至つて、漸く完成されたものの如くである。それは恰かもかのラーマーヤナが、生活の余りな僧院化に抗してのプロテストとして、その究極の形態を与へられた時期であつた。日本にあつては、この新らしい哲学上の見地は、心と物との結合と、最高の精神の実現とを具体的な形で教へて来た法相宗ならびに華厳宗に対する一つの進歩であつた。けだし、これらの思想家は、理念を実践において証明しようとする努力において、その先行者たちよりも更に前進して、彼等自身が最高の神なる毘盧遮那との直接の交通によつて生まれ出たものであると主張し、釈迦—仏陀の如きも毘盧遮那の一つの顕現にすぎないとするのである。彼等はあらゆる宗教とあらゆる教説との中に真理を見出すことを目ざした。けだしその如何なるものといへども、最高のものへ到達せんがためのそれぞれ独自の方法であるに違ひないからである。

瞑想に於ける心と肉体と言葉との合体は、最も根本のものと考へられた。もつとも、これら三者のうちの何れか一つでも、その最大の可能性においては、それだけで最高の結果をもたらすことが出来るとされた。かくして、彼等は、彼等が心と肉体との間の境界に横たはつてゐるものと考へたところの言葉、すなはち神聖な呪文の発音を、その結果に到達する最も重要な途としたのであつた。それ故、この派は時として、真の言葉すなはち真言と呼ばれたのであつた。

芸術と自然とは、今や、新らしい光のなかに眺められることとなつた。何故なら、あらゆる対象のなかに同じやうに、かの無人格的普遍者たる毘盧遮那が含まれてゐたからである。そして、これが至上の実現こそが、信仰者の探求であるべきものとされた。犯罪も、先験的一者のこの新らしい見地よりすれば、自己犠牲と同じ神聖なものとなり、最下の悪魔といへども、自然、最上の神と同じく万神殿の中心となるのである。いかに微々たる細事も、大切にされ、保存されねばならない。何故なら、目的は、生活の全体を神性の示現として見るといふことにあるのだから。そして神話は、その何れの点も、任意の瞬間に、他のすべてを相対的従属のなかへと投げ込むことによつて中心となり得るところの、光り閃く七彩の虹として取り扱はれることになる。

この観念は、偉大な印度の三摩地(原註一)（等持）への念願から出てくる多くの結果の一つなのである。同時に、実に奇妙なことだが、仏教に特有の深い知的分析にもかかはらず、この時代の科学的観念は呪術として、すなはち超自然なものの研究として、現はされてゐるのである。これは、おそらくは、万有を五つのエレメント——すなはち、地、空、火、水、および心として理解された気、しかして、此の最後のものを欠いたなら、他の四つのものの何れ一つとして存在することが出来ず、そのいづれもが此の最後のものの中へとひとしく解け込むことが出来ると主張する——に分けた哲学が、無知な大衆の理解にとつてあまりに精巧にすぎたためであつた。この派の思想の下においては、生活のあらゆるいとなみは、儀式を背負はされることとなつた。天文学者ヴァラハ・ミーラによつて彼の『ヴリハト・サミタ』の中に規定された印度の建築に於ける如く、またマナサラの彫刻において見られる如く。例へば、寺院を建てる場合には、阿闍梨《あじあり》、すなはち師が、一つの宇宙的な設計によつて地取りをするのである。その中にあらゆる石はその処を得、その敷地の内部に見出される塵芥までも、それ自身の発展の不完全さと欠乏さとを示すものとされた。寺院の建築、彫刻、ならびにそのあらゆる布置は、すべて宇宙のかかる観念を示すやうに作られた。

　仏教が、その信仰とは相容れないものであるが、しかし、至上の根源的神性の顕示としてのこの新らしい教義によつて、可能とされた、その非常に多数の男女の神々を獲得したのも、右の影響の下にであつた。われわれは、今日、一つの系統づけられた万神殿を見出す。それは毘盧遮那なる観念の周囲に集められたもので、四つの主たる部類に分れてゐる。——すなはち、その第一は不動（原註二）、第二は宝生《ほうしやう》、第三は阿弥陀、第四は釈迦であつて、それぞれ（一）力、すなはち知識、（二）富、すなはち創造力、（三）慈悲、すなはち人間に授けられる神の智慧、（四）行為、すなはち業《カルマ》、を代表するものとされる。而して、右の四つのうちのはじめの三つの、地上の現実の生活に於ける実現が、すなはち、釈迦牟尼なのである。

以上は、これらの象徴の抽象的な意味である。それらの具体的な側からこれを言ふならば、不動、すなはち動かざるもの、すなはち三摩地の神は、シヴァ神の恐ろしい相——すなはち火の中から立ち上る、永遠に青なるものの偉大な幻想を象つたものである。当時の印度の観念に照応して、不動は爛々と輝く第三の眼と、三叉の剣と、蛇の輪索とを有つてゐる。また、他の相では、あるひは荒神《くわうじん》、すなはち兇暴な神（ルドラ？）として、あるひはマケシュラ（マケイシフバラ）として、彼は、頭蓋骨の冠と、蛇の腕環と、瞑想の虎の皮とをまとうてゐる。

彼と対をなしてゐる女性の神は、強力の弓を携へ、獅子の冠を戴いた、恐ろしい、愛の神たる、愛染《あいぜん》として現はれてゐる。——この神の愛といふのは、その強烈な相に於ける愛であつて、その純潔の火は死であり、それはその愛する者が最高のものに到達し得んがためにこれを殺戮するのである。毘盧遮那は、如意珠《チンタマニ》の宝珠の象徴によつて、不動ならびに愛染と並んで三位一体（三尊）となるのである。けだし、如意珠のあの不可思議な形は、自らを三角となさんと努力しつつあるところの円環の形なのである。――と言ふのは、生命といふものは、つひに完結するものではなくて、より高度の実現の段階に向つて上向せんとする闘ひのなかに、永遠に完成を破棄して止まないものと伝へられるからである。

印度のカリ（シヴァの妻）の観念も、また、天の母なる女王たる訶利帝母《カリテイモ》（すなはち鬼子母神）によつて表現されてゐる。この女神に対しては、毎日、柘榴の捧げ物が為されるのであるが、これは古代の血の犠牲が、仏教の影響によつてかうした形に変形したことを示すものだといふ奇妙な解釈があるからである。波浪を静める琵琶を抱いてゐるサラスヴテイすなはち弁財天《べんざいてん》、船乗りの崇拝する鷲の頭をした金毘羅《こんぴら》すなはちガンダルヴァ、幸運と愛との施し手なる吉祥天《きちじやうてん》すなはちラクシュミ、勝利の旗を授ける大元帥《だいげんすゐ》すなはちカルチケヤ、行路難の踏破者なる聖天《しやうてん》すなはち象頭の神（ガネシュ）――この神に対しては、あらゆる村の崇拝の中にて第一の敬礼が捧げられる。さうして、この神の恐るべき力は、十一の頭を有つてゐる観音（十一面観音）の忠告によつて抑制されるのである。この観音は、今日では完全に女性の姿になつてゐるが、これは印度の母性の思想を現はしてゐるものだからである。――これらすべての神々は、ヒンヅー教の神々から直接に採り入れられたものであることを、暗示してゐる。

かうした神性に就いての新らしい考へ方は、これらの神々がその表現された形において今や現実的であり、具体的であり、実際的であるといふ点において、初期仏教徒のあいまいな態度と違つてゐるのである。

この時代の芸術作品は、他のいかなる時代にも見ることの出来ないほどの、神々に対するかうした強い激情と近親さとに充ち満ちてゐる。すでに述べたやうに、密教の教義が支那へ入つて来たのは、金剛智三蔵の時である。彼は七一九年に此の土に来つて、瑜伽《ユガ》(訳註一)を説いた経典を飜訳した。彼の跡をついだものは、不空金剛（三蔵法師）であつて、彼は七四六年印度から帰つて来て一そう知識を進めた。密教の日本への導入は、同様に空海の時からである。空海は不空金剛の弟子の恵果《けいか》に教へを享けたのであつた。これらの師父たちは、魔法の力を有つてゐるものと考へられてゐた。そして、非常な尊崇を享けた。殊に、日本仏教に於ける最大の人物の一人である空海は、いまなほ、高野山中に、瞑想に耽つたまま坐してゐるものと思はれてゐる。けだし、高野山といふのは、彼が八三三年、一個の瑜伽の行者として入山した地なのである。空海の作品はおびただしいものがある。彼の筆にかかる『真言宗七祖の像』(訳註二)は、今日なほ幾多の貴重な宝物の間に伍して東寺に伝へられて居るが、この大師の心意の偉大な気力と雄大とを深く印してゐる。空海の直弟子である実慧《じつえ》、慈覚《じかく》、智証《ちしよう》などは、みな支那に渡つて教義を学び、この運動を一そう押し進めた。初期奈良時代の信仰や寺院は、大体において、この新興の勢力に屈服してしまつたのであるが、これは、この派の包括的な見地が、初期の諸教義と何らの牴触をも生ずるおそれが無かつたからであつた。

この時代の彫刻の最良の標本の一つは、空海の命の下に刻まれた薬師すなはち大治療者の像で、今日京都の近傍の神護寺に現存してゐるものである。いま一つは、近江の渡岸寺《とがんじ》の十一面観音像で、これは空海の偉大な敵手であつた最澄の作である。(訳註三)われわれは、また、観心寺の如意輪観音や、奈良の法起寺の優雅な観音像などを挙げることが出来よう。

絵画においては、今日奈良の西大寺に保存されてゐる空海作の十二天像と、(原註三)同じ大和の国の千寿院の両界曼荼羅とが、(訳註四)この時代の力づよい筆力を示す最上の実例である。かくの如く、平安芸術は、具体的であることの故に、力づよく且つ活力に充ちた制作の同意語となつてゐるのである。それはある確信の力とも言ふべきものに充ちてゐる。だがしかし、それは、自由ではない。と言ふわけは、偉大な理想主義の自発性と離脱とを欠いてゐるからである。それは、同時にまた、仏教の諸概念の充用に於ける一つの必要不可欠の段階を代表してゐる。この時に至るまで、仏教といふものは、何か信者自身とは別なものとして考へられもし、取り扱はれもして来たのであつた。それが、今や、この平安時代の意識のいささか凡庸な精力化のおかげで、かうした分離が一掃され、かくて、次の時代は、国民生活に於けるそれの感情としての吸収と再表現とを示すことになるのである。

原註

一、三摩地（三昧）――すなはち、精神の集中による悟得。日本においては、われわれは三つの段階を区別する。それは、瞑想によつて生ずる超意識の恍惚境に始まり、絶対者――すなはち世界に於ける業（行為）と相容れつつ、しかも同時に仏性そのものであるところの絶対者との完全な結合において絶頂に達するものである。この最後の境地は、印度においては、有為解脱として知られてゐるものである。

二、不動――動かないものの意味。シヴァの印度名の一つも、これと同様に、アチャラすなはち動かないものである。

三、十二天（提婆）――十二といふのは左の諸天である。白鵞すなはち白鳥を伴れた梵天（ブラマ）、火天（アグニ）、伊舎那《イザナ》、帝釈天（インドラ）、風天、毘沙門（その対となつてゐるのが吉祥天すなはち幸運の女神である）、水牛に跨がり、二つの頭に取りまかれた偉大な死の杖を手にしてゐる閻魔（ヤマ）、日天すなはち太陽の神、月天すなはち月の神、水天すなはち亀に乗れる水の神、最後に聖天（ガニシュ）

　僧侶の得度式の際には、阿闍梨すなはち師が毘盧遮那を表はし、得度志願者が可能態に於ける毘盧遮那を表はす。十二天の図が守護神として堂の周囲にかけられ、背後には山水を現はした衝立が置かれ、そのうしろで、奥義の経句が耳にささやかれたのである。

訳註

一、瑜伽法は苦行法に対し、心の平静を求める修道の途である。
二、実は二祖影である。
三、慈覚大師作と称せられてゐる。
四、神護寺の高雄曼荼羅の誤りであらう。

藤原時代（九〇〇年―一二〇〇年）

藤原時代は、西紀八九八年、醍醐天皇の御即位によつて、藤原一門の権勢が成熟するに至つた時から始まる。この時代を以て、日本の芸術と文化とに於ける一つの新らしい発展が始まるのである。それは、前期の各時代において支配的であつた大陸的な観念と全く反対に、民族的（国民的）と呼ばれることの出来るものである。支那の思想と印度の智慧とのなかで最良のものであつたすべてのものが、長い年月の間その日本への途を求めて来たのであつたが、今や此処に至つて漸く、この同化された文化の閉ぢ込められてゐた精力が、この民族を、生活と理想とを通じてのそれ自身の特殊の形態の進化へと、促したのであつた。

といふのは、国民精神は、平安時代において、印度の理想の了解を完成するに至つたものと考へることが出来るからである。そして、今や、心の習ひにしたがつて、それは自己を孤立せしめ、かくて、自己の実現といふことをその唯一の目的とするのである。この点において、日本人は、彼等の印度とのより大なる近さのおかげで、支那人に比して利益を得てゐる。けだし支那人は、儒教において表明されてゐるあの強力な常識のために、いづれの単一の動機をもその力一杯にまで不均等に発展させることを抑制されてゐるからだ。

　唐代の末期に当つて、日支両国間の外交上の好意の交換を妨げた支那の擾乱と、日本が自国の力に対して意識的な自恃の念を抱きはじめたこととは、この時代の政治家たち――そのなかには、文学と学問との守り神なる天神として崇敬されてゐる、あの道真がある。――をして、長安(原註一)への特使の派遣を廃止し、爾後支那の制度から借りることを止めるの決心をなさしめるに至つた。新らしい時代が始まつた。日本は、内政と祭政との管理のために、純粋なやまとの理想の再生を基礎とした、日本自身の体系を創り出すべく努力した。

　この新らしい展開は、文学にあつては、婦人の手で日本語で書かれた、重要な書物の出現によつて、示されてゐる。といふのは、この時に至るまで、学者たちの用ひてゐた古典支那のスタイルに比較して、自国語は柔弱なものと考へられてゐたからである。そして、ひとへに女の専用物となるままに打ち棄てられてゐたからである。かくて、女流文学のあの偉大な時代が出現した。この間に現はれた作家として、あの偉大な源氏物語の作者である紫式部、マダム・スキュデリーの作品の中での宮廷の内幕をあばいた名文句に七百年も先立つて諷刺の筆を揮つた清少納言、生活の平和に充ちた純潔な概念によつて知られてゐる赤染、この優雅で逸楽的な時代の愛と悲しみとを身を以て例証してゐるあの偉大な悲しみの女詩人小町などの名前を挙げることが出来る。男はこれらの淑女たちのスタイルを真似た。けだし、この時代は、就中、女の時代だつたからである。

ただ自分らの島のやうな家のなかに閉ぢこもつて、その甘美な夢想をかき乱す国政上の諸問題には少しも携はることのなかつた宮廷の貴族たちは、彼等のまじめな仕事を、芸術と詩歌とのなかに見出したのであつた。経世済民の細かな務めは下僚のものに委ねられてゐた。何故なら、当時の過度の風雅にとつては、さうした有用なつとめの如きは低級なものでもあり不純なものでもあると思はれてゐたからである。その結果、財用の処理や武器の使用は、ただ下賤な階級にのみ適した仕事とされたのであつた。

裁判の管理さへもが、下層身分の手に移された。国々の長官（国司）は、大抵は首都たる京都でその生涯を送つて、その任地の仕事は自分らの代理人や従僕の輩に委せきりにするのが普通であつた。なかには、一度も首都から足を踏み出したことが無いのを何よりの自慢にしてゐるやうな者さへあるくらゐであつた。

仏教は、国家の変遷の間にあつて、なほ依然として支配的な要素であつた。そして、かの永遠に女性なるものの背光は、この藤原時代の浄土の理想において、その歴史の他のいづれの時代においてよりも一そう仏教へと接近するのである。従来の諸時代の僧侶が教へた教理の、ひとへに個人の努力と克己とによつて救ひを求めようとする、あの厳格で男性的な規律は、それ自身の反動を生ずるに至つたのである。そして、この反抗運動は、抽象的＝絶対的なるものを単に観想することに依つて完成に到達し得べしとなしてゐた、あの飛鳥乃至は前奈良時代においてあまねく行はれてゐた、あの天台の仏教理念に対する解釈の更新と相合致した。かくして、捨身によつて三昧に達せんとする恐ろしい闘ひの絶望に疲れ果てた宗教意識は、至上の愛の狂熱の思想へと立ち帰つて来るのである。自己を無限の慈悲の大海との合一のなかに解消し去るあの祈り（念仏）が、人間の自己実現の特権の誇らしい主張に取つて代つた。同様に、印度にあつてもまた、シャンカラチャリア（原註二）がラーマヌジヤ（原註三）ならびにチャイタニヤ（原註四）によつて承けつがれ、誠信《バクチ》（原註五）の時代が智慧《ユナン》（原註六）の時代を承けついだのである。

一つの宗教的感情の波が、この藤原時代において全日本を席捲したのであつた。そして、狂暴な愛に酔ひしれて、男も、女も、その市と村とを打ち棄てて、空也《くうや》もしくは一遍《いつぺん》の跡を逐うて、群集して阿弥陀の名号を唱へて踊りながら行つたのであつた。

肉体を去つてゆく霊魂を迎へて、これを浄土へと伴れてゆくべく、蓮華座を持つて天から天降つてくる天使たちを表現するところの、仮面劇が流行を極めた。婦人たちは、蓮の茎から抜き取つた糸で、慈悲の仏の像を織り、もしくは縫ひ取りして、生涯を送るといつた風であつた。これは新らしい運動であつた。いかにも唐朝の初期に於ける支那にも、これと全く並行した運動があるにはあつたが、しかしそれにもかかはらず、これは、完全に、明白に、日本の運動であつた。この運動は、つひに死滅したことがなかつた。今日に至つても、民衆の三分の二は此の浄土宗——印度のヴイシユナヴ派(訳註一)に相応するこの宗派——に属してゐるのである。

この信仰の規定者である源信（恵心）にせよ、またそれを頂点にまで持つて行つた源空（法然）にせよ、いづれも、人間の本性が弱いものであり、いかにそれを試みるとも、この一生のうちに完全な克己、仏性への直接の到達、を成就することは出来ないものだといふことを、説いたのであつた。人間が救はれ得るただ一つの途は、阿弥陀とその顕はれである観音との慈悲にすがるより他はないのであつた。彼等は前期の諸宗派と敢て抗争しようとはしなかつた。彼等はこれらの諸宗派をその活動するがままに放任し、それぞれがその各自の途において自己の結果を獲得するに委せた。ただ彼等はかう主張した。——彼等が聖道《しやうどう》すなはち聖者の途と呼んだところの方法によつて発展してゆくのは強い性質の人に限り、稀有な個人に限ることである。これに反して、普通一般の大衆（凡夫）にとつては、阿弥陀すなはち「無量光」として表現されてゐる、殆んど母とも言つてよい首神に向つてなされた念仏、しかもただ一遍の念仏だけで、その霊魂を浄土と呼ばれる彼の純潔の世界に引接するに充分である。この浄土において、この穢れた現世の生活のもろもろの苦悩や禍悪から解放されて、人々は仏性そのものとなることが出来るのである、と。

この祈りすなはち念仏を、彼等は易行道と呼んだ。そして、女性的なるものの精神によつて和らげられた彼等の像は、一つの新らしい型を生み出した。それは、あのいかめしい諸仏の像や、前代においてあのシヴァに似た不動、すなはち地上の情熱と感情との破壊者として知られてゐた神聖な怒りのあの兇暴な表現などとは、甚だしく異つたものであつた。源空の弟子なる親鸞は、この観念の帰依者の一派である本願寺派を創始した。この派は現在では、全国を通じて最も有力なものである。

その精巧な線描と優雅な賦色とを有つ日本の絵画は、今や、第十世紀から以降、金の熾んなる使用によつて、特色を発揮しはじめる。この、ヨーロッパに於ける中世の芸術家たちの金色の背景に似てゐないこともない金の使用は、黄色の光が阿弥陀の世界にあまねく瀰漫してゐなければならないといふ説から説明されるものなのである。

これらの絵画の主題は、阿弥陀の王国すなはち理想的慈悲とか、勢至《せいし》の観音すなはち理想的権力とか、天の楽を奏しつつ霊魂を極楽へと護送してゆく二十五菩薩とか、である。源信自身の筆になるあの偉大な阿弥陀、ならびに二十五菩薩の図よりも、よりよくこの観念を表現してゐるものは無い。――この絵は、今日、高野山に保存されてゐる。

この時代の彫刻は、(第十一世紀の)定朝《ぢやうてう》に至つて、その最大の高さに上つたのであつた。定朝作の阿弥陀は、今なほ宇治の平等院の鳳凰堂の内に、その豪華をそのまま止めてゐる。(この寺は、藤原の大臣が、新らしい浄土すなはち清浄の国土の信仰のために建てた幾多の寺院の一つである)この彫刻家の作にかかる不動の像は、殆んど阿弥陀かと思はれるくらゐ優美なものである。――これは、シヴァのあの恐ろしい姿をさへ変へることの出来た、あの女性的影響の力強さを意味する事実である。

しかし、ああ、かくも定めなき世の中において、さうした夢の国が長くつづくことは出来なかつたのだ。嵐がすでに地方に吹き荒れてゐた。そして、それは、首都なる京都に行はれてゐた花の宴《うた》げを四方へ吹き散らしてしまつたのである。いたるところ地方の乱れが、実際に行政の実権を握つてゐた官吏たちの権利をいよいよ大ならしめた。そして、つひには、彼等をして、次の時代において現はれる大名乃至武家にまで作り上げたのであつた。北方に於ける反乱が武門の名流源氏に好機会を与へた。そして、十五年にわたつたその長い闘ひは、箱根の関から東の未開の民衆の心情を捉へたのであつた。けだし、これら関東の土人は、恰かもあの後期ローマ人によつて恐れられたゴートの部族の如く、宮廷の人々によつて恐れられてゐたものであつた。内海に於ける海賊の鎮定は、また、平氏の勢力を擡頭せしむるに至つた。その結果、第十一世紀の末になると、帝国の軍事上の権力は、源氏と平家との二つの相対峙する武門の間に分割されるに至つたのである。朝廷の貴族階級は、——その余りの懦弱《だじやく》を弁護するために、真実の人間といふのは男と女とを組み合はせたものであるといふやうなことを言つて——婦人に倣つて顔に化粧を施したり、衣裳をやつしたりするやうにまで成つて行つた。そして、かうした浮薄さの中に溺れて、間近に迫つて彼等を脅やかしつつあつた危険を見て取ることが出来なかつたのであつた。

第十二世紀の中葉に起つた政権争奪に就いての内乱に、藤原朝廷は無力さを完全に暴露するに至つた。軍隊の総大将が自分の馬に跨がることさへ出来ないといふ状態であつた。そして、近衛の長は、当時の流行となつてゐた重い鎧を著けたはいいが、そのため身動きも出来ないでいたらくであつた。かうしたヂレンマのなかで、源氏と平家との好戦的な二家——此の二家とも皇室の出でありながら、宮廷人士の軽侮を受け、極めて不遇の立場にあつたのであるが、政権を争ふ競争者たちの援けとして、余儀なく招き寄せられたのである。

平家の武力によつて支持された方の一統が勝利をかち得て、それを半世紀の間しつかりと維持した。ついで、彼等もまた、藤原一族の慣習や理想に屈服してしまつて、完全にその武勇を失つてしまつた。源氏の子孫（原註七）は彼等をやすやすと餌食にした。そして、平家一門の権力と声望とは、あの須磨や塩屋の悲壮な戦ひにおいて、破滅せしめられたのであつた。

原註

一、長安は、陝西省にある、現在の西安府である。近年、不幸にも、聯合軍によつて北京が占領された際、皇太后が難を避けられたのは此の地である。長安は、洛陽とともに、漢ならびに唐王朝の二つの主要な首都であつた。この場合も、他の場合にも、われわれは支那の地名を、日本読みにしたがつて記して置いた。

二、シャンカラチャリア（奢羯羅阿闍梨）――最大のヒンヅー教の聖者にして、且つ近代の註釈者。彼は第八世紀に生き、近代印度教の父である。彼は三十二歳を以て歿した。

三、ラーマヌジヤ――バクチ型の聖者にして哲学者。彼は第十二世紀に南印度に生きた。彼はヴエダンタ（吠檀多）哲学の第二の偉大な学派の創始者である。

四、チャイタニヤ――ベンガルに於ける「ヌッヂアの予言者」として知られてゐる。第十三世紀の入神の聖者。（ヴイシユナヴ派の創始者）

五、バクチ――没我にまで到達するあの神の愛、ならびに愛に於ける献身である。ヨーロッパにおいては、聖テレジアならびに近代プロテスタント派の二三のものが、その例として挙げられ得る。

六、ユナン——それによつて、あらゆる事物の先験的一が自明となるところの、あの知性の至上の開明である。

七、須磨、塩屋——日本の、神戸の近傍にある二つの土地である。

訳註

一、ヴイシユヌ神を崇拝する一派。

鎌倉時代（一二〇〇年—一四〇〇年）

一一八六年、源氏の頼朝によつて幕府、すなはち武家の太守権が鎌倉に創建されるとともに、日本の生涯の新らしい段階がはじまる。この段階の主要な特徴は、現代の明治維新に至るまでつづいて来たものである。

この鎌倉時代は、一方において藤原時代、他方において足利乃至徳川時代、この両者の間をつなぐ連鎖として、重要である。それは、封建的諸権利と個人意識との観念の充分な形に於ける発展を、特徴とするものである。そして、およそ過渡的時代といふものがみなさうであるやうに、この時代もまた、後来の時代を待つてはじめて完全な自己展開を示すべきそれらの発展を、いはば解決として含んでゐるといふ事実は、興味あるところである。此処に、われわれは、個人主義の観念が、貴族支配の衰頽してゆく砕片の間から自己を表現しようともがいてゐるのを、そしてヨーロッパに於ける騎士道の時代の個人主義の精神に近似した、英雄崇拝と英雄的ロマンスとの時代を開始しつつあるのを、見出すのである。もつともこの時代の婦人崇拝は、東洋の控へ目の考へによつて制限されて居り、またその宗教は、――浄土宗の自由と安易とのおかげで――西洋の意識を鉄のくびきの中に閉ぢ込めたあの威嚇的なローマ法王権の峻厳な禁慾主義を欠いてゐるのではあるが、全国が封建の私領地に分割され、それがみな貴族にして権力ある鎌倉なる源家の宰領の下に帰したことは、それぞれの国郡をして、自国の領主や武士の間に、人間の最高の典型を代表するやうなあの中心的な人物を見出さしめた。謂はゆるあづまえびす（東夷）たちが、その質樸な武勇と純朴な思想とを以て、箱根以西の地方に住んでゐた民衆の間へ流れ込んで行つた結果、藤原時代のあまりに優雅な形式主義の名残なる柔弱な複雑さは、破壊されてしまつた。各地に割拠した武士は、ただに戦ひの武勇においてのみでなく、また克己、礼譲、慈悲においても、他に劣らじと、互ひにはげしく努力するところがあつた。けだし、これらの諸徳は、真の勇気のしるしとして、腕力以上に尊重されたのであつた。

「もののあはれを知ること」は、この時代のモットーであつた。かくしてさむらひの偉大な理想が生まれた。さむらひの存在理由は他人のために苦しむといふことだつたのである。事実、鎌倉時代に於けるこの武士階級のかかる礼節こそは、まぎれもなく、印度の婦人の生活が尼の生活を示してゐるのと同様に、僧侶の概念を示してゐるものである。その首領すなはち大名の周囲に集まり、自身もまた自分らの同族の者に附き随はれてゐたこれらのさむらひすなはち軍人たちのなかには、その鎧の上に僧侶の衣をまとうたものもあつた。また、多くのものが、頭を円めることをさへしたのである。戦争の技術のなかには、宗教と調和しないやうなものは何一つなかつた。そして、浮世を捨てた貴族は、その新らしい教団の好戦的な僧の一人となつた。印度の教師《グルー》すなはち精神生活の施与者の観念は、此処では、何人であらうとさむらひの戦場での主君の上に投影された。そして、「旗」に対する忠義の波打つ激情は、生涯を導く動力となつた。人々は、自分らの生命を、主君の死に対する復讐のために捧げるのがつねであつた。それは、丁度、他国において、婦人がその夫のために死し、信者がその神のために死ぬのと同じであつた。

この出家道の火が、日本の武士道からそのロマンチックな要素を奪うたことに、大いに与つて力があつたといふことは、あり得ることである。婦人の理想化は、上代日本の生活の一つの本能的な基調であつたものらしく思はれる。われわれは日の女神の民族の裔ではなかつたか？　男子の女子に対する献身が、われわれの間においてその真に東洋的な形を採るに至つたのは、わづかに藤原時代以後、すなはちこの時代において、宗教的感情の王国の探究が始められるようになつてから後のことである。その崇拝は、神体が秘密であるが故にそれだけ一そう強力であり、その源泉が隠されてゐた故にそれだけ一そうそのインスピレーションは力づよいものがあつた。宗教的な控へ目が鎌倉の詩人たちの口を緘せしめてゐるが、しかし、それだからと言つて、日本の婦人が崇拝されなかつたものと思つてはならないのである。何故なら、東洋の婦人部屋の隔離は、ヴェールで蔽はれた聖徒の制度だからである。トルーヴァドウールたちが此の神秘の力の秘密を知つたのは、十字軍の際であつたのでもあらう。彼等の最も厳重な伝統が、「奥様《マイ・レディ》」といふ呼び方を包んでゐるあの玄さであつたといふことが想起されるであらう。いづれにせよ、恋愛の歌手としてのダンテは、東洋の女性なるベアトリーチエを歌つた、全くの東方の詩人なのである。

つぎに、この時代は、恋愛についての沈黙の時代であつた。だがしかし、それはまた、勇壮な英雄主義の時代でもあつた。この英雄主義の只中に、あの源氏の一門の義経のロマンチックな姿がぼんやりと大写しにされてゐる。義経の生涯は、あの円卓物語（訳註一）を思ひ出させる。そして、あの物語に出て来る首将たりし騎士の生涯のやうに、詩の烟霧の中へ喪はれてゐる。それが、後世の想像に、義経を蒙古の成吉思汗と同一人だとする上の尤もらしい素地を提供してゐるのである。成吉思汗の驚くべき一生は、義経が蝦夷で姿を消してのち約十五年を経て始まるのである。義経の名前が、また、ゲンギケイと発音される。また、この偉大な蒙古の征服者の将軍たちの名前のなかには、義経の家来であつた武士たちの名前と似たものがある。われわれは、また、将軍の執権職であつた時頼を有つてゐる。彼は、あたかもアルン・アル・ラシッドのやうに、一介の行脚僧として日本全土をただ独りで遍歴し、国状を視察したのであつた。これらのエピソードは、一つの冒険文学を勃興させるのである。しかして、この冒険文学は、若干の英雄的人物を中心として、その粗野な単純さにおいて、秋霜烈日の概がある点において、前期の藤原時代の制作の優美な柔弱さと全く対立してゐるのである。

　仏教は、この新らしい時代の要求に応ずるために、単純化されなければならなかつた。浄土の理想は、今や、因果応報のあくどい表現を通して、民衆の心に訴へる。煉獄ならびに地獄の恐怖の図が、はじめて現はれて来る。そしてこれが、この新らしい制度の下において、以前よりは一そう優勢となりつつあつた新興平民階級を、威嚇させたのであつた。これと同時に、さむらひすなはち武士階級は、その理想として、救ひは克己と意志の力との中に求めらるべきものであるとする、禅宗（宋朝の時代に、南方支那の精神によつて完成されたところの）の教へを採用した。それ故、この時代の芸術は奈良時代の理想化された完成と、藤原時代の優雅な繊細とを二つながら欠いてゐるが、しかし、その線への復帰による気力と、その描写の雄渾と力強さとにおいて、異彩を放つてゐるのである。

個人の影像が、英雄の時代のきはめて意義ある一つの所産として、いまや彫刻のなかに最大の場所を要求する。これらの影像のなかから、奈良の興福寺にある華厳宗の僧侶たちの像や、その他二三のものを挙げることが出来よう。仏陀ならびに諸天提婆に至るまで、個人的な特徴を賦与されてゐることは、奈良の南大門の偉大な仁王《にわう》像にこれを見ることが出来る。鎌倉の見事な銅の仏像も、奈良乃至藤原時代の一そう抽象的な銅仏に欠けてゐるところの、人間的なやさしさを欠いてはゐない。

絵画は、肖像画の他には、概して絵巻物の形式をとつて、英雄伝説の解説に用ひられた。これらの巻物にあつては、絵画の間々に、本文の文句が記されてゐる。この時代の芸術家にとつては、いかなる題目であらうとも、これを図説するに高すぎるとか低すぎるとかいふことはなかつた。何故なら、貴族的な区別立ての形式主義の規範は、個人意識の新生の激情のなかに打ち棄てられてしまつたからである。だがしかし、彼等が最も喜んで描いたものは、動の精神であつた。このことを最もよく示してゐるものは、徳川公の所蔵にかかる伴大納言の絵巻物のなかに描かれてゐる、驚くべき街頭の情景や、帝室、岩崎男爵、ならびにボストン博物館の所有にかかる、平治物語絵巻の三つの合戦の場面などである。これらは、誤つて、慶恩なる作者の作となされてゐ

るが、かかる作者が存在したといふことは何らの根拠もないのである。(訳註二)

地獄草紙ならびに北野天神縁起の巻物に於ける、地獄の恐怖の極彩色の描写の連続——其処では、この時代の好戦的な精神が、この破壊と崇高な戦慄との恐ろしい光景の前に歓喜してゐるものの如くである——は、かのダンテの地獄の情景を髣髴させるものがある。

訳註

一、アーサー王の物語。

二、此の時代の著名の絵巻としては、なほ志貴山縁起、鳥獣戯画巻などを是非とも挙げる必要がある。

足利時代(一四〇〇年—一六〇〇年)

足利時代といふのは、将軍職(原註一)を継いだ源氏の一支族たる足利氏の名称から名づけられたものである。鎌倉時代に於ける英雄崇拝からの自然の結果である此の時代は、近代芸術の真の基調たる、文学上の意味においての浪曼主義の響を伝へてゐる。精神による物質の征服は、つねに世界力の努力の目的だつたものである。そして、文化のそれぞれの段階は、東洋においても西洋においてもひとしく、この闘争に於ける精神の勝利が何処まで強められたかによつて、劃されてゐるのだ。ヨーロッパの学者が好んで過去に於ける芸術の発達を劃する三つの概念は、恐らくは正確さにおいて欠けるところがあるであらうが、なほ且つ不可避の真理を蔵してゐる。何故かなれば、生命と進歩との根本法則は、全体としての芸術の歴史のみでなく、個々の芸術家やその流派やの現出と成長との基礎ともなつてゐるものだからだ。

　東洋もまた、象徴的、と言ふよりは恐らく、より適切には形式主義的と呼ばれる時代——すなはち、物質、もしくは物質的形式の法則が芸術に於ける精神的なものを支配してゐるところの時代——の東洋自身の形体を有つてゐたのだ。エジプト人やアッシリア人は、巨大な岩石によつて、偉大さを表現しようと力めたものだつた。それは、恰かも、インドの制作家が、その無数の反覆によつて、彼の創作に於ける無限を表白しようとしたのと軌を一にしてゐたのだ。これと同じやうに、周朝ならびに漢朝の支那精神は、その長城のなかに、また、彼等が青銅に刻んだわづらはしいまでに細かい線のなかに、宏壮な効果を求めたのだ。日本の芸術の第一期は、その生誕から奈良時代の始めに至るまで、仏教の最初の北方的展開の純粋至極の理想に浸染されてゐたとはいへ、しかもなほ、形式乃至形式主義的美を芸術的優秀さの基礎となした点において、このグループに入るものなのだ。

次に謂はゆる古典的時代が来る。美が精神と物質との結合として求められる時代だ。ギリシヤの汎神論哲学は、そのすべての段階を通じて、この衝動へと献身してゐる。実にかのパルテノンの諸制作は、フィディアスおよびプラキシテレスの不朽の石彫とともに、その最も純粋な表現なのだ。この段階は、東洋においてもまた、北方仏教の第二期の流派として、現はれてゐるのだ。

此処に至つてわれわれは一つの客観的観念論を有つ。この観念論は、グプタ朝治下のインドの影響の下に、唐朝ならびに奈良朝の間において最高潮に達し、密教的パンテオンの具体的宇宙論となつて固めらるべき運命にあつたものだ。この時代に於ける日本の制作と、ギリシヤ・ローマの制作との間に見られる親近さは、その心的環境が西洋の古典時代の諸民族のそれと、根本的に似てゐる点に帰因するものなのだ。

だが、近代の生活と思弁との熱火の根柢となつてゐる個人主義は、ただ、古典時代の外殻を破つて躍り出で、精神の自由へと一挙に燃え上るのを、待つてゐたに過ぎなかつた。精神は物質を征服せねばならぬ。そして、西洋と東洋との心の違つた特性は、違つた表現へと導くにもかかはらず、世界全体を通じての近代思想は、不可避的に浪曼主義へと赴くのだ。ラテン族とチュートン族とは、彼等の遺伝的本能と政治的地位とからして、客観的に、唯物論的に、浪曼的理想を求めて進んだのだつた。しかるに、新儒教によつて示されてゐる後代支那精神と、足利時代以後の日本精神とは、いはばインド精神の精神的真髄に浸つたのだ。そして、儒教思想の調和的共同主義に浸染されて、主観的・観念論的立場から、この問題に近づいて行つたのだ。

この支那の新儒教なるものは、後に至つて宋朝（九六〇年―一二八〇年）の治下に成熟を見たものであるが、その効果は、道教、仏教、ならびに儒教思想を、打つて一丸としたことにあつた。もつとも、それは主として、道教の精神によつて動いてゐた。このことは、かの唐代の末期に出た道教哲学者の陳摶《ちんたん》において示されてゐる如くだ。この哲学者は、同時にこれらの三つの体系に依つて、宇宙を表示すべき一個の単純な図表をつくり上げた。われわれは、此処に至つてはじめて、宇宙の二つの原理、すなはち陰と陽とに就いての、新らしい解釈に到達するのだ。この新らしい解釈は、陰のみを積極的な原理と見なし、はじめて陰の原理の方に重点を置いたものなのだ。この解釈は、インドのサクチ（原註二）の概念に照応するものである。そして、新儒教の思想家たちによつて、その謂はゆる理気の説として発展せしめられたものだ。理といふのは即ち宇宙に遍在する法則であり、気といふのは即ち活動する精神である。かくのごとく、すべてのアジアの哲学は、シャンカラチャリアから此のかた、宇宙の原動力の上に廻転してゐる。

　道教精神のいま一つの傾向は、人間から自然への飛行だ。これは、われわれが反対物のなかに表現を求めるといふ事実の結果なのだ。かうした自然に対する生まれながらの愛は、足利時代の芸術に一つの制限を課してゐる。と言ふのは、この期の芸術は、あまりに専一に、山水や花鳥やに自己を献げてゐるからだ。かやうに、支那に於ける新儒教は、一切に対する儒教的正当化プラス個人主義の新精神から成つてゐる。そして、それは、深められた近代的意義を以てする、周朝の政道の復活に至つて、極まるのである。

この運動の後を承けて帝国内に大なる政治上の諸党派が興り、かくして次いで来たつた韃靼人の侵入に対抗すべく支那の力を弱めたといふことは、この時代の個人主義の実在に就いての一つの証明である。そしてこの韃靼の侵入こそは、つひに蒙古族による元朝（一二八〇年—一三六八年）の成立を結果するに至つたものなのだ。

日本の芸術は、足利期の巨匠たちの時代から此の方、——豊臣および徳川の時代において些少の退転を余儀なくされたとはいへ——絶えず此の東洋浪曼主義の理想——すなはち、芸術に於ける最高の努力としての精神の表現といふこと——をあくまで固執して来たのだ。この精神性たるや、われわれにあつては、初期キリスト教の教父たちの禁欲的な修辞癖でもなければ、まして似而非ルネッサンスの比喩的な観念化でもなかつた。それはマンネリズムでもなければ自制でもなかつた。精神性といふことは、事物の精髄もしくは生命と見なされたのだつた。事物のたましひを特性づけたもの、事物のなかに然えてゐる火、と見なされたのだつた。

美とは宇宙に遍在する生命の原理なのだつた——それはあるひは星の光のなかに、あるひは花の紅のなかに、あるひは過ぎてゆく雲の動きのなかに、あるひは又流れる水の動きのなかに、閃いてゐるのだ。大いなる世界精神は、人間をも、自然をも、ひとしく滲透した。そして、世界生命の観相に依つて、われわれの前に展開したのだ。つまり、この驚嘆すべき生存の諸現象のなかに、芸術的精神が自己を映して見ることの出来る鏡を、見出すことも出来たのであつた。かくして、足利期の芸術は、前二期の作品とは全く違つた相貌を呈してゐるのである。それは、漢代の青銅、もしくは六朝の鏡などに見られる形式主義的な美のやうに、充分でもなければ調和的でもない。また、われわれが奈良の三月堂の諸像において見出すあの物しづかな哀感や、感情の休らぎ、高野山の源信の菩薩たちに見る完璧の豪華や洗煉された理想力に満ちてもゐない。だが、しかし、それは、これら前代の制作に見ることの出来ない直截さと単一さとを、観るものの心に印せしめる。それは、心に向つて語る心なのだ。強い、そして自己を拒否する心——かくも単純であることの故に不動な心なのだ。

日本の芸術の藤原期以前の時代に於ける、発展しつつあり、絶頂に達しつつあつた理想たりしところの、あの心と物との同一性は、つねに安息を意味してゐる。それは、想像力の、求心的な努力なのだ。だが、いままで内に潜んでゐた精力が、新たに迸り出る。生命は、今度は、遠心的衝動のなかに再び自己を主張する。奇異な新らしい型が、創り出される。個性が、その多様さと力とにおいて、豊かなものとなる。最初の表現は、ヨーロッパに於ける恋愛物語や恋愛詩において、また、藤原期の宗教的発展において見るところのやうに、必ずや感情のなかに、インド思想に謂はゆるバクチ（誠信）のなかに、あるものなのだ。のちになつて、われわれは、すなはち此の足利時代においてのやうに、インドにおいてユナンすなはち「洞察」と呼ばれたところの、われわれ自身の意志の行為としての、事物の総体の体得において、より高い段階を有つに至るのだ。

足利期の理想は、その根源を、仏教の一派である禅宗に負うてゐる。禅宗は、鎌倉時代を通じて支配的なものとなつたものだ。禅といふのは、最高の安息に於ける瞑想を意味するディアナといふ言葉から来たものであるが、この宗派は、紀元五二〇年に一介の僧侶として支那に到着したインドの王子、菩提達摩《ダルマ》を通じて、支那に導き入れられたのであつた。しかし、この教養は、中華の地に移植されることが出来るに先立つて、先づ第一に老子の思想を同化せねばならなかつた。そして、かうした形において、それは、唐朝の末期に及んで、前進を示すに至つたのだ。馬祖《ばそ》ならびに臨済《りんざい》の教義は、この宗派の初期の代表者たちのそれとは、明白に区別される。禅宗は、だから、一つの発展であつた。そして、それがわが鎌倉および足利時代の僧侶たちに受けつがるべく残したところの相続財産は、謂はゆる南方禅であつて、北方禅とは大いに異なつたものであつた。北方禅は、この宗派の初期の長老たちによつて教へられて来たままの形式に、依然として固執してゐた。しかるに、この時までに禅の思想は、すでに立派な個人主義の宗派となるに至つてゐたからだ。それのインスピレーションの下に、鎌倉の戦争の英雄たちは、あたかもキリスト教の教会の精神的英雄たちの如くであつた。――いはば、アレキサンダーがイグナチウス・ロヨラアとなつて現はれたのだつた。征服の観念は、人間自身の外なるものから、人間自身の内なるものへと移ることによつて、完全に東洋化された。剣を揮ふことではなしに、剣であることが――永遠に北斗を指してゐるところの、純潔で、明澄で、不動の剣であるといふことが、実に足利武士の理想であつた。あらゆるものが心のなかに求められた。知識のすべての形式が思想をその中に縛する傾向のある束縛から、思想を解放せんがための一つの手段として。形式や儀式を無視するといふ意味からすれば、禅は偶像破壊的ですらあつた。何故なら、もろもろの仏像は、悟りを開いた禅僧によつて火中に投ぜられたのだから。言葉は思想に対する邪魔物と見なされた。そして、禅の教義は、支離滅裂の文章と、力づよい比喩とによつて表出された。実にこれらの文章や比喩は、支那の文人社会の推敲を重ねた言語を、頭から侮蔑したものであつた。

これら禅の思想家たちにとつては、人間の心は、とりも直さずこれ仏であつた。特殊のなかに分明にあらはされてゐるところの普遍が、そのなかで、無知と謂はゆる人間の知識との長い夜の間に失はれてしまつた根源的な光明に輝くに至るところの、仏性なのだつた。誤れる範疇の拘束から思想を釈放することに依つて、真実の悟りが得らるべきであつた。

かくして彼等の訓練は、真の自由の精髄であるところの克己の方法に向つて集中された。迷はされた人間の心は、暗中を摸索した。それは単なる属性に過ぎないものを実体と思ひ誤つたからなのだ。宗教の教へでさへ、それが実在のかはりに仮象を設定する限りにおいて、人を誤らしめつつあつた。かうした思想は、しばしば、水に映つた月の影を捉へようと力めてゐる猿の喩へによつて解き明かされた。けだし、この白銀の映像をつかみ取らうとする努力は、ことごとく却つて、鏡なす水の面を波立たせることが出来るだけだらうからだ。そして、結局、其処に映つた影なる月のみか、自分の身をまで破滅させることになるからだ。謂はゆる八万四千の知識の門の丹誠こめたシュタラ(原註三)（スートラ、経典）も、猿に似た学者たちの無意味な饒舌のごときものであつた。自由は、それが一たび遂げられるや、万人をしてこの全宇宙のもろもろの美のなかに歓をつくし、悦をつくすにまかせた。さうなれば人々は自然と一つものであつた。自然の鼓動が同時に自分たちの内部にも脈搏つてゐるのを彼等は感じた。自然の息がかの大いなる世界精神と相共に呼吸してゐるのを彼等は感じた。人生は同時に小宇宙でもあれば大宇宙でもあつた。生といひ死といふも、ひとしく一個の普遍的存在の異なつた相に過ぎなかつた。

　彼等は、また、好んで禅の修業者の進境を、失はれた委托物を探してゐる牛飼ひとして描いた。（訳註一）けだし、人間は、無知の故におのれの心を奪ひ去られてゐる。そして、ひとたびそれを探し求めるべく覚醒せしめられた牛飼ひのやうに、殆んどそれと見分けのつかない足跡をたよりにとぼとぼと進んでゆく。つひに彼は、先づ最初に、彼が探してゐるものの尻尾を発見する。ついでその胴体を発見する。つぎに、支配を奪ひ合ふ闘ひがこれにつづく――俗世の煩悩と内なる光明とのあひだの烈しい格闘であり、おそろしい戦争が。牧人が凱歌を上げる。そして、いまは柔順となつた獣の背に腰をかけて、横笛もて単純な旋律を奏でながら、何の屈托もなくおのれの道を進んでゆく。――かくして、彼は、自分自身をも野獣をも忘れてしまふのだ。彼にとつて、画は、その緑なす柳と紅なす花とに装はれて、甘く美しい。が、これらのものは再び消え去り、そして、彼は、嬉々として澄みわたつた月光のなかをさまよひ、今や彼は在り、しかも同時に、無い。かくの如く、禅の考へ方にとつては、内なる自己に対しての勝利は、心を鍛へる代りに肉を責めさいなんだ、かの西洋中世の修道僧の苛酷な苦行よりも、はるかに、より真実なものなのだ。肉体は、それを透して大存在の虹が光り輝くところの、透明な水晶の器なのだ。（訳註二）心は、その上をさまよふ雲を映す、底まで澄み切つた大いなる湖に似てゐる。それは、時あつて風に波立ち、風はその面をいら立て、騒がせるが、しかしつひには再び元の静けさに返り、嘗てその清らかさを、換言すればその本然の性を、失ふことはないのだ。世界は生存の哀しみに充ちてゐるが、それはしかし単に一時的なものに過ぎない。そして、人は、あたかも婚礼のうたげにでも赴くかのやうに、静平と沈着とをもつて闘ひ戦はねばならない。生活と芸術とは、かうした教へに支配されて、日本の慣習のなかに種々の変化をもたらし、これらの変化は、今や第二の天性となるに至つた。われわれの礼儀作法は、扇の差し出し方を学ぶことから始まつて、自決の儀式をもつて終る。他ならぬ茶式は、禅の観念をあらはにしたものなのだ。

おのおのその道において堪能であつた足利時代の貴族階級は、彼等の藤原時代の祖先たちと同じく、奢侈の概念から、風雅の概念へと移つて行つた。彼等は、見たところ賤しい百姓の小舎のやうに簡素な草葺きの小舎に住むことを好んだ。しかし、その小舎の恰好《しやうじよ》は相如あるひは相阿弥などの最高の天才の設計にかかるものであり、またその柱は、遠いインドの島から舶載された、いとも高価な香木で出来てゐた。その茶釜までが、雪舟の意匠に成つた稀代の逸物だつたのだ。彼等は言つた。美、つまり事物の生命といふものは、外に向つて表示された場合よりも、内の方に秘められてゐる時の方が、つねにより深いものだ。宇宙の生命が、つねにかりそめの現はれの下に脈搏つてゐるのと同じやうに、と。見せびらかすのではなくて、ほのめかすといふこと、これが無限なるものの秘訣なのだ。完全といふことは、およそ成熟といふものがさうであるやうに、感銘を与へる点では弱いものだ。何故ならそれは生成に対する制限であるからだ。

かくて、たとへば、硯箱に装飾を施すにも、外側は単に漆を塗るだけに止めて、内側の見えない部分を高価な金細工にすることが、彼等の喜びなのであつた。また茶室であれば、これに単一と集中とを与へるために、ただ一幅の画か、あるひはただ一個の花瓶を以て飾るのみで、大名の豊富を極めた蒐集の品々は、その宝庫の奥に蔵されたままにあり、其処から一つづつ、ある審美上の衝動の満足のために、かはるがはる持ち出されたものであつた。今日でもまだ、人々は、丁度武士がすばらしい刀身を質素な鞘に収めて置くのを誇りとしてゐたやうに、その最も高価な生地を下着に用ひてゐるのだ。かうした変化の法則は、生活の導きの糸であると同時に、また美を支配する法則でもある。持続するところの感銘を与へんがためには、生気と活力とが必要であつた。しかし、想像力に、自身である観念の完成を思ひつかすだけの余地を残しておくといふことは、芸術表現のいかなる形式にとつても、必要欠くべからざることであつた。けだし、かくの如くにして、観者は芸術家と一体たらしめられるのだからだ。偉大な傑作に於ける描かれざる絹上の余白は、しばしば、描かれてある部分そのものよりもより多く意味に充ちてゐるのだ。

宋朝は芸術と芸術論との偉大な時代であつた。この時代の画家は、特に十二世紀に於ける徽宗皇帝《きそう》——彼自身が偉大な芸術家でもありまた保護者でもあつたところの徽宗皇帝の御代からのち、かうした精神を何らか会得するところあつたことを示すに至つた。われわれは、このことを、馬遠《ばえん》と夏珪《かけい》、牧渓《もくけい》と梁楷《りやうかい》、において見る。彼等にあつては小品さへ宏大な観念を表現してゐるのだ。しかし、それは、足利期の芸術家たち——儒教の形式主義から解放された日本の心のインド的趨勢を代表してゐる足利期の芸術家たちに、禅の観念をそのあらゆる強さと純粋さとにおいて吸収することを要求した。彼等は、いづれも、禅僧であつた。でなければ殆んど修道僧の如き生活を送つてゐた世俗者であつた。かうした影響の下にあつた芸術形式の自然の傾向は、純潔であり、荘厳であつた。そして単純さに充ちてゐた。

藤原および鎌倉期の強い、調子の高い描法と彩色も、その繊細な曲線も、今や退ぞけられて、その代りに簡単な水墨の小品と、幾分奔放な線とが現はれる。——それは彼等がその典雅な衣裳を脱ぎすてて、その代りに大きな、こはばつた袴を著けたのと趣をひとしくしてゐた。——と言ふのは、この新らしい観念は、芸術から外来の諸要素を奪ひ去ることと、表現を出来る限り単純にそして直截にすることとだつたからだ。墨絵、——鎌倉時代の末期に始まつた一つの革新だつた墨絵が、いまや重要さにおいて色に取つて代るのだ。

それ自体において一つの宇宙に他ならないところの絵画は、一切の存在を支配しつつあるところの法則に合致しなければならない。構成はいはば、世界の創造の如きものので、それ自身のなかに、自己に生命を賦与するところの構成の法則を有つてゐるのである。かくして、雪舟もしくは雪村の偉大な作品は、自然の描写ではなくて、自然に就いてのエッセエなのだ。彼等にとつては、高いといふものも無ければ低いといふものも無く、高貴なものといふものも無ければ、洗煉されたものといふものも無いのだ。観音乃至釈迦を描いた仏画といへども、一輪の花もしくは竹の小さな一枝を写したもの以上に、より重大な主題では無いのである。一筆一筆が生と死との契機を有つてゐる。あらゆるものが一しよになつて、生命のなかなる生命である、一つの理念を解釈することに力を貸すのだ。

これらの巨匠こそ、疑ひもなく、この時代の最も傑出した二人の芸術家である。其の道は、その山水と潤沢な水墨の筆触とを以て知られる周文《しうぶん》によつて彼等のために準備されてゐたのではあるが。

蛇足《じやそく》も、また一個の巨匠である。彼の筆力と緻密な構図とは、殆んど比肩するものを見ない。

雪舟はその境地を、禅の心境の典型的なものである、直截さと克己とに負うてゐる。彼の絵に直面するとき、われわれは他のいづれの画家からもつひに与へられない底の、堅実さと、沈著さとを学び取る。

他方、雪村には、禅の理想のいま一つの本質的特色を形成してゐるところの、自由さ、安易さ、遊び、が属する。いかなる実生活の経験も一つの遊戯に過ぎなかつたとは、あたかも此の人にとつてのことであると言へる。そして、彼の強靭な心は、男性的なるもののあらゆる汪溢のなかに、喜びを感ずることが出来た。

他の一群の人々がこれらの巨匠たちの先蹤を辿る。——能阿弥、芸阿弥、相阿弥、宗丹、啓書記、正信、元信、などの人々だ。かうして、銀河なす著名の名前がこの時代を充たしてゐる。これは他のいづれの時代も比肩し得ないところだ。それと言ふのも、足利家の将軍たちは、いづれも偉大な芸術の保護者だつたからだ。また、この時代の生活が、教養と趣味とに有利なものだつたからだ。

だがしかし、音楽の発達に就いて二三叙べることなしに、足利時代の考察を終へるといふことは出来ない。といふのは、この時代の音楽の発達ほど、芸術衝動の精神性を明らかに示してゐるものは無いからだ。また、われわれの国民音楽がその成熟を見るに至つたのは、実にこの足利時代の間においてであるからだ。

この時代以前にあつては、素朴な古い民謡のやうなものを除いては、われわれはただ六朝後期の舞楽を有つのみであつた。この舞楽は、インドおよび支那から由来したものではあるが、なほギリシヤのそれと甚だ深い親近さを有するものである。そして、このことは自然のことなのだ。と言ふわけは、いづれもがひとしく、初期アジアの歌謡と旋律との共同の幹からわかれ出た分枝に過ぎなかつたものに相違ないからだ。この舞楽は嘗て忘失されることがなかつた。われわれは、今日なほ、それが日本において演奏されるのを聞くことが出来る。昔のままの衣裳で、昔のままの足拍子で。これは世襲のカストによつて保存されて来たおかげなのだ。それは、いまでは、恐らくは幾分機械的ともなり、無表情なものともなつては来てゐるが、しかしこのアポロへの讃歌は、舞楽の伶人たちによつて、いまなほその固有の様式のままで演奏されることが出来るのである。

　戦ひの時代の必要に忠実に、鎌倉時代は、英雄たちの赫々の武勲を讃へた叙事詩的なバラッドを歌つた吟唱詩人を生んだのであつた。藤原期の仮面劇も、また、のちに、単純な伴奏づきの吟誦調《レシテーチヴ》を有つた地獄の表現のなかに、演劇としての発展を見出した。これら二つの要素は漸次に混ざり合つた。そして、歴史的精神によつて浸透されるようになつた。かくして、足利時代の始めの頃に至り、あの能楽を発生させたのである。能楽は、それが闘争と事件との偉大な国民的主題へ献げられてゐることから、つねに日本の音楽ならびに演劇に於ける最も力強い要素の一つとして、止まる事となつたのである。

　能が演ぜられる舞台は、堅い白木でこしらへられてゐる。そして背景には、いくぶん月並に描かれた一本の松の木があるのみである。かうして、一つの偉大な単調さが暗示される。主だつた配役は三人のメムバーから成り、小さなコーラスとオーケストラとが舞台の一方の側に陣取つてゐる。主たる演奏者――と言ふよりはむしろ語り手と呼ばれた方が適当かも知れない主役(訳註三)は、仮面をつけ、全体の理想化を助けてゐる。詩詞は歴史上の題目に関したもので、必ず仏教の理念によつて解釈されてゐる。優れた出来映えの標準は無限の暗示性にあるのであつて、自然主義は此処では全然非とされるのである。

　かうした条件の下に、聴衆は、ただ軽い滑稽な間《あひ》狂言によつて休息を与へられるのみで、まる一日といふものを、金しばりになつたやうに坐りつくすであらう。能を構成してゐる短い叙事詩劇は、半有節音に充ちてゐる。松が枝のひまを吹く風の音、水の滴り、さては、遠くの鐘の音、すすり泣きの息苦しさ、戦ひの丁々戞《かつ》々の響、新らしい織物を木の梁に打ちつける機織りのこだま、こほろぎの鳴き声、そして音の高低よりもその休止《ポーズ》の方がはるかに深い意味を有つてゐる夜と自然とのあらゆる多様の声々が、其処にはある。沈黙の永遠の旋律からこだまする、かうしたかすかな呟きは、それを知らない人には奇妙とも野蛮とも思はれるかも知れない。だがしかし、かうした呟きが偉大な芸術の徽章を形づくつてゐるといふことには、些かの疑ひもあり得ないのである。それらは、われわれをして、一瞬といへども次のことを忘れることを決して許さない。それは、能楽は心から心への直接の訴へだといふこと、それによつて、語られざる思想が、演奏者の背ろから、聴き手の心情のなかに湧く、あの聴きもせず、聴かれもしない智慧へと導かれる、一つの様式だといふことである。

原註

一、将軍（幕府）——将軍といふのは、征夷大将軍（すなはちえびすと戦ふところの軍隊の総大将）の略である。この称号は、最初、平家を亡ぼした源氏の頼朝に賦与された。この時以来、日本に於ける武家統治者の長い継承は、将軍と呼ばれた。そして、彼等のうち、源氏は鎌倉において統治し、足利氏は京都に於いて、また徳川氏は江戸（すなはち東京）において、統治した。

二、サクチ——サンスクリットで力、もしくは権力、すなはち宇宙の精力を意味する言葉。それは、つねに、女性として、すなはちドウルガ、カーリ、その他のものとして、象徴される。すべて女性はサクチの具現であるものと考へられてゐる。

三、スートラ（シュタラ）——スートラは、サンスクリットで、糸を意味する。また、アフォリズムや半アフォリズムで書かれて居り、したがつて、要約されてゐるために必然的に意義のあいまいたらざるを得ない、古代の経典のあるものを指す言葉でもある。スートラは、古い記憶法に属するものであつて、実は、一つの論議の基礎を蔽ふところの暗示の一系列なのである。而して、その中の個々のセンテンスは、一定の歩数での記憶を再生させることを、目的としてゐるのである。これに相当する支那の言葉はワープであつて、すなはち織り上げられたものの意味である。

訳註

一、いはゆる十牛図である。

二、明鏡止水。

三、シテ（仕手）と呼ばれるもの。

豊臣及び初期徳川時代（一六〇〇年―一七〇〇年）

足利の支配は、将軍家の管領として重きをなしてゐた山名および細川の二家の党派によつて弱められ、封建領主たちの擡頭の前に、漸く衰へて行つた。国内は絶え間のない戦乱の巷となつた。隣接する大名と大名との間には不断の抗争がくり返され、彼等の間から、時として、大志を抱いた者が起り、天皇の宮居したまふ首都を己れの手に収めて、全国を統一しようと企てるのであつた。この全時代の歴史は、単に、京都へ上り著かうとする幾多の相競ふ試みの叙述にすぎないのである。

織田信長が、つひに、此の事業を成し遂げた。信長は、豊臣秀吉ならびに徳川家康と並んで、それぞれ順次に当時の偉大な代表的勢力を構成してゐるところの、三つの権力を形づくつてゐる。中部日本といふ其の領地の地の利を得てゐたところから、これらの抗争する運動の焦点へと割り込んで行つて、自ら足利将軍に取つて代り、群雄割拠の日本の半ば以上に対しての、軍事的独裁者となることが出来たものは、実に信長であつた。信長の幕下の最大の将軍として、その勢力を承け継ぎ、敵対する諸大名らの鎮定を成し遂げ、その死に当つて全国を、あの用心深い政治家家康の厳格な制度の下に、再び鞏固に統一されることを得しめたものは、秀吉であつた。

かくの如く、この時代の中心人物は、他ならぬ秀吉なのである。秀吉は、最も下賤な身分から身を起して、一五八六年には日本の最高の臣下の位に上つた。そして、彼の嶄然《ざんぜん》たる野心にとつて、日本はあまりに小さな面積にすぎなかつたので、彼は支那征服を企てようと思ひ立つたのである。この考へは、朝鮮の惨憺たる蹂躙と、一五九八年に於ける彼の死によつて、半島からの日本軍の恥づべき撤退とを、惹き起したものであつた。

この彼等の代表的な指導者と同じく、当時の新興貴族たちは、いづれも自己の剣によつてその家を興した人々であつた。中には、内地の盗賊の勢を借りたものもあつた。また中には、支那沿岸の民衆にとつての恐怖であつた海賊の大将たちの勢を借りたものもあつた。そして、自然、彼等の教養を経ざる心にとつては、足利の貴族たちの厳粛にしてきびしい優雅は、到底気に入らないものであつた。何故なら、それは、彼等の理解し能はぬところだつたからである。彼等は、秀吉にそそのかされて、しばしば茶の湯の精巧な快楽に耽つた。しかし、これとて、矢張り、彼等にとつては、真の風雅といふよりは、むしろその財力を誇示することの満足を意味するものだつたのである。

この時代の芸術は、だから、その内的意義においてよりは、その華麗と色彩の豊富とにおいて、一そう注目すべきものがある。デカダン的な精巧さに富んだ、明の様式の宮殿の装飾が、大陸戦争を通じての、朝鮮との彼等の交通によつて、彼等に示唆された。

新らしい邸宅が新興大名たちのために要求された。これらの邸宅は、その大きさと壮麗さとにおいて、足利将軍家さへの、より質素な住居を顔色なからしめた。この時代は石の城郭の時代であつた。その設計は、ポルトガルの技師たちの影響を受けた。これらの城郭のうちでは、秀吉が親しく設計した大阪の城が最も有名である。この城の築造は、全国のすべての大名を動員して成つたものであつて、家康の軍事的天才を以てしてさへ、抜く能はざるものとなつたのである。

京都の近傍の桃山の城も、また、この種の建造物のなかの偉大な傑作であつた。この城はその豪華と壮麗とによつて、全国民の嘆賞の的となつた。此処に、芸術的装飾の全財産が、極度にまで浪費された。だから、もしこの城が一五九六年の有名な大地震や、これにつづいた破壊的な戦火やを切り抜けて今に残存してゐたならば、日光の豪華もその前に色を失つたことであつたらう。何故なら、日光は、今日、芸術家が桃山式と呼んでゐるものの単なる模倣にすぎないものだからである。実に、桃山は、ヴェルサイユであつた。すべての大名がこれを真似た。いづこの国の城も、それ自体小さな桃山城に作られた。

いまや金箔の驚くべき有用さが発見され、この時以来、壁や襖の装飾として大いに使用されることとなつた。この桃山の宮殿＝城郭にあつた有名な「百双」のうちの数枚の屛風が、いまなほ保存されてゐる。これと共に、秀吉の行列の通つた幾哩かの道筋を飾つた屛風のうちの若干のものも、保存されてゐる。謁見室の壁を蔽ふために、幅四五十呎もあるやうな大きな松の木が、描かれた。短気な大名たちは、へとへとになつた芸術家の上に、その註文を同時に雨のやうに降りかけた。時としては、一日のうちに、邸内の装飾を仕上げろと要求したりした。そして、かの狩野永徳は、その沢山の弟子を率ゐて、広大な森林や、華麗な翅の鳥や、勇気と忠誠とを象徴した獅子と虎などを、そのパトロンたちの豪奢をきはめた騒々しさの只中にあつて描いたのであつた。

徳川家康は、一六一五年、大阪城の第二回目の攻撃ののち、権力を掌握した。そして、全国を通じて行政制度を統一し、また、その驚くべき政治的手腕を揮つて、単純さと連帯精神との新らしい制度を創始したのである。芸術においても、習俗においても、彼は足利時代の理想に復帰しようと力めた。彼のお抱へ画家であつた、探幽とその兄弟の尚信、安信、それに彼等の甥にあたる常信らは、雪舟の純粋さに倣ふことをその目的としたのであつたが、しかし、もちろん、雪舟の真意義に触れることは出来なかつた。時代は、いまや漸く眠りから醒めたばかりの民族の気力に躍動してゐた。そして、いまや初めて、新たに芸術の世界においても自由にされた市民社会の素朴な喜びを明示した。この点において、日本の社会は、ヨーロッパに於ける第十九世紀の最も顕著な特色のうちのあるものを、二百年も先に経験してゐるのである。この当時の習俗と好尚とは、誇示のためのものであつて、質素のためのものではなかつた。そして、この特色は、徳川幕府の創設ののち一世紀を経たところの元禄時代に至つてすら、さうだつたのである。

徳川初期の建築は、前にも言つたやうに、主として豊臣時代の諸特徴を踏襲したものであつた。そのことの実例を、われわれは、日光ならびに芝の霊廟や、京都の二条城の宮殿装飾や、西本願寺などに見出すのである。

新興貴族階級の勃興によつてもたらされた、社会的差別の打破は、芸術に浸透せしめるに、いまだ嘗て知られなかつたデモクラシーの精神を以てした。

此処に、われわれは、浮世絵すなはち民衆派の端緒を見出すのである。但し、此の時代に於ける此の派の考へ方は、徳川後期の風俗画派のそれとは大いに異なるものであつた。何故なら、この後期のものにおいては、強力な階級的差別が平民の思考の上にその制限を課してゐたからである。殆んど半世紀の流血の巷から解放された此の粗野な底抜け騒ぎの時代にあつては、遊楽は国民にとつて甘美なものであつた。民衆が、その精力の捌け口を、子供じみた遊びごとや、荒唐無稽な空想などに見出してゐる一方、大名たちは、放埒きはまりない享楽のなかに、市民と興を共にした。

永徳の有為な後継者であり、またその養子であつた山楽、探幽の偉大な師であつた興以《こうい》、浮世絵の父と言はれてゐる岩佐勝重（訳註一）、当時の生活に対するその頌詞で聞えた一蝶《いつてふ》、——これらの人々は、いづれも、最高の階級に位置する芸術家たちであつた。だがしかし、これらの人々は、生活のありふれた情景を、徳川後期の一流の画家たちのやうに、自己を貶しめるといふ感情を抱くことなしに描くことに、喜びを有つたのであつた。かくして、この底抜け騒ぎと逸楽との時代は、精神的な芸術ではなかつたけれども、一つの偉大な装飾的芸術の創造へと導いたのであつた。深い意義を以て立ち現はれてゐる唯一つの流派といふのは、宗達ならびに光琳のそれである。彼等の先駆者である光悦ならびに光甫は、衰微し、且つ殆んど失はれた土佐派から屑溜めを脱却して、これに足利時代の巨匠たちの大胆な意想を注ぎ込まうと試みたのである。この時代の本能に忠実に、彼等は自己を豊富な賦色のなかに表現した。彼等は色を、前代の色彩派の人々がしたやうに、線としてよりはむしろ拡がりとして駆使した。そして、素朴な淡彩を以て、きはめて幅のある効果をもたらすのを事とした。宗達は、その純粋さにおいて、足利時代の精神のあらゆるもののうちの最良のものをわれわれに与へてくれる。これに対して、光琳は、その全き円熟さを以て、形式主義と虚飾とに堕してゐる。

われわれは、光琳の伝記のなかに、次のやうな感動的な物語を見出す。それは、彼は、いつも金襴の座蒲団の上に坐して、絵を描いた。そして、かう言つたといふのである。――「制作をしてゐる際には、大名のやうな気持がしてゐなければならない。」と。これは、階級的差別が、些かではあるが、当時でさへの芸術家の心に忍び込みはじめてゐたことを示すものである。

二世紀も先走つて近代フランスの印象派を予想してゐるこの派は、徳川の制度のあの氷のやうな便宜主義のために、その偉大な未来が蕾の状態にあつたうちに、摘み取られてしまつたのである。不幸にも、それは、この制度に屈服せねばならなかつたのだ。

訳註

一、勝重は又兵衛勝以の子であるが、浮世絵の祖としてはやはり又兵衛を挙ぐべきであらう。

後期徳川時代(一七〇〇年—一八五〇年)

徳川は、国内の統一と規律とに熱中して、芸術ならびに生活から発する生き生きした生気を圧殺してしまつた。のちに至つて下層階級にまで達し、ほんのわづかではあるが上述の欠点を補つたものは、その教育制度あるのみであつた。

徳川の権力の全盛期にあつては、社会の全体が——芸術も引つくるめて——一つの型にはめられてしまつた。日本を海外とのあらゆる交通から引き離し、日常のいとなみを、大名のそれから最下の百姓のそれに至るまで規制した精神が、また芸術的創造力をも狭め、そして拘束したのであつた。

狩野派のアカデミー(原註一)は、家康の規律万能の本能に充ちたものであつた。そしてその中の四つは、将軍家の直接の庇護の下にあり、その十六は、徳川幕府の庇護の下にあつた。これらのアカデミーは、型の如き封建的土地所有の制度にならつて構成されてゐた。すなはち、おのおののアカデミーにはその世襲の塾長があり、彼が拙劣な芸術家であらうがあるまいが、それにはかかはりなしに、その職業に従事し、その下に全国各地から集まつて来た塾生たちを擁してゐた。そして、これらの塾生たちは、やがて順次に、地方のそれぞれの大名のお抱へ絵師になるのであつた。これらの塾生が江戸（東京）で修業を終へると、その郷国に帰り、其処で、修業中に教はつた手本に従つて、型の如く制作に従事するといふのが、彼等にとつての義務であつた。大名たちの家来でない学生たちは、ある意味では、狩野家の塾長たちの世襲の知行のやうなものであつた。誰もが、探幽や常信によつて定められた学習の途を、踏襲せねばならなかつた。そして誰もが、一定の題目を、一定の仕方で画いたのであつた。この常規に違背することは追放を意味した。そして、追放された画家は、市井の職人の地位に貶しめられるのであつた。何故なら、さうなつた以上、彼は大小を帯刀するといふ栄誉を留保することを許されないからである。かうした事情は、独創と卓越とにとつては、ただただ有害なものでしかあり得なかつた。

狩野家の他に、土佐家があり、その新らしい支流である住吉家とともに、徳川のはじめに当つて、世襲の栄誉を再建することを得た。しかし、土佐派のインスピレーションと伝統とは、光信の時以来、永久に失はれてしまつた。けだし、光信は、足利時代を通じてこの古い流派に雄々しく食ひ下つて来たのであつた。かくの如く、全国民的な流れに抗して立つた点に、彼は、たしかに、弱さを示したものだつたのである。

だがしかし、われわれは、次のことを忘れてはならない。それは、他のすべての画家が墨絵を画いてゐた間にあつて、彼はあくまで色彩の絢爛たる伝統を維持したといふことである。新土佐派は、だがしかし、ただその祖先たちのマンネリズムを固守するのみであつた。そして、何らかの生気がそれに吹き込まれたとすれば、それは、光起《みつおき》や具慶《ぐけい》の絵が示してゐるやうに、狩野派の制作から影響されたものであつた。

当時の低劣な貴族階級は、これを当然のことと見なしてゐた。と言ふのは、彼等自身の生活にしてからが、同じ基礎の上に律せられてゐたからである。父親が前代のそれに対して為したと同様に、息子はその時の狩野派にあらずんば土佐派に制作を命じたのであつた。他方、民衆の生活は、これとは全く別個であつた。民衆の愛や希望は、全く違つてゐた。もつとも、その生活環境に至つては、同じ型通りに律せられてはゐたけれども。宮廷からの高い栄誉や、貴族社会との往来やを禁ぜられてゐたので、彼等は、彼等の自由を、浮世の快楽の中に、劇場の中に、あるひは吉原の淫蕩な生活のなかに、求めた。そして、これら民衆の文学がさむらひの著作のそれとは違つた世界を形づくつてゐるやうに、民衆の芸術も、また、遊蕩生活の描写や、演劇界の名優たちの似顔などのなかに、自身を表現してゐるのである。

彼等民衆の唯一の表現であつた浮世絵派は、色彩や描写においては巧妙を極めたものがあつたが、日本芸術の基礎であるあの理想性を欠いてゐる。歌麿や、俊満《しゅんまん》や、清信や、春信や、清長や、豊国や、北斎やによつて描かれた、生気と変通とに充ちたあの美しい色刷の木版画は、奈良時代以来連綿としてその進化をつづけて来た、日本芸術の発展の中心進路から外《そ》れてゐる。印籠(原註二)、根附(原註三)、刀剣の鍔、その他、この時代の面白い漆器製品の類は、おもちやであつた。したがつて、およそ真実の芸術を存在させる国民的な熱烈さを具体化したものではなかつた。偉大な芸術といふのは、その前にわれわれが死せんと希ふところのものなのだ。しかるに、徳川後期の芸術は、人をしてただ妄想の喜びのなかに住むことを許したのみであつた。日本の芸術が今なほ西洋においてまじめに考察されてゐないのは、諸大名の蒐集や諸寺院の宝庫の奥深く秘められてゐる傑作の偉大さの代りに、この時代の作品の愛らしさが、最初に先づ注目を惹いたからのことなのである。将軍家の影の前に畏縮してゐた江戸(東京)のブルジヨア芸術は、だから、当然狭い表現の範囲内に跼蹐《きよくせき》せしめられてゐた。これと別箇の、より高いデモクラティックな芸術の形式が発展せしめられたのは、京都の、より自由な雰囲気のおかげだつたのである。高御座《たかみくら》が止まり給うた京都の地は、そのことの故に、徳川の規律からは比較的に自由であつた。けだし、将軍たちは、此処では、江戸において、また国内の他の部分においてのやうに、公然と自己の権利を主張することを、敢てしなかつたからである。さういふわけで、此の地は、学者や自由思想家たちが避難所を求めて雲集するの地となつた。それが、此の地をして、一世紀半ののちに、明治維新の槓杆《こうかん》が廻転することになる支点とさせたのである。狩野派の軛をいさぎよしとしない芸術家たちが、伝統からの気ままな逸脱に耽ることを冒険することが出来たのは、此の地においてであつた。富裕な中等階級が、彼等の独創を嘆賞するの自由を享受することが出来たのは、此の地においてであつた。此の地には、民衆的な詩歌を図説することによつて、新らしいスタイルを定式化しようと努めた蕪村がゐた。此の地には、また、光琳のスタイルを再興しようと努めた渡辺始興《しこう》が、かのブレイク（ウイリアム＝）にも似た本能を以て、足利時代の蛇足を基とした野生的な形像に歓を尽した蕭《しよう》白《はく》がゐた。此の地には、最後に、好んであり得べからざる鳥を描いた、あの熱狂者若《じやく》冲《ちゆう》がゐた。

とは言へ、京都は、実は二つの影響を受けてゐた。一つは、後期明（一三六八―一六六二）乃至初期満洲＝清、のスタイルの移入と再興とであつた。けだし、このスタイルは、支那において素人芸術家たちや、耽美派の人々の手で創められたものであつた（訳註一）。これらの人々は、職業芸術家の手で制作された絵画を価値なきものと考へた。そして、偉大な学者の筆のすさびに成つた小品を、巨匠芸術家の制作よりも高いものとして珍重した。もつともそれとしては、このことすらが、蒙古王朝の治下において課せられた元のアカデミックなスタイルの形式主義から脱却しようとする、支那の心の巨大な力の表はれとして理解さるべきものなのである。京都から来た画家たちは、この新らしいスタイルを支那の交易商人たちから学ばうとして、当時の唯一つの開港場であつた長崎へと押しかけた。但し、この新らしいスタイルは、日本へ入つて来るまでに、すでに夙くマンネリズムに陥つて固化してゐた。

　京都の第二の重要な努力は、それがヨーロッパのリアリズムの芸術を摂取しようとしたその研究であつた。マテオ・リッチ（利瑪竇）はローマカトリックの宣教師で、明朝の当時支那に入つた人である。（訳註二）彼が与へた衝動は、いまや、揚子江の河口の諸都市に、リアリズムの新らしい流派を擡頭させるに至つてゐた。花鳥にその名を謳はれた此の派の支那の画家、沈南蘋《ちんなんぴん》は、三年の間長崎に居住して、京都の自然派の基礎をつくつた。

　オランダの版画が熱心に求められ、そして模写された。円山派の創始者である円山応挙は、その青年の時代をこれらの版画の模写に献げた。彼が版画の線描をおのれの毛筆で写したといふことに目を留めるとき、われわれは感動なき能はぬ。この運動がその焦点へと持ち来たされるやうになつたのは、実にこの画家のおかげであつた。けだし、彼は、早くして狩野派に習熟してゐたために、この新らしい方法を、彼自身のスタイルと結合することが出来たからである。彼は熱心な自然の研究者であつた。彼は自然の気分を、そのあらゆる細部に立ち入つて取り扱つた。そして、彼のデリカシーと、軟かさと、絹布の上での効果の精妙な色調の変化とは、彼を、正当にこの時代の代表的画家と呼ばしめるに足るものであつた。

応挙の敵手で、四条派の創始者である呉春《ごしゅん》は、密接に彼の足跡を追うた。但し、呉春の支那の明後期のマンネリズムは、彼を応挙と区別するものである。

岸《きし》派の祖である岸駒《がんく》も、また、リアリストであつた。彼は、沈南蘋に、より密接に近似してゐるといふ点で、前二者と違つてゐる。

これら三つの流れの傾向が相合して、リアリズムの近代京都派を形づくつてゐるのである。これらの流れはたしかに狩野派とは違つた基調を奏でてゐる。しかも、なほ、そのあらゆる巧妙と老練とを以てして、それは、なほ且つ、芸術に於ける真に国民的な要素を捉へそこねてゐること、江戸に於ける彼等の兄弟たちが、浮世絵においてそれを捉へそこねてゐるのと同断なのである。彼等の作品は、喜びに溢れて居り、優雅に充ちてゐる。しかも、なほ、嘗て雪舟やその他の芸術家たちが摑んであやまたなかつた題目の本質的特徴を、把んでゐないのである。たまたま応挙が偉大な高さにまで上るときは、すなはち彼が、不知不識、これら古い巨匠たちを支配したあの方法に立ち返つてゐる時なのである。

京都の芸術は、これら三人の偉大な制作者の死後、ただ、彼等のそれぞれのスタイルの個別的な長所を、いろいろの割合で結合しようとする、その追随者たちの努力を見るにすぎない。だが、それでもなほ且つ、一八八一年に於ける明治維新の第二の十年間に至つて、現代日本美術の勃興を見るの日まで、京都の芸術家たちは、絵画芸術に於ける指導的な創造的精神だつたのである。

原註

一、狩野アカデミー（塾）――この名称は徳川家の常用画家に任命された画家の一門の名称に由来する。

二、印籠――帯に下げる、小さな漆塗りの薬入れの小筥。

三、根附――印籠、もしくは煙草入れを下げるための、飾りつきのボタン。

訳註

一、いはゆる文人画である。

二、彼の先行者フランシスコ・ザヴィエルは日本に来たが、支那へ赴く途で歿した。

明治時代（一八五〇年―現在）

明治時代は、正式には、今上陛下（明治天皇）が一八六八年に御即位あそばされた時を以て、始まる。陛下の威厳に充ち給ふ御指導の下に、われわれの国の歴史のいづれのものにも比を見ない、一つの新らしい試錬が、直面せしめられたのである。

われわれが上来の諸ページにおいて叙述して来たところの、国民の宗教的、芸術的生活を特徴づけてゐるあの不断の色彩の閃き——すなはち、ある時は理想主義的な奈良の琥珀色なす薄明のなかにかがやき、ある時は藤原の真紅の秋に血と湧き、ふたたび鎌倉の緑なす海の波に影をひそめ、やがては足利のしろがねの月光に震へる、あの不断の色彩の動きは、此処に至つて、あたかも雨に洗はれた夏の新たなる草木の青の如く、そのあらゆる栄光のなかにわれわれの上に立ち返つて来る。しかもなほ、すでに三十四の年を閲したこの新らしい時代の変転は、その一瞬ごとに、何らか新たな、そして、より偉大なプログラムを持ち来たし、われわれを、もろもろの矛盾の迷宮もて取り巻いてゐる。かうした矛盾の只中にあつては、其処に一貫してゐる観念を抽象し、これを単一化するといふことは、この上もなく困難なこととなるのである。

そして、事実、現代の芸術を云々する批評家は、つねに、単に彼自身の影のみにかかづらつて、落日の斜の光線が彼の背後の地上に投影するあの巨大な、あるひは怪奇なと言つてもいいいろいろの形相に対して、驚きのあまり躊躇するやうになるおそれがあるのである。今日、日本の心を束縛してゐる、二つの強力な力の鎖があるのだ。それは、龍のやうにとぐろを巻いてからんでゐる。そして、互ひに生命の宝玉の唯一の主人とならうと争つてゐる。そして、時折、波立ち騒ぐ大洋のなかに影を没するのである。その一つは、具体的なものと特殊的なものとを通じて展開するところの、普遍的なものの、壮大な幻影に充ち満ちたアジアの理想であり、いま一つは、体系づけられた教養を有し、区分づけられた知識のそのあらゆる列序もて武装され、競争力の鋭利な刃をそなへた、ヨーロッパの科学である。

この二つの敵対する運動が、今より一世紀半の昔、殆んど同時に覚醒せしめられたのであつた。前者は、日本をあの単一のセンス――支那ならびに印度の文化の多様な波が、たとへいかに多くの色彩と力とをそれらがもたらし来たつたにしろ、ややもすればあいまいならしめる傾きのあつた、あの単一のセンスへと呼び戻すといふ試みのなかに始まつたものであつた。

日本の国民（国家）生活は、皇室を中心としてゐる。永劫の昔から連綿たる万世一系の光栄がそれを先天的な純粋さにおいて覆うてゐるのである。しかしながら、わが国の奇異な孤立と、長期にわたつた海外交通の欠除とは、われわれから自己認識のためのあらゆる機会を奪つて来たのであつた。また、政治の方面では、わが国の神聖な有機的統一の影像は、藤原氏の貴族政治が、順次に源氏、足利氏、徳川氏の下に於ける将軍家の軍事的独裁へとその地位をゆづりつつ継承されたことに依つて、いくぶん蔽はれた形となつてゐたのであつた。

かうした幾世紀にわたる麻痺状態からわれわれを起たしめるに与つて力のあつた諸原因のなかで、先づ第一に挙げることの出来るのは、初期徳川時代の学問のなかに反映されてゐるところの、明朝の諸学者に依る儒教復興である。支那に於ける蒙古王朝を顚覆した明の第一世皇帝は、彼自身仏教の僧侶であつた。だが、それにもかかはらず、彼は、宋代の学者たちの新儒教——その個人主義は印度思想を基礎としたものである——を、大帝国の統一鞏化の為めに危険なものと考へた。そこで、彼はこの新儒教を妨害した。また、国内の政治的覇権の更新を企てるに先立つて、かの蒙古が支那人へもたらしたところの、チベットのタントリズムのまどはしをも一掃しようとした。けだし新儒教なるものは、仏教的解釈の下に於ける儒教なのであるから、このことは、皇帝が純粋の儒教に立ち帰らうと努めたことを意味するわけだ。かくして、明の学者たちは、漢の註釈家たちへと帰つて行つた。そして、康熙《かうき》ならびに乾隆《けんりゆう》帝の治下に於ける現満洲王朝の巨大な事業においてその絶頂に達したところの、考証学的研究の時代が開始されたのである。

この偉大な先例の跡を追うて、日本の学問は、その往昔の歴史の上にその眼を向けなほしたのであつた。見事な歴史の著作が、漢文で書かれて出現した。そのなかに就いて『大日本史』すなはち偉大な日本の歴史は、今から二百年前に、水戸公の命によつて編纂されたものである。これらの書物は、例へば鎌倉時代の末期に、光栄ある自己犠牲のうちに死んだ正成のやうな忠義の英雄的権化に対する熱烈な崇拝に、表現を与へた。そして、読者は、すでに、皇権の再興を待望するやうに鼓舞されてゐた。

この時代の意味深い一つの対話に、次のやうなのがある。印度ならびに支那の聖賢たちに対する尊敬の念の厚いことで有名だつたある著名の学者が、（訳註一）反対論者の一人にかう訊ねられた。――「貴下はこれらの偉大な先達たちに対して非常な愛を抱いてゐられるが、もし仏陀を総帥とし、孔子を副将とする大軍が日本へ押し寄せて来たとしたならば、貴下はどうなさるつもりか？」と。その時、この学者は、躊躇することなく、かう答へたといふのである。曰く、――「釈迦牟尼の頭を打ちおとせ。そして、孔子の肉体を塩漬けにせよ。」と。

これより一世紀おくれて、山陽が、（原註一）この国の史詩的物語――その詩的なページから、日本の青年が、今日なほ、彼等の祖父たちを改革へと動かした烈しい熱狂の強さを学ぶ、あの物語を綴つた時、山陽の手中に燃えてゐたものは、この炬火だつた。

日本固有の上代文学の研究が、本居ならびに春海《はるみ》の巨匠的な心に導かれて、一世を風靡するやうになつた。これらの巨匠の文法乃至言語学上（訳註二）の厖大な著作に、近代の学者たちは、何らの附加すべきものを見出さないのである。

このことは、極めて当然の成行きとして、かの神道――仏教渡来以前の日本に存在した祖先崇拝の純粋な形式、しかし、これは、特に空海の天才のために、仏教的解釈（訳註三）によつて久しい間蔽はれてゐたのである――の復活へと導いた。国民宗教に於けるこの要素は、つねに、最上神の後裔としての天皇の御一身に集中してゐるのである。したがつて、それの復興は、必然に、愛国的自覚の増大を意味せざるを得ないのである。
仏教の各派は、彼等に世襲の特権を許した幕府の平和的、俗利的態度のために弱められてしまつてゐたために、神道主義のかうした覚醒の精力を同化する能力を全然欠いてゐた。そして、僧侶や祈禱師たちが、立ちどころの絶滅もて嚇されて、強制的に神道に改宗させられた時、寺院の宝物が、悲しむべきことに、あるひは破壊され、あるひは散亡に帰したのも、かうした事情のためなのである。事実、これらの新たな改宗者たち自身の熱意が、しばしば、破壊の炬火を、この強制された改宗の葬ひの薪に加へたのであつた。

国民の再覚醒の第二の原因は、疑ひもなく、アジアの地に対する西洋の侵略がわれわれの国家の独立を脅やかした、あの不吉な危険であつた。外部の世界において現に起りつつある出来事を、われわれに知らせてくれる仲立をしてゐたオランダの商人たちを通して、われわれは、東洋に向つて伸びてくるヨーロッパの征服の、強力な腕を知つたのであつた。

われわれは、われわれにとつて最も神聖な追憶の聖地である印度が、その政治的冷淡と、統制の欠如と、対立する利害のけちな嫉視とのために、その独立を失ふのを見た。——これは悲しい教訓であつた。それは、われわれに、いかなる犠牲を払ふとも統一の必要なことを、痛切に感ぜしめたのであつた。支那に於ける阿片戦争（一八四〇年）、そして、東洋の諸国民が、つぎつぎと、海を渡つて黒船が持つて来た精巧な魔法の力の前に次第々々に屈服して行つた事実、――それは蒙古来のあの恐《さび》ろしい有様を呼び帰し、婦人をして祈らしめ、男子をして、いまや三百年の平和の銹のなかに呻吟しつつあつた彼等の剣を磨かしめたのである。此処に、孝明天皇――今上陛下、すなはち日本がその現代の偉大の多くのものをその先見の明ある御洞察に負うてゐる今上陛下の御父君に当らせられる孝明天皇の、短いが併し意味の深い御製がある。それは、かういふのである。――「みなひとの心かぎりをつくしてし後にぞたのめ伊勢の神風」まことに国の自ら恃む勇気に充ちた御製である。休息と愛との調べを響かせるのを事としてゐた寺々の美しい鐘は、その由緒ある鐘楼から取りはづされて、沿岸を守るための大砲に鋳なほされた。婦人たちは愛国の焰に燃えつつ、自分らの手鏡を同じ燃えさかる火炉のなかに投げ込んだ。しかしながら、一国の舵を取る権力を有つた綱の執り手たちは、もし国が謂はゆる西洋のえびすの徒に対する好戦的な蔑視のなかに、軽卒に、もしくは不用意に、飛び込んだならば、如何なる危険がこの国を待つてゐるかといふことを、充分よく知つてゐた。さむらひの狂熱の気ちがひじみた奔流と戦つてこれを徐々に転回させつつ、一方、この国を西洋との交通に向けて開くべく企てるのが、彼等の役割だつたのである。多くの人士が、井伊掃部《かもん》のやうに、国家は無暴な独りよがりに走るべきでない旨を宣言したために、その生命を犠牲とした。アメリカの武装した使節――その国策は、自己拡大ではない啓蒙の精神を以て、わが国の門戸を開いたのであつた――に対してと同様に、これらの人士に対しても亦、永久の感謝が捧げらるべきである。

いま一つの第三の推進力は、南方の諸大名によつて与へられた。これらの諸大名は、秀吉恩顧の貴族や家康の同僚たちの子孫であつたが故に、彼等を殆んど世襲の家臣の地位に押し下げた徳川幕府の絶対主義のために不断の迫害を蒙つてゐた。薩摩や長州、肥前や土佐の諸侯たちは、いつも彼等の過ぎし日の勢威を思ひ起してゐた。そして、江戸の幕廷の怒りに触れて彼等の許へと逃れて来た亡命者たちに、避難所を提供して来たのであつた。したがつて、革命の新らしい精神が自由に呼吸することが出来たのは、実に彼等の領土内においてであつた。新らしい日本を再建した雄偉な政治家たちが生まれたのは、実に彼等の領土においてであつた。彼等の管轄内にあつた土地へと、日本を現在に至るまで支配して来た偉大な精神は、その血統を辿らねばならないのである。これらの強力な諸藩は、幕府を顚覆したところの将軍たちや兵士たちを供給した。もつとも、この名誉は、一致して帝国に速かなる平和をもたらし、すべての大名ならびにさむらひが、彼等の年久しい所領を天皇に奉還して、田舎の最も賤しい百姓と同じ市民として法律の前に平等となつた、あの偉大な権力の抛棄を実現させせるに至つた、将軍家の親藩たる水戸家や越前家にも亦、帰せらるべきものである。

かくの如く、明治維新は、愛国的精神の火と、忠義の国民的宗教の偉大な再生とに、輝いてゐる。そして、その中心には、みかどの変容された後光があるのである。徳川氏の教育制度は、読み書きの知識をあらゆる少年と少女とに一様に普及させた。彼等は村に住んでゐる僧侶の下にある村の学校で学んだのである。この制度は、明治の御代の劈頭の改革の一つであつた、あの義務的初等教育の基礎を置いたものであつた。かくして、高きも、低きも、偉大な新らしい精力のなかに一つとなつた。そして、この新らしい精力は、国民を震撼させ、軍隊に徴せられた最も賤しいものをしてさへ、さむらひと同じやうに、歓んで死するに至らしめたのである。

政治上の抗争——一八九二年(訳註四)に君主によつて自由に賦与されたところの、立憲制度の自然の不自然な子供——にもかかはらず、玉座からの一語は、なほ且つ政府と反対派とを和解せしめるであらう。両者の最も激烈な不和の最中においてすら、両者を無言の尊崇の念へと鎮めることに依つて。

道徳の法典、学校で教へられる如き日本の倫理のかなめ石は、他の一切の示唆が、必要とされてゐたあのすべてを包括する尊崇の基調を打ち鳴らすのに失敗したときに、勅語（教育勅語）によつて与へられた。

他方において、近代科学に対する驚異の念が、一世紀以上もの昔から此のかた、長崎——唯一つの開港場で、其処にはオランダの商人がやつて来た——にあつた学生たちの熱中した心のなかに、黎明を見つつあつたのである。彼等がこの源泉から骨折つて集めた地理学の知識が、ヒューマニチイの新らしい展開を打ち開いた。西洋の医学と植物学とが、はじめて、もろもろの大なる困難を冒して研究された。さむらひは、自然、西洋の戦争の仕方を学び取らうとしたのであるが、この西洋式戦法は、彼等を非常な危険に導くこととなつた。と言ふのは、幕府はおよそかうした企図を、自己の覇権に対抗するための手段と見なしたからである。秘密裡にオランダの辞書を判読することに一生を捧げたところの、これらの西洋科学の先駆者たちの歴史をひもとくことは、断腸のことである。彼等の苦心は、あたかもあの、ロセッタ石《ストーン》をたよりに古代文明の神秘を解き明かさうとした考古学者たちにさへ、比すべきものがあつたのである。

島原の切支丹宗門徒らの恐ろしい虐殺を以て終りを告げた、第十七世紀に於けるジエスイット派の侵略の記憶は、所定の噸数を越える渡洋船舶の建造に対する禁令をもたらすに至つた。また、その結果、何人にもあれ、オランダ人と折衝すべく任命された官吏でないもので、敢て外国人と交通せんとしたものは、死刑を以て脅やかされることとなつた。これが、あたかも、鉄の城壁をめぐらしてでもゐるかのやうに、西洋世界を閉め出したのであつた。したがつて、冒険好きな若者をして、時たま偶然にもわが国の沿岸にやつて来たヨーロッパの漂流船に血路を求めしめるといふことは、最大の自己犠牲とヒロイズムとを必要とする事業であつた。

しかしながら、知識に対する渇望は、鎮めらるべくもなかつた。幕府と南方諸大名との敵対する両勢力を交戦せしめた内乱を準備するといふ仕事が、フランスの士官を導入する機会を与へた。それと言ふのは、このことが、アジアに於けるイギリスの勢力伸張を阻止せんがための、フランス側の野心によつて尻押しされてゐたからである。

アメリカの司令官ペリーの到来が、つひに、西洋の知識の水門を開いた。かくて、それは、この国の歴史の指標を殆んど一掃せんばかりの勢で、この国に氾濫したのであつた。この瞬間、日本は、その国家生活の再覚醒せしめられた自覚において、おのれの古い過去の衣を脱ぎ棄てて、新らしい衣をまとふことに熱中したのであつた。日本をオリアンタリズム（東洋風）のマーヤー（幻）——国家的独立にとつて危険きはまるあのマーヤーのなかに縛つてゐた支那乃至印度の教養の枷《かせ》をかなぐり棄てるといふことが、新日本の組織者たちにとつては、最高の義務の如くに思はれた。ただにその軍備や、産業や、科学においてのみでなく、また哲学や宗教においても、彼等は西洋の新らしい諸理想を求めた。それは彼等の未経験の眼には、驚嘆すべき光彩もて輝き渡つたのであつたが、その光と影とを区別するには固より由なかつた。キリスト教は、蒸気機関を歓迎したのと同じ熱狂を以て、信奉された。西洋の服装が、機関銃が採用されたと同じやうに採用された。その生誕の地において使ひ古された政治の理論や社会政策などが、此処では、人々がマンチェスターの陳腐で流行後れの商品を取り上げたのと同じ新らしい歓びを以て、歓び迎へられた。

岩倉や大久保などの大政治家の声は、かうしたヨーロッパの制度に対する逆上した愛がこの国の古来の習俗に対して犯しつつあつた、大じかけな破壊を非とするに躊躇しなかつた。だがしかし、これらの人々ですら、もし国家が新たな競争に耐へるだけのものとなり得るとすれば、いかなる犠牲も大に過ぎることは無いと考へた。かくの如くにして、現代日本は、歴史上に特異な地位を保持してゐるのである。何故なら、それは、かのイタリア精神の力づよい活躍が、第十五世紀乃至十六世紀において直面したそれを除いては、恐らく他のいかなる国にも比すべきもののない一つの問題を、解決したのだからである、けだし、その発展史上に於ける此の段階において、西洋も、また、一方においては、オットマン・トルコの勃興によつて自己の双肩にになはされたギリシヤ=ローマの文化を同化し、他方においては、新世界の発見、修正された信仰の生誕、自由の観念の擡頭、等に於いて、それから中世的なものの雲を一掃するに与つて力のあつた、あの科学と自由主義との新精神を同化するといふ、二重の任務を成し遂ぐべく努力せねばならなかつたのであつた。そして、この二面にわたる同化こそは、実にかのルネサンスを形づくつたところのものだつたのである。

各人が生活の新らしい解決を見出さうとして苦闘し、勢よく表面に躍り出すが早いか競争の嵐に吹き飛ばされてしまふといつた、あのイタリーに於ける小共和国群立時代の偉大な時代のやうに、この明治の御代も、また、独りよがりの主張の泡に泡立つて居り、悲傷的なものと滑稽なものとによつて同時に色どられてゐるとはいへ、世界に比べるもののない興味に充ち満ちてゐるのである。

それ自身の嵐のやうな意志を常にその法則たらしめようとするところの、——いま空をその破壊の苦悶のなかに引き裂くかと思へば、たちまち西洋の宗教と政治との新らしい切れ端に対する気狂ひじみた歓迎に突つ走るといつた、個人主義の荒々しい狂瀾は、もし金剛石の如く堅牢無比な忠義の牢固たる巌がその不動の根柢を形づくつてゐるのでなかつたならば、その沸き返る紛乱のなかに、この国を微塵に砕き去つたであらう。

建国この方連綿たる皇位の蔭にはぐくまれた、此の民族の不可思議なねばり、支那や印度の諸理想が、それらを創り上げた手によつてすでに久しい以前に捨て去られてしまつたにもかかはらず、それをわれわれの間にその全き純粋さもて保存し来たつたところのあの力強いねばり、藤原文化の繊巧さを歓ぶと同時に、鎌倉の尚武の熱情に心ゆくまで酔ひ、足利のあの厳粛な純潔を愛しながらも、なほ且つ豊臣の壮麗を極めたお祭騒ぎを寛恕するところのあのねばりが、日本を、今日、西洋思想のこのやうな慌ただしい無限の流入にもかかはらず、これを無傷のままに保全してゐるのである。

近代的国家の生活が日本に、新らしい色を身に着けるよう強制するにもかかはらず、日本が自分自身にあくまで忠実に止まるといふことが、自然、日本がその祖先たちによつて訓練されたあの不二元《アドヴァイタ》の思想（原註二）の根本的な命令なのである。日本は、日本をしてその必要とするところの現代ヨーロッパ文明のそれらの要素を、多種多様な源泉から選択せしめた判断の成熟さを、東洋文化の本能的な折衷主義に負うてゐるのである。日清戦争——東海に於けるわが国の優越を明らかにした、しかも却つてわれわれを従来よりも一そう密接な相互の友情へと引き寄せた、日清戦争は、一世紀半にもわたつて絶えず自己を表明しつつあつた新らしい国民的気力の、おのづからなる発現だつたのである。それは、また、当時の老練な政治家たちの目立たしい洞察によつて、そのあらゆる方面にわたつて、予見されてゐたところでもあつた。そして、われわれを、今や、新らしいアジアの強国としてのわれわれを待つてゐる大なる問題と責任とへ、奮起させるのだ。ただにわれわれ自身の過去の理想へ立ち復る、といふだけでなく、さらに進んで古いアジアの単一の眠れる生命を感じ、そしてそれを甦らすといふことが、われわれの使命となつてゐる。西洋社会の悲しむべき諸問題は、われわれをして振り返つて、より高次の解決を印度の宗教と支那の倫理とのなかに求めしめる。ドイツの哲学やロシアの霊性に見られる如き、その最近の発展に於けるヨーロッパ自体の東洋へ向ふ傾向そのものが、われわれを助けて、人間生活の、より微妙にして且つより高貴な夢想――これらの諸国民自体を、彼等の物質的忘却の夜のなかに星へとより近く接近せしめるところの、夢想の回復へと赴かしめるのだ。

明治維新の二重の性質は、芸術の分野に明白に現はれてゐる。芸術は、政治的意識と同様に、その、より高い階段に達しようとして苦闘してゐるのである。歴史的研究の精神と、古代文学の復興とは、芸術を徳川以前の諸派へと立ち戻らしめた。すなはち、浮世絵の通俗的なデモクラチックの思想を乗り越えて、あの英雄的な鎌倉時代に於ける土佐派の手法へと一挙に立ち復つたのである。歴史画が、学者たちの考古学的研究のおかげで材料が豊富になつたため、流行するやうになつた。為恭《ためやす》や訥言《とつげん》は、かかる鎌倉復興の先駆者であつた。そして、それは、容斎《ようさい》の制作を通じて京都の自然主義派に影響を及ぼし、また、北斎の民衆的な画筆によつて反映されさへした。同じやうな運動が、同時に小説ならびに戯曲において起つた。

芸術を一つの贅沢と見なすあの芸術に対する無情さ――それは、至上の愛国的犠牲の時にあつては真に止むを得ないものであるが――のために、仏教寺院の尊厳が没落し、諸大名の宝庫が四散したことは、芸術家に対して古代芸術のいままで知られてゐなかつた側を見せてくれることになつた。それは、丁度、ギリシヤ=ローマの傑作が、あのルネサンスの初期イタリアの人々に打ち明けられたのと同じである。かくして、明治時代の最初の再建運動は、美術協会の指導の下に於ける古代の巨匠たちの保存と模倣とであつた。貴族と美術鑑定家とから成るこの協会は、毎年定期に昔の傑作の展覧会を開催した。また、保守主義を精神とする競作展覧会を始めた。それは、自然の成りゆきとして、漸次に形式主義と無意味な繰りかへしとに堕して行つた。他方においては、徳川後期に至つて徐々に地歩を占めて来た、西洋のリアリズムの芸術の研究――そのなかでも司馬江漢《しばこうかん》や亜欧堂《あおうだう》の企図が特に卓出してゐるあの研究が、いまや自由な成長を遂げる機運に際会した。美を科学と混同し、文化を産業と混同した西洋の知識に対する熱心と深い嘆賞とは、きはめて低級なクロモスをも、偉大な芸術理想の標本として歓迎することを躊躇しなかつたのである。

われわれの許へもたらされた芸術といふのは、その最大の退潮期に於けるヨーロッパ芸術であつた。――すなはち、世紀末の耽美主義がその暴行を償ふに至らなかつた以前の、ドラクロアが硬化したアカデミクな明暗法のヴェールをかかげなかつた以前の、ミレーとバルビゾン派が光と色彩とにかかる彼等の音信をもたらして来なかつた以前の、ラスキンがラファエル前派の高貴の純潔さを解説しなかつた以前の、それであつた。そこで、政府の美術学校――そこには、イタリア人の教師が任命された――において初めて設けられた日本の西洋模倣の試みは、その幼稚さの故に暗中模索の状態に陥つたのであるが、しかもなほ且つ、その端緒からすでに、今日に至るまでその進歩を妨げてゐるあのマンネリズムの堅い殻を課すことに成功した。だが、しかし、思想の他の諸圏内において生命に充ちてゐた明治の潑剌たる個人主義は、正統派保守主義乃至急進的欧化主義が芸術に対して課したところの、これらの固定した小穴のなかで動くことには到底満足できなかつたのである。この時期の最初の十年間が過ぎたとき、そして、内乱の跡からの恢復が多少ともその功を全うするに及んで、熱心な画家の一団は、芸術表現の第三の帯《ベルト》を確立しようと努力した。それは、往昔の日本芸術のもろもろの可能性の、より高度の実現によつて、且つ、西洋の芸術創造に於ける最も共感的な運動に対する愛と知識とを目ざしつつ、新らしい基礎の上に国民芸術を再建しようと試みたものであつた。その基調は、当然、「自己に忠実な生活」でなければならなかつた。この運動の結果、東京上野に、政府の美術学校の建設を見ることとなつた。そして、一八九七年にその機能の崩壊を見るに至つてよりのちは、この運動は東京の近郊、谷中《やなか》の日本美術院によつて代表された。日本美術院の二年に一度開催される展覧会は、希には、この国の現代芸術活動に於ける生きた要素を啓示するものである。

この派にしたがへば、自由が芸術家の最大の特権なのだ。だが、しかし、それは、必ずや、進歩する自己発展の意味においての自由なのである。芸術は理想《アイデアル》でもなければ現実《リアール》でもない。模倣といふことは、それが自然の模倣であらうと、昔日の巨匠の模倣であらうと、はたまた、就中自分自身の模倣であらうと、個性の実現にとつては自殺にひとしいものなのだ。けだし、個性は、生の、人間の、自然の、偉大な演戯においてて、それが悲劇であれ、喜劇であれ、とにかく一つの独創的な役割を演ずることをつねに喜ぶものなのだ。

この派にとつても、また、アジアの古い芸術は、芸術衝動の存在理由は理想主義の過程であつて模倣の過程ではないといふ理由から、いかなる近代流派のそれよりも、より多く正当とされるのである。理念の流れこそ現実なのである。もろもろの事実は単なる偶発事にすぎない。あるがままの事物ではなしに、それが彼に示唆したところの無限なるものこそ、われわれが芸術家から要求するところのものなのだ。したがつて、線や、美としての明暗や、情緒の具体化としての色彩などに対する感情は、力と見なされるのだ。したがつて、また、自然的なものに対する如何なる批判にとつても、美の探究と理想の顕示とが、充分な解答であるとされるのだ。

その装飾としての様相に於ける自然のもろもろの断片、すなはち、雷を眠らせてゐる黒い雲、松林の重々しい沈黙、剣の不動の澄明、泥水から出る蓮の霊妙な清らかさ、星かとまがふ梅花の呼吸づき、処女の衣を染めた英雄的な血汐、晩年の英雄が流すでもあらうところの涙、戦ひの恐怖と哀感との交錯、さては何か偉大な栄華の衰へゆく光、――かうしたものは、芸術的意識が、その下に普遍が潜んでゐるあの仮面にその啓示する手で触れるに先立つて、自己を沈潜させるところの気分であり、象徴であるのだ。

芸術は、かくして、宗教の瞬間の休息、もしくは、愛が、無限なるものを求めてゆくその巡礼の途上において、半ば無意識のうちにその歩みを止めて、成し遂げられた過去とおぼろに見える未来——毫も固定してゐない暗示の夢、だがまた、依然として高貴な精神の暗示——を凝視すべく低徊するところの刹那となるのである。

技術《テクニク》は、だから、芸術の戦ひに於ける武器にすぎないのだ。解剖学や遠近法は、その軍を支へる兵站部にすぎないのだ。これらの日本芸術は、それ自身の本性を毀損することなしに、西洋を安全に受け容れることが出来るだらう。もろもろの理想は、順次に、芸術心がそのなかで活動する諸様式、この国の本然が戦ひに課する作戦計画となるのだ。そして、これらの諸理想の内部に、またそれらの背後に、不動の、自足した、最高首脳部がつねに存在するので、これが、その眉宇の動きに、平和か破壊かの意向を表示するのだ。

題目の領域も、彼等の表現の手法も、ふたつながら、この新らしい芸術の自由の概念の下に、より広汎となつてゆく。故狩野芳崖《はうがい》や、現代のなほ生存中の最大の巨匠橋本雅邦(訳註五)や、彼等の足跡を辿る幾多の天才は、ただに技術に於ける彼等の変通自在においてのみでなく、また芸術の題目とされる材料に就いての彼等の、より広げられた考へ方においても、顕著なものがある。これら二人の巨匠は、いづれも幕府の末年に於ける狩野画塾の有名な教授であつた人々であるが、土佐ならびに光琳の色彩派の研究とともに、足利ならびに宋の諸大家の、その昔ながらの純粋さに於ける再興を初めて企て、同時にまた、京都派の精巧な自然主義をも取り入れたのである。

民族の神話や歴史の古い精神が、これらの絵画には呼吸づいてゐる。それは、アエスキロスの時代からワグナーならびに北欧の詩人たちの時代に至るまで、いかなる偉大な芸術復興の時代においても、同様であつた。そして、彼等の絵画は、これらの偉大な主題に対して、新らしい焔と意味とを与へる。

狩野芳崖の最後の傑作は、人間の母性の相をした観音（慈母観音）、すなはち、普遍的なる母を写したものである。彼女は中空に立つて居る。彼女の三重の背光は、黄金なす純潔の空に消え、その手には、水晶の鉢を有つてゐる。その鉢からは、創造の水が滴り落ちてゐる。そのひとしづくが、落ちるにしたがつて、一人の赤子となり、その赤子は、雨雲のやうな産衣に包まれてゐる。そして、はるか下方の青ずんだ暗闇の只中からそば立つ大地の、峨々たる雪の峰々の方へと漂ひ降りつつ、無意識の眼を彼女の方へと上げるのである。この絵にあつては、かの藤原時代のそれの如き色彩の力が、円山派の典雅と相合して、情熱的で写実的であるとともに、また神秘的でつづまやかな自然の解釈に、表現を与へてゐるのである。

雅邦の張果老《ちやうくわらう》の絵は、雪舟の力づよいスタイルと、宗達の幅のある肉づけとを、結合してゐる。それは、わびしげな微笑もて、自分がその葫蘆《へうたん》のなかからたつた今出したばかりの驢馬を見つめてゐる魔法使、――それは、宿命論の冗談めいた態度を、象形したものだ――に事よせて、陳腐な道教の観念を取り上げて、これに新らしい表現を与へてゐる。

観山の『仏陀の火葬』(闍維)は、われわれに、宋初期の強調された輪郭もて豊かにされた、平安時代の宏荘な構図と、イタリアの芸術家たちにも比肩すべき造型とを想起させる。それは燃えさかる薪のまはりにあつて、他日この世界をその至上の捨身の光で充たす定めにあつたあの神秘の棺を焼く霊妙な焔を、神秘的な畏怖もて見守つてゐる、偉大な羅漢や菩薩たちを、現はしてゐる。

大観は、彼の、おのが心に集ふ激しい嵐を感じつつ、風にひるがへる水仙――あの沈黙の純潔の花――を分けて、『不毛の丘をさまよふ屈原』の作に示されてゐるやうに、彼の野生の想像と疾風的な概念とを、この分野に引き入れてゐる。

鎌倉の叙事詩の諸英雄が、今日では、人性へのより深い洞察もて、描かれてゐる。神話は、その太陽の意味において解釈され、古代の物語詩も、また、支那のと日本のと双つながら、われわれに、従来嘗て踏査されなかつた領域を開いてゐるのだ。

彫刻、ならびに其の他の諸芸術は、密接に上述の道を辿つてゐる。香山《かうざん》の驚くべき釉薬は、上代支那の陶器の失はれた秘密を復活させてゐるばかりでなく、色彩においいて新らしい光琳ばりの夢を創り出してもゐるのである。

漆器は、徳川後期の繊細な巧緻から解放され、好んで色彩と材料とのより広汎な領域を楽しんでゐる。そして、刺繍と綴織《つづれおり》、七宝焼と金銀細工の姉妹芸術は、その広大な領域にわたつて新らしい生命を呼吸しつつある。かくの如く、芸術は、それに対する保護の新らしい条件と、機械的産業の恐るべき迫害とにもかかはらず、より高い生命——今日のわが国民の抱負の力を表現するに足る、より高い生命に到達しようと、努力しつつあるのである。だがしかし、時は、まだ、遺漏なき要約を示すところまで熟してゐない。おのおのの日が可能性と希望との新らしい要素を打ち開き、覚醒せる国民化の計画の中に一つの地位を要求しつつある。支那と印度とは、——これまた新らしい表現を求めて苦闘しつつある西洋の芸術活動のことはこれを措くとするも——彼等の宏大な理想の見透しを示してゐる、なほさらに未来の踏査者たちによつて踏みしめられるべく。

原註

一、山陽——『日本外史』ならびに『日本政記』の著者。また、歴史や愛国的な題目を詠つたその詩によつても、知られてゐる。彼は、十九世紀の初頭に生きた。そして、彼の歴史の材料を求めて多年にわたり諸国を遍歴して暮した。けだし、国家意識を抑圧しようといふ徳川の努力のために、これらの材料を手に入れることが困難にされてゐたからである。

二、不二元の観念――アドヴアイタといふ語は、二なき状態を意味する。そして、すべて存在するものは、皮相的には多様に見えるけれども、実は一つであるといふ印度の偉大な教義を示すための名称である。そこから、一切の真理は、いかなる一介の差別のなかにも見出され得べきものであらねばならず、いかなる細部のなかにも全宇宙が含まれてゐるといふことが、出て来る。一切が、かくして、ひとしく貴いものとなるのである。

訳註

一、山崎闇斎である。

二、この評価は多少行きすぎであらう。また春海の代りに当然、契沖や真淵が挙げらるべきである。

三、本地垂跡説を指してゐる。

四、憲法発布は一八八九年、議会開会は一八九〇年である。

五、明治四十一年に歿した。

通　景

アジアの単純な生活は、蒸気と電気とが今日それを置いたところのヨーロッパとのあの鋭い対照を、毫も恥づることを要しないのである。交易の古い世界、職人と行商人との、村市と縁日との世界——其処では郷土の土産を積んだ小舟が大きな河を漕ぎ上り漕ぎ下り、また其処では、どの邸宅にも小さな内庭があり、其処で旅の商人が布地や宝石などを並べて、美しい簾ごしの婦人がそれを見て購ふ——さうした古い世界は、まだ全くは死滅してはゐない。また、その形態がどのやうに変化しようとも、ただ大いなる損失においてのみ、アジアはその精神の死滅するのを許すことが出来る。何故なら、幾時代の相続財産である此の工芸的、装飾的芸術の全体はその保有のなかにあつたものであり、そして、アジアはそれと共に、ただに事物の美のみでなく、作者の喜びと、彼の夢想の個性と、彼女の労働の全時代の長年月をかけた教化とをも、失はなければならないからである。けだし、自分の手で織つた衣服で自分の身をまとふといふことは、自分自身の家に家居することであり、精神のためにそれ自身の領域を創り出すことだからである。

たしかに、アジアは、時間を食ひつくす機関車の烈しい歓喜といふものを全く知らない。だがしかし、アジアは、いまなほ、巡礼と行脚僧とのはるかにより深い旅の文化を有つてゐるのである。といふのは、そのパンを村の家婦に乞ひ、さては、夕暮ともなれば何かの木かげに腰をおろし、土地の農夫とともに語りもすれば煙草もくゆらすといつた印度の苦行者こそ、まことの旅人だからである。彼にとつては、いかなる辺土といへども、単にその自然の形姿のみから成つてゐるのではない。それは、たとへほんのしばしの間なりとも、その身の上の喜びと悲しみとを共にしたものの優しさと友情とに充ちた、習俗と社会との結合であり、人間的要素と伝統との結合である。日本の地方旅行者も亦、その漂泊に際し、彼の発句すなはち最も単純なものにも嗜むことの出来る芸術形式たる、この短いソネットをあとに残すことなしには、関心の場所を立ち去ることをしないのである。

かうした経験の様式を通じて、成熟し且つ生ける知識としての東洋的な個性の概念、堅牢にしてしかも温厚なる成人の調和した思想と感情とが、つちかはれるのである。かうした交換の様式を通じて、印刷された索引ではなく、教養の真の手段としての、人間の交渉の東洋的概念が維持されるのである。

反措定《アンチテーゼ》の鎖が無限に延長され得るかも知れぬ。だがしかし、アジアの光栄は、何かもつとポジチヴなものである。それは万人の胸奥に脈搏つてゐるところの、あの平和の震動のなかにあるのである。帝王と農夫とを合一させるあの調和のなかにあるのである。あらゆる共感とあらゆる礼譲とをもたらす、あの崇高な一体の直観のなかにあるのである。それで日本の高倉天皇（訳註一）は、霜がその貧しい民のかまどに冷たく降りてゐることの故に、ある冬の一夜その御衣を脱がせられ給うたのであつた。また、唐の太宗をして、その民が飢饉の苦しみに悩みつつあることの故に、食を捨てしめたのであつた。またそれは、菩薩（菩提薩埵）を、宇宙の塵の最後の原子までが盛福に入らないまでは、涅槃に入るのを拒否するものとして描くところの、あの捨身の夢のなかに、あるのである。それは、貧困の周りに偉大さの背光を投げかけ、印度の王子の上にその衣服の硬い簡素さを課し、また、支那にあつては、王座の帝王が、世界の偉大な現世的支配者たちの間で、此処でのみ決して剣を帯びることをしない、あの王座を打ち立ててゐる、あの自由に対する崇拝のなかにあるのである。

これらの事がらこそ、アジアの思想と、科学と、詩歌と、芸術との、秘密の精力なのである。かうした伝統から引き裂かれた印度は、その国民性の精髄であるあの宗教生活を不毛にされ、卑しきもの、偽れるもの、新らしきものの崇拝者となり終ることであらう。支那、精神文明の代りに物質文明の諸問題の上に投げ出された支那は、遠い昔多くの商人の語をして西洋の法的紐帯の如からしめ、その農夫の名をして繁栄の同義語たらしめたところの、あの古代の威厳と倫理との死の苦しみのなかに悶えるであらう。そして、日本、——アマ族の祖国なる日本は、精神の鏡の純潔の曇りにおいて、剣の精神の鋼から鉛への顛落において、彼女の零落の完成を漏洩するであらう。

今日のアジアの仕事は、だから、アジアの様式の擁護と再興との仕事になつてゐるのである。だがしかし、この仕事を果すためには、アジアは、自身、先づ第一に、これらの様式の意識を認識し、これを発展させなければならぬ。けだし、過去の陰影は、未来の約束だからである。いかなる樹木も、種子のなかにある力よりもより大となることは出来ない。生命は、つねに、自己への回帰のなかに存する。如何に多くの福音が、この真理を口にしたことであつたか！「汝自身を知れ」といふのは、デルフォイの神託（訳註二）によつて語られた最大の秘義であつた。「すべては汝自身の中に」と孔子のしづかな声が語つた。そして、これと同一の消息をその聴き手にもたらすあの印度の物語は、さらに一段と目ざましい。といふのは、ある時かういふことがあつた。——と仏者は言つてゐる——師がその弟子たちを自分の周りに集めた時、彼等の前に、突如として、——知らざるところなき金剛菩薩を除くすべてのものの視力を挫いて、——一つの恐ろしい姿、首神シヴァの姿が光耀の中にあらはれた。そのとき、金剛菩薩は、彼の仲間たちが目がくらんでゐる中にあつて、師の方を向いて、かう言つた。「わたしに教へて下さい。何故、ガンジスの砂にもひとしい無数の、あらゆる星々や神々の間を尋ねても、わたしは、何処にも、このやうに赫々たる姿を見たことがなかつたのですか。彼は何人でありますか？」と。そこで、仏陀が曰つた。「彼は、汝自身だ。」と。そこで、金剛菩薩は、豁然として大悟した、と伝へられてゐる。

日本を造り直し、日本をして、よく東洋世界のかくも多くのものを倒潰させたあの嵐を無事に切り抜けることを得させたものは、この自己認識の何か小さな段階であつた。そして、アジアを、ふたたび、その往昔の確乎不抜と力づよさとへ築き上げるだらうものは、この同じ自覚の再生でなければならない。いまや、時代は、自己の前に打ち開かれつつある可能性の多様さに困惑してゐる。日本までが、明治時代の混乱のなかに、日本にそれ自身の未来への手がかりを与へてくれるだらう一本の糸を見出しかねてゐる。日本の過去は、水晶の珠数のやうに透明で、間断がなかつた。国の運命が、日本のやまとの天才によつて、印度の理想と支那の倫理との受容者且つ淘汰者として最初に授与された、飛鳥時代の上代の昔から始めて、これを継ぐ奈良や平安の準備時代を経て、その藤原時代の無量の献身と、鎌倉のその英雄的反動とのなかに彼女の広大な力を示現し、あのやうに峻厳な情熱もて死を求めたあの足利の武士の苛酷な熱狂と孤高の精進とにおいてその最高頂に達するに至るまで、——これらすべての段階を通じて、国の進化は、一個の人格のそれの如くにも、明白であり、整然たるものである。豊臣、徳川の時代を通じてすら、東洋の流儀にならつて、われわれが、偉大な諸理想の民主化が小康を得るとともに、活動のリズムに結末を与へつつあることは、明瞭である。民衆ならびに下層階級は、その外見上の沈滞と陳腐とにかかはらず、武士の献身や、詩人の悲哀や、聖者の神聖な自己犠牲などを自分のものとなしつつある

――事実、彼等の国民的相続のなかへと、解放されつつあるのである。

だがしかし、今日、西洋思想の偉大なかたまりがわれわれを混迷させる。やまとの鏡は、曇つてゐると言はうか。改革とともに、日本は、まことに、その過去へと立ち返る。其処に日本が必要とする新らしい活力を求めて。あらゆる真正の復古がさうであるやうに、それは、相違をもつた反動である。何故なら、足利時代が創始した芸術の自然へのあの献身は、いまや民族への、人間そのものへの、献身となるに至つたからだ。われわれは、われわれの歴史のなかにわれわれの未来の秘密が横たはつてゐるといふことを、本能的に知る。そして、われわれは、盲目の烈しさで、そのいとぐちを見出さうと手探りする。だがしかし、もしこの思想が真実であるならば、もし実際われわれの過去に再生の何らかの泉が潜んでゐるものであるならば、それが今こそ必要だといふことを、われわれは承認するにちがひない。何故なら、近代的俗悪の焦がすやうな渇が、生活と芸術との咽喉を焼きつつあるのだから。

　われわれは、暗黒を引き裂くであらう稲妻の閃く剣を待つてゐる。けだし、この恐るべき静寂は破られねばならず、新らしい生気の雨の滴が、新らしい花々が地をその盛りもて蔽ふべく萌え出ることが出来る前に、地を元気づけねばならないからだ。だがしかし、その偉大な声が聞えてくるのは、民族の古来の道に沿うて、アジアそれ自体からでなければならない。

内からの勝利か、しからずんば外からの力づよい死か。

訳註

一、醍醐天皇に就いての物語の方が著明である。

二、ソクラテースはそれを解かうとしたのであつた。

原　序（印度の一女性の筆になる）

岡倉覚三（原文では、誤まつて、Kakasu Okakuraとなつてゐる。原書の表題もまた然り。――訳者附記）、すなはち、日本の芸術の理想に就いての此の書物の著者――そして、わたくしたちは、氏が、この同じ題目に就いての、より長文の、あますところなく解説された著書の未来の著者であることを望んでゐるものでありますが、――は、東洋の考古学ならびに美術に関する現存する最高の権威として、久しく、氏自身の国民ならびに他国民に知られてゐる人であります。

氏は、なほ若冠にして、帝国美術委員会の一員となりました。そして、一八八六年といふ年に、ヨーロッパならびに合衆国の美術の歴史と運動との研究のために、日本政府から海外へ派遣されました。岡倉氏は、この見聞によつて圧倒されるどころか、この旅行によつて、ただ、アジアの芸術に就いての氏の評価を一そう深め、一そう強くしたにすぎませんでした。そして、この時以来、氏は、現に全東洋を通じて猖獗を極めつつある、かの擬ヨーロッパ化の傾向に反対して、日本の芸術の力づよい再国民化の方向へと、一そうの努力を果されつつあります。

氏が西洋から帰朝されるや、日本政府は、岡倉氏の尽力と信念とを承認するしるしとして、氏を東京、上野の、新設された美術学校の校長に任命しました。しかるに、政治上の諸変化は、この学校にも謂はゆるヨーロッパ主義の新らしい波を烈しく押し寄せしめることとなりました。そして、一八九七年といふ年に、ヨーロッパの方法を、一そう重んずべきものとするといふことが主張された。岡倉氏は、此処に至つて、職を辞しました。其の後六ケ月を経て、日本に於ける三十九人の最も力倆ある少壮芸術家が氏の周囲に集まつた。そして、彼等は、東京の近郊の谷中の地に、日本美術院を開いたのであります。これに就いては、此の書の第十四章に、言及されてゐます。

もし、わたくしたちが、岡倉氏を、ある意味で、氏の国に於けるウィリアム・モリスであると言ふならば、わたくしたちは、また、日本美術院を、いはば日本のマートン・アベエであると説明することを許されるかと思ひます。此処では、日本画ならびに日本彫刻の他に、各種の装飾芸術、すなはち、漆工や、金銀細工、銅鋳、それから磁器などが経営されてゐます。此処の人々は、現代西洋の美術運動に於ける最善なるすべてのものに就いての、深い共感と理解とを得ようと試みてゐます。しかも、同時に、彼等は、彼等の国のインスピレーションを保存し、伸展させることを目的としてゐるのです。彼等は、彼等の制作が、世界のいづれのものと比べても優れてゐるといふことを、誇りを以て信じてゐます。そして、これらの人々のなかには、橋本雅邦、観山、大観、雪声、香山、その他これに劣らず有名な人々を含んでゐます。もつとも、日本美術院の事業の他にも、岡倉氏は、その余暇を割いて、政府を援けて日本の美術上の宝を分類し、また、支那ならびに印度の遺跡を訪ねてこれを研究しました。特に印度に就いて申しますならば、最近、充分な東洋的教養をそなへた旅行者がこの国を訪れたのは、これが最初であります。そして、岡倉氏の、アジアンタアの岩窟への来訪は、印度の考古学の上に、一時期を劃すものであります。氏が南支那に於けるこれと同時代の芸術に精通してゐたことは、氏をして一見直ちに次のことを看破するを得しめました。それは、現にあの岩窟に残つてゐる石像が、本来は単に彫像の骨骼乃至土台として作られたものであつたといふこと、描写の生命と動きとのすべては、それがのちに蔽はれた厚い漆喰の層で仕上げされたものだといふことです。これらの彫像のより突つ込んだ検討は、この見解に充分な承認を与へます。わたくしたちの方の英国教区教会がつい最近やつたやうに、あの無知、「金銭づくのヨーロッパの無意識なヴァンダリズム」が、不幸な大じかけの「掃除」をして、ために期せずして彫像を毀損するといふことはありましたが。

芸術は、ただ、自由の境遇にある国民によつてのみ、発達せしめられることが出来ます。わたくしたちが国民性の意識と呼んでゐるものは、事実、あの自由の歓びの偉大な手段であると同時に、またその成果でもあるのです。それですから、一千年にわたる抑圧のために自発性を奪はれた印度が、労働の喜びと美しさとの世界に於ける彼女の席を失つてしまつたといふことは、さして不思議なことではありません。さりながら、充分な権威者が、次のやうに言つてゐるのを聞くのは、大いに元気を鼓舞せしめます。それは、此処でも、また嘗ては阿育王の時代に於ける宗教において見られるやうに、印度が明白に全東洋を導いたことがあつたといふこと、——彼女の大学や石窟寺を訪れた無数の支那の巡礼者たちに、彼女の思想と趣味とを印象づけ、また、彼女の手法もて、支那自身に於ける、また支那を通じて日本に於ける、彫刻や、絵画や、建築の発達に影響を及ぼしたといふこと、これであります。

とは言ふものの、印度考古学に特有の諸問題についてあらかじめ精通してゐる人々のみが、印度の彫刻に対する謂はゆるギリシヤの影響なるものに関しての岡倉氏の示唆の非常なる真価を、認識するでありませう。氏の所論の如く、世界の偉大ないま一つの芸術系統——すなはち、支那のそれ——を代表することによつて、岡倉氏はギリシヤ系統論の虚妄を指示することを得るのです。氏は、次のことを指摘してゐます。すなはち、印度の発達の実際の親縁者は、広く支那のそれであるといふこと、しかし、このことの理由は、一つの共通の初期アジア芸術なるものが存在したといふことの中に多分求めらるべきだといふこと、——このものは、ヘラスの岸にも、西のはてアイルランドにも、エトルリア、フェニシア、エジプト、印度、そして支那にも、ひとしくその遠大な波の砂がたを残してゐる、といふのです。かうした説においては、優先権に関する一切の恥づべき論争に対して、適宜な休戦が宣せられ、ギリシヤは、学者たちが多年あの偉大な北歌のサガに謂はゆる「神の宮居《アスガード》」の地として期待してゐた、あの古代アジアの単なる一つの地方としての、それ相応の位置に押し下げられるのです。と同時に、将来の学問に対して一つの新らしい世界が打ち開かれ、一そう綜合的な方法と視界とが、過去の誤謬の多くのものを正すことが出来るのです。

支那に関して言ふも、岡倉氏の所論は、ひとしく示唆に富んだものであります。北方および南方の思想についての氏の分析は、かの国の学者たちの間にすでに著しい注意を引いて居ります。また、老荘と道教との間の氏の区別も、あまねく承認されて居ります。しかしながら、氏の仕事が最も価値があるのは、その一そう広汎な局面においてです。何故なら、氏は、かう主張するのです。世界が必ずや熟知してゐるに違ひない、あの歴史上の大偉観、ヒマラヤの陸路を越え、または海路を海峡を渡つて支那へと注ぎ入つた、仏教のあの大偉観――おそらくは、阿育王の下において始まり、西紀第二世紀の龍樹の時代において支那自体において認知し得べきものとなつたあの運動――それは、決して、独り孤立した出来事ではなかつた、といふのです。むしろ、それは、その下においてのみアジアが生き且つ栄えることとの出来る諸条件を代表してゐたものでした。わたくしたちが仏教と呼んでゐるところのものは、そもそも、厳格な境界線や、明確に区劃された異端などを有ち、それ自身の聖庁の発生を許すやうな、限定され、公式化された信条であることを得ないものなのです。外国の意識によつて受け取られるならば、むしろ、わたくしたちは、それを、ヒンヅー教（印度教）として知られてゐるあの尨大な綜合に与へられた名称として見なければなりません。けだし、岡倉氏は、第九世紀に於ける日本芸術を題目として取り扱つたところで、次のことを申し分なく明瞭にしてゐます。それは、単に仏陀といふ一個人の教説ではなしに、東洋の全神話が、交換の題目であつたといふことです。蒙古的心意の仏教化ではなくて、その印度化といふのが、実際に行はれた過程でありました。――それは、丁度、キリスト教が、二三の異邦において、その最初の宣教師の名前から、フランシスカニズムの名称を得てゐるのと同じことです。

周知のごとく、日本の場合では、その国家的活動の生命力は、つねにその芸術のなかに存してゐるのです。此処で、わたくしたちは、その各時代に、真にその本質である日本の意識のあれらの諸構成要素の指標と記念とを見出すのです。それは、古代ギリシヤのそれとは違つて、全国民が関与してゐるところの芸術です。いな、印度に於けると同様に、全国民が一体となつて思想をつくり上げるのです。ですから、問題はきはめて興味あるものとなります。全一体としての日本の芸術を通して自己を表現してゐるそのものといふのは、果して何なのでせうか？

岡倉氏は、躊躇することなく、かう答へて居ります。曰く、日本に寄り集まり、日本の芸術のなかに自由な生き生きした表現を見出してゐるものこそ、大陸アジアの文化である、と。そして、このアジアの文化は、氏の主張するところでは、これを大別して、支那の学問と印度の宗教とに分つことが出来ます。氏にとつては、真に氏の国の特徴的な要素を形づくつてゐるものは、その国の芸術の装飾的、工芸的特色ではなくて、なほ未だヨーロッパにおいて殆んど知られてゐない、あの偉大な理想の生命なのです。二三の梅花の図ではなしに、巨大な龍の着想。鳥や花ではなしに、死の崇拝。いかに美しくあらうとも、些々たる写実主義ではなしに、人間の心の及び得る限りの最も宏大な主題に就いての宏大な解釈。——自身ではなく他を救はうとする仏の悲願。——かうしたものが日本芸術の真の負担なのです。この表現の手段と方法とを、日本は永久に支那に負うてゐます。しかしなほ、その理想に至つては、日本は印度に依存したといふのが、岡倉氏の議論なのです。日本の表現の偉大な各時代は、つねに印度の精神性の波のまにまにこれを逐うて来たといふのが、氏の確信なのです。ですから、あの偉大な南方の半島の刺戟的な影響が無かつたならば、支那および日本の見事な芸術本能も、その生気を低められ、その規模を貧しくされてゐたに違ひありません。南および西ヨーロッパのそれも、若しイタリアや教会の福音やを欠いてゐたならば、やはり丁度同じやうな結果になつてゐたことでせう。アジアの芸術は、この点において、われわれの間においては、ドイツや、オランダや、ノルウェーのそれと鋭い対照をなしてゐるから、決して「凡庸《ブルジョア》」なものとなることを得なかつた筈だと、わが著者は主張してゐます。でもしかし、その場合それが農民装飾の偉大なそして美しい規模のレヴェルに止まつてしまつたであらうといふことは、氏もこれを認めることと、わたくしたちは思ふのです。

正確に如何にしてこれらの印度精神性の波が、国民を鼓舞するやうに作用したかといふこと、これが以下のページを通じての、わたくしたちに示さんとする氏の目的でありました。先づ第一に、それが働きかけねばならなかつた条件、すなはち、日本に於ける大和民族、北方支那の驚くべき倫理的天才、南方支那の豊かな想像力、等を理解しつつ、わたくしたちは、仏教の流れが入つて行つて、その全体を浸してこれを一体として行くのを注視します。わたくしたちは、やがて、普遍的な信仰の夢の最初の一触が、科学においては宇宙的な考へ方を、芸術においては盧遮那仏を、生み出すのを、見ます。わたくしたちは、それが平安時代の烈しい汎神論に、藤原時代の感情主義に、鎌倉時代の英雄的な雄々しさにと沸き立つのを、改めて見守ります。

明治時代の偉大さが成し遂げられた如く見えるのは、ひろく仏教の諸要素を剪除したところの、やまとの原始宗教たる神道の再興によつてでした。しかしながら、ああした偉大さは、はるかのちまでインスピレーションを残すものです。東洋を愛するすべての人々は、現に今、西洋との張合ひの結果として持ち来たされた趣味と理想との混乱の前に、慌てふためいてゐます。

それ故、アジアの諸民族をして、過去にあつては彼等の偉大を形づくつて来た、そして、その復興を持ち来たす力を有つてゐる、彼等の固有の目的の追究へと呼び戻すために何らかの努力を試みるといふことは、価値あることです。それ故、アジアを、岡倉氏のやうに、わたくしたちの想像裡での地理的断片の集合としてではなしに、その各個の部分がいづれも相互に依存し合つて居り、全体が一つの合成的な生命を呼吸づいてゐる、統一された生ける有機体として示すといふことは、最も価値あることです。

あたかもよし、ここ最近十年間のうちに、一人の遍歴の僧、スワミ・ヴィヴェカーナンダ――彼はアメリカに赴いて、一八九三年、シカゴの宗教会議で一場の演説を試みた。――によつて、正統派印度教がふたたび、かの阿育王の時代に於けるが如く、攻勢的となつたのであります。過去六、七年にわたつて、それは自派の布教者をヨーロッパとアメリカとに派遣して来ました。そして自然科学においてその絶頂に達したプロテスタントの知的自由と、カトリックの精神的、敬虔的富とを結合することの出来るやうな一つの宗教的綜合を、未来に向つて供給しようとして来ました。さうして見ると、まるで、自分たちの従属者の宗教思想によつて次ぎ次ぎと征服されてゆくといふのが、帝国主義諸民族の運動であるかのやうに思はれもするわけです。上に挙げたあの偉大な印度の思想家の言葉を借りて申しますなら、「踏みにじられたユダヤ人の信仰が、十八世紀間のあひだに地球の半ばを掌握してしまつたやうに、そのやうにさげすまれてゐるヒンヅー人の信仰が世界を支配するかも知れぬといふことも、あながち望みのないことでもないのであります。」何かさうしたところに、北部アジアの希望があるのです。わたくしたちの時代の初頭において一千年を要した過程も、今では、蒸気と電気との助けを借りて、わづかの年月の間にこれを繰り返すことが出来ませう。そして、世界は、ふたたび、東洋の印度化を目撃することとなるでもありませう。

もし、さうであるならば、幾多の結果のうちの一つは、次の如くでありませう。すなはち、わたくしたちは、日本芸術のなかに、英国に於ける前世紀の中世再興のそれに比すべき、理想の復興を見るでせう。支那においてはこれと同時に如何なる発展が現はれるでせうか？　印度においては如何に？　何故なら、何が影響を及ぼさうとも、この東方の島帝国は他に影響を及ぼすに違ひないからです。わたくしたちの著者は、もし、彼が、次のことを確然と立証したのでなかつたとしたら、徒らに語つたわけなのです。それは、このささやかな手引の書の開巻第一にある議論、——大いなる母なるアジアは永久に一つだ、といふことです。

Nivedita,
of Ramakrishna-Vivekananda.
17 Bore Para Lane,
Bagh Bazar, Calcutta.

内村鑑三（うちむら　かんぞう）
万延二年、江戸に生れる。東京外国語学校に学んだ後、札幌農学校在学中にメソジスト監督派の洗礼を受けたその福音信仰は、明治二十四年の第一高等中学校における不敬事件を挟んで「基督信徒の慰め」「求安録」他の著作として現れ、同三十三年には「聖書之研究」を創刊した。社会、政治に亘ることに関心を持したのも信仰に発し、足尾鉱毒問題に取組んだのをはじめ、日露開戦時には、立場を異にしつつも、幸徳秋水、堺利彦らとともに非戦論を唱え、あるいは米国の排日法案を難じる等、入信五十余年の間に闘ったところは、近代の日本が当面した困難そのものを象徴し、その存在は、近代日本が示した最大の良心のひとつであった。昭和五年歿。

岡倉天心（おかくら　てんしん）
文久二年、横浜に生れる。少時から学習した英語に堪能で、東京大学にあってその下に学んだアーネスト・フェノロサの日本美術研究を助け、共にした調査で法隆寺夢殿の救世観音像を見出す。明治二十二年の東京美術学校開校の準備に携り、やがて校長になったが、その後逐われるに及んで日本美術院を創設、横山大観、下村観山らを擁したそれの経営に当るなかで「東洋の理想」「日本の覚醒」「茶の本」の英文による著述を通して示した一箇の文明史観は、「東洋の理想」の冒頭の一句Asia is Oneに凝縮される。明治三十七年にボストン美術館に招かれて日本部を托されるようになり、大正二年日本に帰国中に歿するまでその任にあった。

近代浪漫派文庫 4 内村鑑三 岡倉天心

二〇〇四年八月九日 第一刷発行

著者 内村鑑三 岡倉天心／発行者 小林忠照／発行所 株式会社新学社 〒六〇七—八五〇一 京都市山科区東野中井ノ上町一一—三九 印刷・製本＝天理時報社／DTP＝昭英社／編集協力＝風日舎

ISBN 4-7868-0062-7

お問い合わせは、〒二〇六—八六〇二 東京都多摩市唐木田一—一六—二 新学社 東京支社
TEL〇四二—三五六—七七五〇までお願いします。

◉近代浪漫派文庫刊行のことば

文芸の変質と近年の文芸書出版の不振は、出版界のみならず、多くの人たちの夙に認めるところであろう。そうした状況にもかかわらず、先に『保田與重郎文庫』（全三十二冊）を送り出した小社は、日本の文芸に敬意と愛情を懐き、その系譜を信じる確かな読書人の存在を確認することができた。

その結果に励まされて、専ら時代に追従し、徒らに新奇を追うごとき文芸ジャーナリズムから一歩距離をおいた新しい文芸書シリーズの刊行を小社は思い立った。即ち、狭義の文学史や文壇に捉われることなく、浪漫的心性に富んだ近代の文学者・芸術家を選んで四十二冊とし、小説、詩歌、エッセイなど、それぞれの作家精神を窺うにたる作品を文庫本という小宇宙に収めるものである。

以って近代日本が生んだ文芸精神の一系譜を伝え得る、類例のない出版活動と信じる。

新学社

近代浪漫派文庫〈全四十二冊〉

※白マルは既刊、四角は次回配本

❶ **維新草莽詩文集**　歎涕和歌集／吉田松陰／高杉晋作／坂本龍馬／雲井龍雄／平野国臣／真木和泉／清川八郎／河井継之助／釈月性／藤田東湖／伴林光平

❷ **富岡鉄斎**　画讃／紀行文／画談／詩歌／書簡
大田垣蓮月　海女のかる藻／消息

❸ **西郷隆盛**　西郷南洲遺訓
乃木希典　乃木将軍詩歌集／日記ヨリ

④ **内村鑑三**　西郷隆盛／ダンテとゲーテ／余が非戦論者となりし由来／歓喜と希望／所感十年ヨリ
岡倉天心　東洋の理想（浅野晃訳）

❺ **徳富蘇峰**　嗟呼国民之友生れたり／『透谷全集』を読む／還暦を迎ふる一新聞記者の回顧／敗戦学校・国史の鍵／宮崎兄弟の思ひ出
黒岩涙香　小野小町論／『一年有半』を読む／藤村操の死に就て／朝報は戦ひを好む乎

❻ **幸田露伴**　五重塔／太郎坊／観画談／野道／幻談／鵞鳥／雪たたき／俳諧評釈ヨリ

❼ **正岡子規**　歌よみに与ふる書／子規歌集／子規句集／九月十四日の朝／小園の記
高浜虚子　虚子句集／椿子物語／斑鳩物語／落葉降る下にて／発行所の庭木／進むべき俳句の道

⑧ **北村透谷**　楚因之詩／富嶽の詩神を思ふ／蝶のゆくへ／みみずのうた／内部生命論／厭世詩家と女性／人生に相渉るとは何の謂ぞ　ほか
高山樗牛　滝口入道／美的生活を論ず／文明批評家としての文学者／内村鑑三君に与ふ／『天地有情』を読みて／清見潟日記／郷里の弟を戒むる書／天才論

❾ **宮崎滔天**　三十三年の夢／侠客と江戸ッ児と浪花節／浪人界の快男児宮崎滔天君夢物語／朝鮮のぞ記

❿ **樋口一葉**　たけくらべ／大つごもり／にごりえ／十三夜／ゆく雲／わかれ道／日記―明治二十六年七月
一宮操子　蒙古土産

⓫ **島崎藤村**　桜の実の熟する時／藤村詩集／回顧（父を追想して書いた国学上の私見）

⓬ **土井晩翠**　土井晩翠詩集／雨の降る日は天気が悪いヨリ
上田敏　海潮音／忍岡演奏会／『みだれ髪』を読む／民謡／飛行機と文芸

⓭ **与謝野鉄幹**　東西南北／鉄幹子抄／亡国の音
与謝野晶子　与謝野晶子歌集／詩篇／和泉式部の歌／清少納言の事ども／鰹／ひらきぶみ／婦人運動と私／ロダン翁に逢った日／産褥の記

⓮ **登張竹風**　如是経序品／美的生活論とニィチェ
生田長江　夏目漱石氏を論ず／鷗外先生と其事業／ブルヂョワは幸福であるか／有島氏事件について／無抵抗主義・百姓の真似事など／「近代」派と「超近代」派との戦／ニィチェ雑観／ルンペンの徹底的革命性／詩篇

⑮ 蒲原有明　蒲原有明詩集ヨリ／ロセッティ詩抄ヨリ／龍土会の記／蠱惑的画家―その伝説と印象

薄田泣菫　泣菫詩集ヨリ／森林太郎氏／お姫様の御本復／鳶鳥と鰻／大国主命と葉巻／茶話ヨリ／草木虫魚ヨリ

⑯ 柳田国男　野辺のゆきき（初期詩篇）ヨリ／海女部史のエチュウド／雪国の春／橋姫／妹の力／木綿以前の事／昔風と当世風／米の力／家と文学／野草雑記／物忌と精進／眼に映ずる世相／不幸なる芸術／海上の道

⑰ 伊藤左千夫　左千夫歌集／春の潮／牛舎の日記／日本新聞に寄せて歌の定義を論ず

佐佐木信綱　思草／山と水と／明治大正昭和の人々ヨリ

⑱ 山田孝雄　俳諧語談ヨリ　新村出　南蛮記ヨリ

⑲ 島木赤彦　自選歌集十年／柿蔭集／歌道小見／童謡集／万葉集の系統　斎藤茂吉　赤光／白き山／散文

⑳ 北原白秋　白秋歌集ヨリ／白秋詩篇　吉井勇　自選歌集／明眸行／蝦蟆鉄拐

㉑ 萩原朔太郎　朔太郎詩抄／新しき欲情ヨリ／虚妄の正義ヨリ／絶望の逃走ヨリ／恋愛名歌集ヨリ／郷愁の詩人与謝蕪村ヨリ／日本への回帰／《機織る少女》楽譜

㉒ 前田普羅　新訂普羅句集／ツルボ咲く頃／奥飛騨の春／さび、しをり管見／大和閑吟集

原石鼎　原石鼎句集ヨリ／石鼎窟夜話他ヨリ

㉓ 大手拓次　藍色の蟇ヨリ／蛇の花嫁ヨリ／散文詩

佐藤惣之助　佐藤惣之助詩集ヨリ／青神ヨリ／流行歌詞

㉔ 折口信夫　雪祭りの面／雪の島／古代生活の研究―常世の国／信太妻の話／たなばた供養／宵節供の夕に／柿本人麻呂／恋及び恋歌／小説戯曲文学における物語要素／異人と文学と／反省の文学源氏物語／女流の歌を閉塞したもの／俳句と近代詩／詩歴一通―私の詩作について／歌及び歌物語／日本の創意―源氏物語を知らぬ人々に寄す／口ぶえ／留守ごと／日本の道路

㉕ 宮沢賢治　春と修羅ヨリ／セロ弾きのゴーシュ／鹿踊りのはじまり／ざしき童子のはなし／よだかの星／なめとこ山の熊／どんぐりと山猫

早川孝太郎　猪・鹿・狸ヨリ

㉖ 岡本かの子　かろきねたみ／老妓抄／雛妓／東海道五十三次／仏教（人生）読本ヨリ　上村松園　青眉抄ヨリ

㉗ 佐藤春夫　殉情詩集／和奈佐少女物語／車塵集／西班牙犬の家／窓展く／F・O・U／のんしやらん記録／鴨長明／秦淮画舫納涼記／別れざる妻に与ふる書／幽香嬰女伝／小説シャガール展を見る／あさましや漫筆／恋し鳥の記／三十一文字といふ形式の生命

㉘ 河井寛次郎　六十年前の今ヨリ　棟方志功　板響神ヨリ